D1694721

Harry Kämmerer

Harte Hunde

Harry Kämmerer

Harte Hunde

Kriminalroman

GRAF

Für Reini & Andi & Christian

Im Graf Verlag erschienen von Harry Kämmerer außerdem:
Isartod (2010, auch lieferbar als List Taschenbuch 61082)
Die Schöne Münchnerin (2011, List Taschenbuch 61158)
Heiligenblut (2013, List Taschenbuch 61212)
Pressing (2014, List Taschenbuch 61238)

Der Graf Verlag München ist ein Unternehmen
der Ullstein Buchverlage

ISBN 978-3-86220-055-9
© 2013 by Ullstein Buchverlage, Berlin
Satz: Uwe Steffen, München
Gesetzt aus der Berling Antiqua
Druck und Bindung: GGP Media GmbH, Pößneck
Printed in Germany
www.graf-verlag.de

How does Aspirin know where it hurts so much?

Cat Sun Flower

Bayerwald, oh, Bayerwald
Es zieht hier oft ein Lüftlein kalt
Über Berg und Feld und Wiese
Hier gibt's Idylle und auch Krise
Malerische Flecken und sehr gern
Orte ohne jeden Kern
Hier ist vieles fett und grün
Vieles überhaupt nicht schön
Eternit und Resopal
Sind Standard, ganz normal
Wirtshaus und auch Straßenbild
Bundesstraße röhrt es wild
Wet-T-Shirt-Party – Großraumdisco
Versus prachtvoll Deckenfresko
Heilige in Goldbarock
Landkreisbeauty – Minirock
Bayerwald, oh, Bayerwald
Es zieht hier oft ein Lufthauch kalt
Über Berg und Feld und Wiese
Hier gibt's das Gute und das Miese
Vieles anders, als man meint
Selbst wenn die Sonne noch so scheint
Täusch dich nicht, das Bayern hier
Ist trüber noch als Zwickl-Bier
Täusch dich nicht, das Bayern hier
Ist trüber noch als Zwickl-Bier

MATTERHORN

Hublsteiner rieb sich die Nase. Nase? Fünfschrötiger Zinken, erhaben wie das Matterhorn. Sie, er, es sog die Abendluft tief ein. Alles neu macht der Mai. Nein. Oktoberkühle, schwer und satt. *Boohhh.* Krass. Der herbe Gestank der Gülle kroch zäh den Hang hinauf und umhüllte alles. Bouquet des Erfolgs. Wertvollster Rohstoff. Dort unten die Quelle des edlen Dufts, sein Schmuckstück, unter einer Kuppel aus Beton: die nagelneue Biogasanlage Wiesbach. Kathedrale der Abgase. Wenn das Ding auf vollen Touren lief, genug Energie für die zweiundzwanzig Höfe von Wiesbach. In Zukunft auch für die Nachbargemeinde Wiesöd, wenn sich der Prammminger endlich auf den Deal einließ. Auf seinem Grund sollten weitere Sickergruben für eine zweite Gasaufbereitungsanlage entstehen. Und irgendwann könnte man auch die gesamte Kreisstadt Grafenberg mit Biogas beglücken. Denn Kuhscheiße gab es hier im Übermaß.

Der Prammminger... Großbauer und Bauunternehmer – wie er selbst. Eigentlich hatte er ihn dick bis oben hin. Doch Konkurrenz sorgt manchmal für ungeahnte Allianzen. Wenn es darum ging, sich gegen Malming vorm Wald durchzusetzen, ließ Hublsteiner Fünfe grade sein. Der Bürgermeister von Malming wollte unbedingt selbst so eine Anlage. Und die damit verbundenen Fördergelder der FOB. *Future of Bavaria* war das neueste

Hightechkind der Bayerischen Staatsregierung. Fokus Grenzlandförderung. Selbstverständlich bemühten sich Hublsteiners Parteifreunde um die Sicherung der politischen Verhältnisse hier im östlichsten Winkel Bayerns. Einfaches Rezept: Arbeit, niedrige Gaspreise, glückliche Wähler. Für Hublsteiner persönlich bedeutete der Einstieg in die regionale Energieversorgung vor allem Macht und Profit. Da hatte Malming keine Chance. Trotz vorbildlicher Haushaltsbilanz. Was man weder von Wiesbach noch von Wiesöd und von Grafenberg schon gar nicht behaupten konnte. Trotzdem hatte er den Zuschlag bekommen. Selber schuld, wenn Malming einen schwulen SPDler als Bürgermeister hatte. ›Da flutscht so ein Antrag beim Wirtschaftsministerium in München nicht so wirklich‹, dachte Hublsteiner zufrieden.

Heimatverbunden und zukunftsorientiert, das waren die Schlagworte, nach denen Hublsteiner sein Leben ausrichtete. Ohne Klischees. Mit dem Scheiß von »Laptop und Lederhose« hatte das nichts zu tun. Er war jemand, der zupackte und meistens Blaumann trug. Mit dem Computer hatten maximal seine Kinder gespielt, als sie noch zu Hause wohnten. Jetzt waren sie längst in München. Hublsteiner war Businessman. »Business« bedeutete hier vor allem Geschäfte auf dem Nährboden von Beziehungen. So hatte es sich zum Beispiel bereits mehrfach ausgezahlt, dass er dem Grafenberger Bürgermeister Wagner die Scheune gebaut hatte. Zu einem Superpreis, mit Leiharbeitern aus Rumänien. Ein Wahnsinn, was die für fünf Euro die Stunde stemmten! Na ja, dass der eine vom Dachstuhl gefallen war und sich das Genick gebrochen hatte, war schon blöd gewesen. Aber in der Jauchegrube auf seinem Hof lag der sehr gut, und bald würde nichts von ihm übrig sein. Die Scheiße war ja so was von aggressiv. Ja, wozu die alles gut war, sauber! ›Supersache. Läuft!‹, dachte Hublsteiner und sah auf die Uhr. Ein bisschen Zeit war noch.

ZÄRTLICH

Pramminger rieb sich nicht die Nase, sondern die dicke Wampe. Machte sich ein weiteres Bier auf. Schnaps wäre eigentlich angebrachter in dieser kühlen Herbstnacht. Aber es ging nichts über eine frische Halbe *Waidla-Bräu*. Das rustikale Etikett mit dem biertrinkenden Wolpertinger war in der Dunkelheit nicht zu sehen. Pramminger wusste auch so, wie es aussah – war schließlich seine Marketingidee gewesen. Ah, er liebte den scharfen Stich des Bockbiers. Prammingers Atem stieg in weißen Wolken auf. Er spähte vom Hochsitz auf die Lichtung. Märchenhaft, das mondbeschienene hohe Gras, die Schattenrisse der Fichten. Aber er hatte keinen rechten Blick dafür. Er war schlecht gelaunt. Wie immer, wenn ein anderer und nicht er ein gutes Geschäft machte. Heute hatte der Hublsteiner die Biogasanlage in Betrieb genommen, und offenbar lief sie fehlerfrei. Mal sehen, wie lange noch. Er lachte und rülpste. Aber ihm war nicht zum Lachen. Das alles stank ihm gewaltig. Sogar einige Bauern aus Wiesöd lieferten ihre Gülle bei Hublsteiner an. ›Ich schwimm in einem Riesenmeer aus Scheiße – und hab meine Schwimmflügel vergessen.‹ So kam sich Pramminger vor. Vielleicht sollte er doch auf den Deal mit dem Hublsteiner eingehen? Er brauchte den Grund nicht wirklich. Dann würde er mitverdienen. Gas aus Scheiße – wirklich ausbaufähig! Trotzdem – jeder würde wissen, dass Hublsteiner die Geschäftsidee gehabt hatte. Das war

gegen seine Ehre... Und dann müsste er auch seine Aktion abblasen. Nein, er wünschte dem Hublsteiner die
Pest auf den Hals.

Er hatte gehofft, auf der Pirsch zumindest ein bisschen abschalten zu können. Von wegen. Wenn ihm jetzt
wenigstens ein ordentlicher Bock vor die Flinte laufen
würde! Der Mond stand inzwischen so hoch, dass die
ganze Lichtung beschienen war. Wie ein Fußballplatz im
Flutlicht. Pramminger musste an seine Fußballkarriere
beim FC Wiesbach 1908 denken. Er mit dem Hublsteiner
zusammen in einer Mannschaft. Da noch Herz und Seele.
In der Schule sogar nebeneinander gehockt. Es raschelte
im Unterholz. Pramminger griff zum Fernglas und suchte
die Lichtung ab. Zweige knackten. Pramminger legte das
Gewehr an. Starrte durchs Zielfernrohr. Da trat er aus
dem Dunkel heraus. Ein großer... nein, kein Bock, das
war... Erst war sich der Pramminger nicht sicher, doch,
ja, die Nase. Der Hublsteiner! Was machte der hier, mitten in der Nacht! Hublsteiner stand auf der Lichtung und
wartete. Auf wen, auf was? Auf ihn etwa? Er wusste, dass
das hier sein Revier war. Pramminger berührte zärtlich
den Abzug seines Gewehrs. Er würde sagen: »Ein Jagdunfall, sehr tragisch. Es war so dunkel...«

Der Schuss zerriss die Stille.

Pramminger schockstarr. Hatte nicht abgedrückt. Im
Gegenteil – war instinktiv hinter die Brüstung getaucht.

Nach einiger Bedenkzeit wagte er einen Blick. Auf
der Lichtung lag der Hublsteiner, sauber niedergestreckt.
›Es trifft immer die Richtigen‹, dachte Pramminger scha-
denfroh. Kurz. Sehr kurz nur. Dann ergriff ihn die Angst.
Was, wenn der Schütze merkte, dass es einen Zeugen gab?
In dem Moment jodelte sein Handy. Rechte Hand panisch
in die Tasche. Aus.

Nichts passierte. Pramminger wartete. Als er nach einer endlos langen Minute den Kopf hob, um über die Brüstung zu spähen, hörte er den Knall, und die Kugel zerfetzte ihm die Stirn, riss ihn hoch und schleuderte ihn auf die Bank zurück. Blattschuss.

›Es trifft immer die Richtigen‹, würde sich der Hublsteiner jetzt ebenfalls denken. Wenn er noch denken könnte. Aber er hatte die letzte Reise ja schon vor Pramminger angetreten. Vielleicht trafen sich die beiden jetzt beim Boandlkramer, wo sie ein Bier trinken konnten, um die glorreiche gemeinsame Vergangenheit aufleben zu lassen. Damals, als Pramminger Mittelstürmer beim FC Wiesbach 1908 war. Und der Hublsteiner Innenverteidiger. Die großen Erfolge. Wie sie Malming im Abstiegskampf aus der Kreisliga geschossen hatten. Elfer. Letzte Spielminute. Voll auf den Mann. Pramminger hatte dem Reisinger, dem besten Torwart weit und breit, mit voller Wucht in die Eier getroffen. Reisinger hatte die Arme hochgerissen, der hohe Ball hatte einen sonderbaren Spin nach unten gemacht und war samt Torwart ins Netz geknallt. Tosender Jubel bei 08. Eisspray bei Malming. Der Reisinger musste tagelang Kühlpads in der Unterhose tragen. Ja, an solch gloriose Geschichten könnten sie sich gemeinsam erinnern. Bei einem Bier. Im Jenseits. Und einfach all den Ärger runterspülen. Ach, die Geschichte mit der Biogasanlage – drauf gschissn!

LETZTE RUNDE

Im Wirtshaus *Zur Post* brachte der Wirt die letzte Runde an den Stammtisch. Dort Querschnitt bayerischer Dickschädeligkeit in Zinnoberrot, hochglänzend. Korrekter Artikulation kaum mehr mächtig, raunzte und rülpste es wie dicker Eintopf auf der Herdplatte, die man vergessen hatte abzuschalten. Die üblichen Grafenberger Verdächtigen: Hendlzüchter Hallhuber, die Großbauern Hintermaier, Gschwendtner und Bronner, Landmaschinenhändler Fachinger, Baulöwe Rottmann und der örtliche Polizeichef Meisel. 600 Kilo rotes, haariges Fleisch. Alkoholimprägniert und mit festen Grundsätzen. Harte Hunde.

»Der Hublsteiner hat doch den Arsch offen, die dumme Sau!«

»Jetzt soll ma dem Zipfel sein Gas kaufen?«

»Eher kauf ich im Baumarkt eine Kartuschn, bevor ich dem sein Scheißgas kauf.«

»Meinst du, mei Frau kocht mit de Schörs von dem seine Kühe? Echt ned.«

»Den machma fertig.«

»Aber so was von!«

»Und ich sag dir eins: Der Pramminger macht da a mit!«

»A geh Schmarrn!«

»Die zwoa Deppen. Wenn's ums Geld geht, halt'n selbst di zam.«

»Die bledn Zipfel!«

»Geh, Leit, jetzt wartet's halt erst mal ab!«, versuchte Meisel seine echauffierten Spezln einzubremsen. Was ihm nicht gelang. Alle redeten wild durcheinander. Niemand war erfreut über den Umstand, dass sie in Zukunft ihr Gas vom Hublsteiner und vielleicht auch vom Pramminger kaufen sollten. Selbst wenn es zweifelsfrei billiger war als vom Grafenberger Versorger BayGas. Sparen war das eine, doch Missgunst das andere. Sie gönnten dem Hublsteiner das Geschäft nicht. Dem Pramminger auch nicht. Wenn es jemand nicht verdient hatte, dann die geldgierigen Säcke. Da bestand Konsens.

Eigentlich war die ganze Aufregung umsonst, weilten doch beide nicht mehr unter den Lebenden. Aber das wussten die Stammtischbrüder noch nicht, als sie lautstark aus dem Wirtshaus stolperten, um röhrend in die Nacht zu verschwinden.

ASPIRIN

Stefan Brandl erwachte mit schwerem Kopfweh. Mit vierunddreißig sollte man keine Undergrounddisco im Bayerischen Wald mehr betreiben und auch nicht in einer Metal-HipHop-Band spielen. Und tagsüber Polizist sein. Früher war das wunderbar nebeneinander gelaufen. Da konnte er acht Halbe an einem Discoabend trinken und morgens topfit im Büro auflaufen. Heute brummte ihm der Schädel bereits nach vier Halben, und er musste morgens drei Aspirin einwerfen. Die Frauen lagen ihm auch nicht mehr zu Füßen wie Anno Domini. Früher war er die beste Partie weit und breit – zumindest für eine Nacht. »A Hund is er scho!«, raunten die Männer. Solange es nicht die eigene Frau war oder gar die Tochter, mit der sich Brandl vergnügte. Aber seit er die Mitte Dreißig überschritten hatte, war es nicht mehr das Gleiche. Leichtigkeit adé. Der Lack blätterte gewaltig. Manchmal fühlte er sich einfach nur wahnsinnig müde. Er besah sich den nackten Frauenrücken in seinem Bett. Mattrosa erleuchtet vom ersten Tageslicht. Kannte er die Frau? Nicht, dass er wüsste. Das Tattoo über dem Arsch zeigte einen Mississippi-Schaufelraddampfer. Gut gemacht, sehr detailreich.

Lautlos stieg er aus dem Bett und tappte auf das Kondom, das ein schlurpsendes Geräusch von sich gab. *Uah.*

Er hob es auf und tippelte über den kalten Steinboden in die Küche. Mülleimer. Stöhnte leise. Ihm tat alles weh. Schwanz dick wie eine Lyoner, rot glühend wie eine Pfefferbeißer. Keine Erinnerung, was gestern alles gelaufen war. Wahrscheinlich besser so. Küche wie Müllhalde. Überall schmutziges Geschirr. Er lud die Espressomaschine und stellte sie auf die Herdplatte. Im Flur Klamotten. Er betrachtete skeptisch einen G-String mit *Hello Kitty*. Seiner war das nicht. Er nahm die Sachen mit ins Bad.

Als er in der Dusche unter dem heißen Wasserstrahl stand, dachte er über sein Leben nach. So konnte es nicht weitergehen. Nachts der Traum von ewiger Jugend in der eigenen Disco, tagsüber der freundliche Beamte in der Polizeidienststelle Grafenberg. Und im Bett eine Lady, von der er nicht mehr als den Rücken sehen wollte. Er zog seine alten Sachen noch mal an, stürzte den Kaffee runter und schlich aus dem Haus. Schwang sich auf seine Kawasaki 900 Turbo, das heißeste Bike des Bayerwalds. Na ja, einstmals. Er hatte das Teil mit achtzehn gekauft und hielt ihm bis heute die Treue. Das Ding machte immer noch zweihundertvierzig Sachen, ansonsten röhrender Spritfresser, dessen Turbolader nach Lust und Laune einsetzte und für so manch überraschende Momente im Straßenverkehr sorgte. Aber Brandl hing an seiner Kawa. War aus der Zeit gefallen – wie er selbst. *WROOAAAARRRR!*

UFO

Die Explosion war infernalisch. Das Spannbetondach hob sich wie ein Topfdeckel. All die braune Soße wurde in den milchweißen Morgenhimmel gepeitscht. Die Häuser in direkter Nachbarschaft des Biokraftwerks wurden

von einem zähen braunen Sprühnebel überzogen. Furcht-
erregender Gestank drang in alle Ritzen des Herbstmor-
gens. Die Gruberin, die gerade Wäsche aufhängte, wischte
sich den braunen Film aus dem Gesicht und schenkte
ihrer ehedem weißen Bettwäsche einen Blick tiefer Ver-
zweiflung.

»Was is 'n passiert!?«, rief ihr Mann, der aus dem
Schweinestall gelaufen kam.

»A Ufo. Notlandung in der Güllegruam!«

»A geh?« Der Gruber sah irritiert zum Misthaufen.

»Na, des Biodings is explodiert.«

Ein breites Grinsen fräste sich in Grubers Gesicht.
»Heilige Scheiße. Wird der Hublsteiner doch ned graucht
ham in der Anlage ...«

Schon erklang die Sirene der Freiwilligen Feuerwehr
Wiesbach. Gruber schickte sich an, zum Spritzenhaus zu
kommen. Schließlich war er der Fahrer des Löschwagens.

KNÖCHELTIEF

Die Feuerwehr konnte nicht mehr viel tun. Die Explo-
sion hatte das große Betonbehältnis komplett zerstört.
Die Kuhscheiße stand auf den Wiesen knöcheltief. Mit
Atemschutzgeräten wagten sich zwei Feuerwehrleute
in das Innere der Ruine, um nachzusehen, ob dort eine
Person zu Schaden gekommen war – am Ende gar der
Hublsteiner selbst. Aber nichts. Kein Mensch. Dafür die
Reste eines stählernen Druckbehälters. Offenbar hatte je-
mand hier eine Bombe hochgehen lassen. Kein Fall für die
Feuerwehr, sondern für die Polizei.

Diese war gerade ganz in der Nähe, aber anderwei-
tig beschäftigt – in Person von Stefan Brandl. Die Ehe-

frauen der Herren Pramminger und Hublsteiner hatten morgens bei der Polizei angerufen – fast konzertierte Aktion –, weil sie ihre Männer vermissten. Nicht im emotionalen Sinne. Rein physisch. Nachdem sie die ganze Nacht nicht heimgekommen waren, machten sich die Damen jetzt doch Sorgen. Sie vermuteten ihre Gatten im *FicFac*, dem Großraumpuff bei Strážný kurz hinter der Grenze in Tschechien – Konkurrenz hin oder her. Hublsteiner machte aus seinen tschechischen Lustreisen schon lange kein Geheimnis mehr. Was hatte er zu seiner Frau gesagt, als das Blitzfoto von der tschechischen Polizei gekommen war – mit einer Lederlady auf dem Beifahrersitz? »Des war a Anhalterin. Weißt, da musst du schon aufpassen. Ned, dass dene was passiert. Die Straßen san ja voll mit dene ganzen ausg'fotzten Nutten, des is gefährlich, wenn du da so allein in der Pampas rumstehst.« Auf gut Deutsch: Er schiss sich gar nix. Der Pramminger hingegen sagte zu seiner Frau immer: »Geh Mausi, weißt eh: I schau doch bloß a bisserl.«

Jedenfalls waren die Gatten am frühen Vormittag noch immer nicht heimgekehrt. Brandl kümmerte sich. Die tschechischen Kollegen hatte er bereits angerufen. Ergebnislos. Jetzt sah er sich ein bisschen in der Gegend um. Der Pramminger hatte ein paar Hektar Forst, wo er gelegentlich auf die Pirsch ging. Vielleicht war er ja dort.

Inzwischen stand die Herbstsonne fett am Himmel und brachte die Schönheit des Bayerischen Waldes zum Leuchten: das satte Grün der Wiesen und der Nadelbäume, das Farbenspiel der Laubbäume, das silberne Band der Bundesstraße. *Rage against the Machine* dröhnte aus der Stereoanlage des altersschwachen Dienstgolfs, als Brandl über die gut ausgebaute Straße kurvte, die Augen lose auf den Straßenrand gerichtet, rechts und links.

Schließlich sah er tatsächlich Prammingers Mercedes in einer Parkbucht. Bei seinem Forst. Also doch auf der Jagd. Immer noch? Da war auch Hublsteiners BMW X5. Aha. Romantisches Stelldichein? Nach außen Kontrahenten und dann Schulter an Schulter auf der Pirsch?

Brandl stieg aus dem Wagen und streckte die Glieder. Er musste bieseln. Sein goldener Strahl schoss dampfend ins Gebüsch. Er stutzte. »Ja, was hamma denn da?« Er zog den Reißverschluss hoch und ging in die Hocke. Fasziniert betrachtet er die Gruppe stattlicher Steinpilze, jetzt leider frisch geduscht. ›Wo ein paar sind, sind bestimmt noch mehr‹, dachte er fröhlich. Tatsache. Manchmal gab es Tage, da war einem das Glück hold. Er sah immer wieder Steinpilze am Wegesrand, sodass seine Mütze bald nicht mehr ausreichte, um die kostbaren Pilze zu beherbergen. Er stopfte sich die Taschen seiner Jacke voll.

Auf der Lichtung stand letzter Bodennebel noch über hohem Gras, mystisch erleuchtet von der Sonne. Brandl ging zu dem Jägersitz. Ein Tropfen fiel auf sein Haar. Er sah in den Himmel. Keine Wolke. Noch ein Tropfen. Diesmal auf die Wange. Als er ihn wegwischte, merkte er, dass der Regen rot war. Entsetzt blickte er zum Hochsitz hinauf. Trat einen Schritt zur Seite. Der Boden quatschte. Vollgesogen wie ein Schwamm. Brandl brauchte nicht viel Fantasie, um sich vorzustellen, was das war. *BLUT.*

Brandl stieg die Leiter hoch. Volltreffer. Auf dem Hochsitz: der Pramminger – in eleganter Jagdmontur lässig zurückgelehnt auf der Bank, kühler Zug im erstaunten Gesicht. Kein Wunder, denn ein Teil der Stirn und die hintere Partie seines Kopfes fehlten. Weggeknallt. Prammingers letzte Gedanken klebten am Stamm der nächsten Fichte. Eintopf für einen Fliegenschwarm und ein Bataillon Ameisen.

Prammingers Gewehr am Boden des Hochsitzes. Selbstmord? Brandl roch am Lauf der Flinte. Nein. Er blickte hinab. Woher mochte der Schuss gekommen sein? Jetzt sah er den zweiten Vermissten, dahingestreckt im grünen Moos. Brandl war sich instinktiv sicher, dass es nur der Hublsteiner sein konnte. »Na, sauber, a Jagdunfall ist des ned«, murmelte er und wählte die Nummer seiner Dienststelle, um Verstärkung anzufordern, beziehungsweise die zuständige Mordkommission aus Straubing. Auf den Schreck erst mal eine Zigarette. Er steckte sie an, rauchte, dachte nach. Was Pramminger mit gedankenverlorenem Blick tolerierte. Als Brandl fertig war, stieg er vom Hochsitz und ging zum Hublsteiner, sah auch ihm ins Gesicht. Was davon übrig war. Schlachtplatte. Ebenfalls Kopfschuss. Hier keine Waffe. Und keine Jagdkleidung, sondern wie meistens Janker an Blaumann. Brandl zog die Lederhandschuhe an und holte den dicken Geldbeutel aus Hublsteiners Brusttasche. Prall gefüllt mit Fünfzig-Euro-Scheinen. Er nahm sich fünf – was mit den Handschuhen nicht so einfach war – und steckte den Geldbeutel zurück. »Weil du die Geburtstagsparty in meiner Disco immer noch nicht bezahlt hast, alter Geizkragen.« Hublsteiner ließ ihn gütig gewähren. Brandl hatte nicht den Hauch eines schlechten Gewissens. Das wilde Fest zu Hublsteiners fünfzigstem Geburtstag. Zuckende Leiber zu grauenvoller Musik. *YMCA*, *Major Tom* und der ganze Dreck. *Live is Life*. Ja, so schnell war's vorbei. Hatten sie gleichzeitig abgedrückt? Ein Duell? Aber wo war Hublsteiners Waffe? Nichts. Und Prammingers Gewehr war nicht abgefeuert worden. War der Pramminger erschossen worden, weil er Zeuge von Hublsteiners Tod auf der Lichtung geworden war? Oder umgekehrt? Fragen über Fragen. Brandl stiefelte vorsichtig durchs Unterholz. Er sah zum Hochsitz und drehte sich um. Da hinten, der gefällte Baum wäre ein geeignetes Versteck. Knapp fünfzig Meter. Um so genau zu treffen, musste man ein guter Schütze sein. Natürlich dachte Brandl gleich an den Schützenverein und daran, wer sich mit einem der Herren in der Wolle hatte. Aber schwierig, warum mit beiden? Die waren Todfeinde, und hier in der Region standen die einen auf Hublsteiners Seite und die anderen auf Prammingers. Ja klar, die Gerüchte um die Kooperation bei dem Biogas. Da war keiner begeistert. Aber deswegen schoss man doch nicht… Im Gras blitzte etwas: Patronenhülse. Brandl war schon versucht, sie aufzuheben. Aber nein! Er war hier nicht der ermittelnde Beamte. Das sollten die Profis machen.

Jetzt kam sein Chef Meisel samt Gefolge den Waldweg entlang. Er hielt seine Dienstmütze in der Hand und zeigte strahlend seine Beute: »Steinpilze, direkt beim Parkplatz vorne.« Er steckte die Nase in die Mütze und schnuffelte. »Mmh! Und noch feucht vom Morgentau.«

Brandl deutete zu Hublsteiner. »Wie hingerichtet. Großkalibrige Waffe. Der Pramminger ist am Hochsitz. Da drüben bei dem Baumstamm liegt eine Geschosshülse.«

»Du hast nichts angefasst?«

»Natürlich nicht.«

»Gut so. Die Kollegen aus Straubing sind in einer knappen Stunde hier. Schauen wir uns schon mal um.«

Meisel marschierte durch das kniehohe Gras, Blick starr auf den Boden gerichtet. Plötzlich stutzte er. Zwischen den Halmen schimmerte es metallisch. Er zog die Latexhandschuhe an und griff vorsichtig nach dem Gegenstand. Pistole! Mit spitzen Fingern hob er sie hoch. Ungeschickt. Sie entglitt ihm, und er konnte sie gerade

noch packen. *BUMMM!* »I shoot you, dirty Motherfuggas!!!«, gellte eine verzerrte Stimme – aus der Waffe.
Brandl hob den Kopf und sah in Meisels dämliches Gesicht. Eine Spielzeugwaffe mit einem Soundchip. Meisel grinste verwirrt und drückte noch mal ab. *BUMMM!*
»I shoot you, dirty Motherfuggas!!!«

Die beiden Streifenpolizisten warfen sich wieder ins
Gras.

»Interessant«, meinte Meisel und reichte Brandl die
Waffe.

»Ja, vielleicht ist das die Tatwaffe«, sagte Brandl ergeben.

»Wir müssen jeder noch so kleinen Spur nachgehen«,
murmelte Meisel und suchte weiter den Boden ab. »Mit
dem Äußersten rechnen, in das Gehirn des Täters hinein-
kriechen, seine Gedanken lesen, sie voraussehen…«

KONTRASTREICH

Bald flatterten lustige Kunststoffbändchen im frischen
Bayerwaldwind, und Gestalten in weißen Schutzanzügen
stolzierten durchs Gelände. ›Wie bei 'nem Atomunfall‹,
dachte Brandl und wartete pflichtschuldigst am Rand des
Geschehens, bis seine Meinung gefragt war. Jetzt kam
Meisel auf ihn zu, im Schlepptau die beiden ermitteln-
den Beamten. »Brandl, das sind die Frau Röhrl und der
Herr Janucek aus Straubing, beides Hauptkommissare.
Du unterstützt die Straubinger bei allem, was sie brau-
chen, ist das klar?«

Hauptkommissarin Röhrl war eine wahrhaft große
Frau in Blond, eine Bavaria, bestimmt eins neunzig. Janucek sah aus wie Helmut Qualtinger in jungen Jahren. Ver-
wegener Typ. Größenmäßig guter Durchschnitt, so eins

achtzig, wie Brandl. Frau Röhrl war die Tonangebende: »Servus, I bin die Michi. Ich schlag vor: Jagdunfall. Und wir legen das zu den Akten.«

»Akten sind mein Spezialgebiet. Ich bin der Stefan, und da bin i dahoam. Normalerweise gibt's bei uns bloß Tote, wenn sich einer auf der B12 derrennt.«

»Schön habt ihr's hier«, sagte Janucek, »ich bin der Rudi, servus. Besprechung im Wirtshaus. Habt's ihr so was?«

»Wenn's ned mit der Güllegrube explodiert ist, gibt's auch ein Wirtshaus.«

»Was ist explodiert?«

»Unsere neue Biogasanlage. Ein Sprengsatz. Heut morgen. Vielleicht gibt's da einen Zusammenhang, also mit den beiden Toten …«

»Aha …« Rudi kräuselte die Stirn.

»Dem einen gehört die Anlage.«

Der Rechtsmediziner rief Röhrl und Janucek zu sich. Brandl zog sich hinter die Absperrbänder zurück, um eine zu rauchen. Blick über die Lichtung. Irgendwas war komisch hier. Was nur? Das halbhohe Gras, die vielen kleinen rosa Blumen, die den Waldboden bedeckten, die Spinnweben, die Tautropfen, die im Sonnenlicht glitzerten. Echt schön hier im Bayerwald. Alles so friedlich, wenn man die Leichen und die vielen Polizisten abzog. Aber irgendwas stimmte nicht. Ihm war vorhin was aufgefallen. Auf dem Hochsitz. »Hey, runter da!«, stoppte ihn einer der Männer von der Spurensicherung, als er auf den Jägerstand steigen wollte. Widerwillig stieg Brandl wieder runter. Sah sich um. Kein weiterer Hochsitz.

»Brandl, was wird des, bist du wahnsinnig?«, rief Meisel und hielt ihn am Bein fest, als Brandl eine Fichte hochkletterte.

»Lass meine Haxn los!«, zischte Brandl.

»Spinnst du? Wie schaut denn des aus, vor de Straubinger? Wo samma denn?«

»Bei de Waidler. Jetzt lass mein Bein los, sofort!«

»Ich bin dein Vorgesetzter.«

»Ich ermittle«, sagte Brandl und kletterte weiter. Dann stieß er einen Pfiff aus.

»Was ist da oben?«, fragte Meisel, jetzt doch neugierig.

»Hol mal die Kollegen«, rief Brandl.

»Den Teufel tu ich. Was ist da oben?«

»Hier oben ist nix, aber da unten!«

Da unten war was, Tatsache, und eigentlich war es nicht zu übersehen. Zumindest, wenn man von oben draufschaute. Vorhin im Morgendunst nur schemenhaft zu erkennen, jetzt aber scharf und in voller Blüte. Sehr kontrastreich. Die fliederfarbene Erika ergab von oben ein riesiges Hakenkreuz, wie auch Röhrl und Janucek feststellten, nachdem sie auf den Hochsitz gestiegen waren.

»Respekt«, meinte Janucek, »Auf die Idee muss man erst mal kommen.«

»Ja, meine Männer sind hervorragend ausgebildet«, pflichtete ihm Meisel bei.

»Und, meinen Sie, wir haben es hier mit einer Straftat mit Neonazi-Hintergrund zu tun?«, wandte sich Janucek an Meisel. Der zuckte mit den Achseln. »Gibt es hier einen Flugplatz?«, fragte Janucek. »Denn wenn jemand Freude an so was hat, muss er es ja von oben sehen.«

»Das kann man doch vom Hochsitz.«

»Ein recht singuläres Vergnügen. Nazis sind eher so Gruppendynamiker.«

»In Meierhofen gibt es einen kleinen Sportflugplatz.«

»Und, kennen Sie jemand von den Sportfliegern?«

»Hm, ja, der Vorsitzende ist der Bürgermeister von Grafenberg. Der Wagner Hans.«

FRANZ-JOSEF

Das Büro des Bürgermeisters von Grafenberg war kongruent mit der Wohnstube von Hans Wagners Bauernhof. Inneneinrichtung niederschmetternd, Halali aus Eiche rustikal mit Hirschgeweihen an vergilbten Rauputzwänden in einem Raum fast ohne Licht. Wagners zwei halbwüchsige Töchter lümmelten in kurzen Lolitaröcken vor dem Fernseher und sahen *Bavaria's Next Dirndl Explosion* oder irgendeine Castingshow. Überall Zeitschriften und Pizzakartons. Man sah, dass hier die Frau fehlte.

»Schaut des aus, als wohnt da a Frau?«, raunzte der in Gummistiefeln und Parka gewandete Wagner.

Brandl musterte ihn. Der einst stolze Wagner Hans, der seit einer gefühlten Ewigkeit in Grafenberg Bürgermeister war, der sich immer trachtenmäßig korrekt gekleidet hatte, jetzt nur noch ein Schatten seiner selbst. Seit dem Tod seiner Frau vor einem halben Jahr war Wagners volles schwarzes Haar komplett weiß geworden. Gesicht aufgeschwemmt. Rest auch. Zu viel Schnaps und Bier. Kein Wunder bei dem Schicksalsschlag. Und dann die beiden Grazien am Hals. Im Ort sprach man hinter vorgehaltener Hand von den »Mininutten«. Was nicht ganz von der Hand zu weisen war – zumindest optisch. Wagner war jedenfalls ein gebrochener Mann und Vater.

»Sagen Sie, Herr Wagner, haben Sie schon von den Todesfällen im Wald gehört?«, fragte Michi.

»Der ganze Ort spricht von nix anderm.«

»Wie standen Sie zu den beiden Herren?«

»Wie man zu zwei so Platzhirschen steht. Man arrangiert sich. Die beiden konnten sich nicht riechen, aber auf kommunaler Ebene hat es gepasst. Wiesöd und Wiesbach sind die beiden größten Ortsteile von Grafenberg.«

»Und das mit der Biogasanlage?«, fragte Brandl.

»Das hat dem Pramminger natürlich brutal gestunken. Die hätt er selbst gern gehabt. Aber wenn der Hublsteiner so gute Verbindungen zur Regierung hat …«

»Wie schaut's denn mit Ihrem Alibi aus?«

»Für wann?«

»Letzte Nacht. Für den Mord am Hublsteiner und Pramminger.«

»Ah, geh! Als Bürgermeister bring ich zwei so wichtige Leute um? Die einen Haufen Steuern zahlen. Warum sollte ich das machen?«

»Das wissen wir doch nicht. Also, Ihr Alibi?«

»Ich war daheim. Meine Töchter wollen was zum Abendessen, die müssen ins Bett. Und später bin ich selber schlafen gegangen.«

Nächste Frage von Michaela: »Haben Sie hier in der Gegend ein Problem mit Nazis?«

»Was soll des heißen?«

»Wie stehen Sie zu rechtem Gedankengut?«

»Rechts der CSU darf es keine Partei geben.«

»*Das* wollte ich hören. Lebt Franz-Josef Strauß noch?«

»Mir san ned im Himmel, mir san im Bayerwald. Aber logisch, ihr seid's aus Oberbayern. München, ha?« Er musterte Michaela abschätzig.

»Obacht, mia san aus Straubing!«

»Es ist Folgendes«, sagte Janucek vermittelnd, »am Ort, wo die beiden Leichen gefunden wurden, gibt es ein Nazisymbol. Ein Hakenkreuz aus Erika.«

»Welche Erika?«

»Die Pflanze, Bodendecker.«

Hans Wagner lachte. »Und jetzt denken Sie …?«

»Wir denken nicht, wir fragen. Also, gibt's hier in der Gegend Probleme mit Neonazis?«

Wagner schüttelte den Kopf. »Nein, hier ist die Welt noch in Ordnung.«

»Aha, und wer war der kreative Gärtner?«

MASSARBEIT

Brandl hatte nichts dagegen, den Fremdenführer für die beiden Straubinger zu geben, kam er doch so in den Genuss, seine bayerische Heimat mal von oben zu sehen. Furchtlos musste man schon sein, denn Wagner steuerte seine Cessna wie einen Traktor – ruppig. Nach einigen magenerschütternden Luftlöchern erreichten sie eine kommode Flughöhe, die einen wahrhaft zauberhaften Ausblick auf den Bayerischen Wald und den angrenzenden Böhmerwald bot. Dunkelgrün und Herbstlaub in bunten Farben und die leuchtende Sonne am Himmel sorgten für heitere Betriebsausflugsatmosphäre. »Ja, wenn man das so sieht«, sagte Brandl, »möchte man glatt in die CSU eintreten.«

»So schaust du aus«, brummte Wagner. »Wo is jetzt euer Hakenkreuz?«

»Die Lichtung ist in der Nähe vom Bachinger Weiher.«

Abrupt riss Wagner das Steuer herum, und die drei Polizisten klammerten sich angstvoll an die Vordersitze und ans Armaturenbrett.

Wie ein glitzerndes Auge lag der Bachinger See zwischen den Baumwipfeln. Jetzt kam auch die Lichtung in Sichtweite. In strahlendem Lila war das Hakenkreuz zu sehen. »Öha«, sagte Wagner und musste lachen. »Die Farbe dad unserm schwulen Sozi gfalln.«

»Schwule oder Nazisymbole – da ist nix lustig dran«, sagte Janucek.

Wagner überlegte ein wenig, dann sagte er: »'tschuldigung. Was machen wir jetzt?«

»Noch eine Runde drehen. Schauen, ob es noch mehr Kreuze gibt. Und Sie haben das noch nie gesehen?«

»Nein, das ist schon ziemlich nah an der tschechischen Grenze. Normalerweise fliegt man von hier in Richtung Passau und Vilshofen oder nach Straubing.«

»Da unten ist noch ein Kreuz!«, rief Michaela.

»Und da noch eins«, sagte Janucek und deutete nach rechts. »Ich glaub, ihr habt's sehr wohl ein Problem. Des schaut eindeutig so aus, als gibt's bei euch mehr als einen Nazigärtner.«

In diesem Moment spotzte der Motor. »Mist«, brummte Wagner, »ich hab vergessen zu tanken.«

»Und jetzt?«, fragte Brandl. »Die paar Meter kommen wir doch zurück?«

Wagner schüttelte den Kopf. »Koa Chance. Wir sind fast leer losgeflogen. Aber keine Panik, die Kiste hab ich noch immer runtergebracht. Seht's ihr die B12 irgendwo?«

»Sie wollen nicht auf der Bundesstraße landen?!«

»Habt's ihr eine bessere Idee?« Der Motor spotzte noch ein paar Mal, dann setzte er komplett aus. Es wurde totenstill in der Kabine – von Seiten der Besatzung, die Windgeräusche waren ohne den Motorsound laut und schneidend. Von einer Straße war weit und breit nichts zu sehen. Bald würden sie die Baumwipfel streifen. Keine hundert Meter mehr. Plötzlich war sie da, die Zufahrt zu dem Einödhof. »Des schaff ma nie!«, stöhnte Brandl. Wagner peilte die Straße an. Nur noch zehn Meter über dem Boden. *Bumm!* Die Räder schlugen hart auf, Wagner hatte genau die schmale Straße getroffen. Super gemacht, aber das Flugzeug war schnell, zu schnell. »Bremsfallschirm«, murmelte Brandl, während die Cessna mit hohem Tempo auf die Scheune des Einödhofs zuschoss. Vollbremsung! Das würde nicht reichen. Vier, drei, zwei, eins … Nichts.

Brandl öffnete die Augen. Die Cessna stand zwei Meter vor der Scheune. Maßarbeit.

»Respekt«, murmelte er und drehte sich um. Die beiden Straubinger Kommissare waren kasweiß. Sie schälten sich aus dem Cockpit. Michi fummelte nervös eine Schachtel Zigaretten heraus. Brandl deutete auf das Flugzeug: »Äh, hier lieber nicht rauchen.«

»Wenn ma eins ned ham, dann Sprit«, sagte Wagner.

»Brandl, wem gehört der Hof?«, fragte Michi, während sie das Feuerzeug anknipste.

»Dem alten Staller und seinen beiden Söhnen.«

»Und wo san die? Landet doch sicher ned jeden Tag ein Flieger bei denen vorm Haus.«

Brandl ging zu dem Wirtschaftsgebäude, spähte hinein, dann zum Stall hinüber. Nichts. Wohnhaus. Keiner da. Janucek betrat die Scheune und stöhnte auf. »Kommt's mal her!«

Ihre Augen brauchten ein bisschen, um sich an die Dunkelheit zu gewöhnen. Dann sahen sie die drei Stallers. Sie hingen von einem Deckenbalken wie die Fledermäuse. Also andersherum. Richtigherum – Kopf oben. Die hohlen Wangen lappig wie Vampirflügel. »Ja, Scheiße«, murmelte Wagner. Die anderen pflichteten ihm bei. Mit offenen Mündern. Wie bei den hängenden Herren. Wo Fliegen munter ein und aus flogen. Michi war schon am Handy. »Wie heißt'n des hier?«

»Staller-Hof. Bei Baching.«

»Da is ganz schön was los bei euch«, sagte Janucek.

Brandl nickte. Das war ein bisschen viel. Fünf Leichen und das explodierte Biogaskraftwerk. In dieser beschaulichen, unterdurchschnittlich erfolgreichen Touristenregion, wo sicherlich der eine oder andere ein bisschen Dreck am Stecken hatte oder mal besoffen Auto fuhr, aber mehr nicht!

Erster Überblick: An die Scheune hatte jemand Nazi-runen geschmiert.

»Der Jüngste, der Hubert«, meinte Brandl, war mal auf der Wache wegen Nazisymbolen. So Buttons auf der Jeansjacke. Aber da war er siebzehn. Wie die orientie-rungslosen Jungs halt sind.«

Im Wohnhaus fanden sie nichts Besonderes, wenn man ignorierte, dass dort drei Männer nach ganz eigenen hygienischen Regeln gelebt hatten. Nicht nur sie, sondern auch zahlreiches Getier, vor allem in der Küche. Kleinst-tierzoo. Der Kühlschrank bot außer Bier keine Lebens-mittel. »Weißt du, was mich wundert«, sagte Wagner zu Brandl. »Die Stallers hatten doch einen Schäferhund, so ein richtig böses Viech. Wo is der?«

Brandl fand ihn in seinem Zwinger. Was von ihm übrig-geblieben war. Offenbar hatte jemand eine Handgranate in den Käfig geworfen. Die haarigen Reste des Hundes klebten an der Rückwand des Wirtschaftsgebäudes.

Als er auf den Hof zurückging, sah er Wagner neben seiner Cessna posieren. Ein Reporter lichtete ihn ab. »Kiermayer!«, schrie Brandl über den Hof. »Dass di glei schleichst!«

Kiermayer winkte ihm fröhlich zu.

Brandl legte die Hand aufs Objektiv. »Was machst du hier? Hat der Wagner dich angerufen?«

»Naa, ich wollt eigentlich zu euch nach Wiesbach wegen dem Biodings. Und dem Pramminger und dem Hublsteiner.«

»Woher weißt du des?«

»So was spricht sich rum.«

»Und was machst du hier?«

»Ich hab das Flugzeug von der Straße aus gesehen. Kleiner Zwischenstopp. Weil die Leichen in Grafenberg, die laufen ja nicht davon.«

»Hast du hier sonst noch was gesehen? Außer dem Flugzeug?«

»Wieso, gibt's hier noch was?«

Jetzt rollte bereits der Polizeikonvoi aus Grafenberg an. Kiermayers Augen leuchteten.

SUPERGAU

Meisels Amtsstube in Grafenberg war gut gefüllt: die zwei Straubinger, Brandl, Doris Roßmeier, eine Kripobeamtin aus Passau, und der Pressesprecher der Polizei Niederbayern Dr. Markus Zimmermann aus Landshut. Meisel erteilte Zimmermann das Wort.

»Meine Damen und Herren, pressetechnisch gesehen ist das der Supergau. Eine Biogasanlage fliegt in die Luft, zwei Würdenträger dieses schönen Landstrichs lassen ihr Leben bei einem mysteriösen Attentat, dann gibt es drei Tote auf einem Einödhof, und zu allem Überdruss bepflanzen durchgeknallte Neonazis Waldlichtungen mit Hakenkreuz-Erika. Und morgen steht alles in der *Passauer Neuen Presse*! Wie kommt der Kiermayer zum Tatort auf dem Einödhof? Des muss ihm doch einer gesteckt haben!«

Brandl schüttelte den Kopf. »Das war purer Zufall, der hat die Notlandung von der Cessna gesehen.«

»Notlandung? Hier geht's ja drunter und drüber.«

»Jetzt gast's euch mal nicht so hoch«, meinte Michi. »So was passiert halt.«

»Ja, im wilden Osten«, meinte Zimmermann. »Was meinen Sie, Frau Roßmeier?«

»Dass Sie sich nicht so aufblasen sollten. Ich bin zwar nur als Schwangerschaftsvertretung in Ostbayern, aber ich bin in Passau aufgewachsen. Und Landshut ist sicher nicht der Nabel.«

Michi grinste. Zimmermann sah schlecht gelaunt in die Runde. »Keine weiteren Infos an die Presse und ja nicht das Gerücht aufkommen lassen, dass die Taten zusammenhängen.«

Roßmeier schüttelte den Kopf. »Des Gerücht ist längst da. Alle sprechen's jetzt über die Neonazis und dass die des waren.«

»Welche Neonazis, Frau Roßmeier? Wenn es da verdächtige Personen gibt, dann sehen wir uns die an. Also?«, fragte Janucek.

»Wir haben da einen Hof im Visier, der eventuell ein Neonazi-Treffpunkt ist.«

»Aha? Der Staller-Hof?«

»Nein. Der Rottmann-Hof.«

»Der Rottmann?«, fragte Meisel entsetzt. »Der ist mit seiner Baufirma der größte Steuerzahler in der Gemeinde!«

»Ja, er muss ja irgendwohin mit seinem Geld«, meinte Roßmeier. »Warum nicht eine politische Organisation unterstützen?«

Meisel rieb sich die Stirn. »Oh, mei, warum sagt's ihr uns denn nix? Der Rottmann sitzt immer bredlbroad am Stammtisch dabei.«

»Und da ist Ihnen nie was aufgefallen?«, fragte Zimmermann, »dass der vielleicht extremes Gedankengut äußert?«

»Das tun doch alle Stammtische!«

Eine Welle der Heiterkeit rollte durch den Raum.

Roßmeier ging in die Details. »Wir haben den Rottmann im Verdacht, dass er der Chef einer Neonazigruppierung ist. Die NBW, die Nationalen Bayerwaldler.«

»Und was sagt der Bürgermeister von Grafenberg dazu?«, fragte Zimmermann. »Der kennt doch seine Pappenheimer?«

»Der Wagner hat genug zu tun mit seinen zwei Töchtern. Die eine haben wir schon mal auf dem Revier gehabt wegen Drogen.« Meisel sah Brandl herausfordernd an.

»Du, was kann ich dafür, wenn die bedröhnt zu mir in die Disco kommt. Bei mir gibt's den Dreck ned.«

»Diese Kuttenheinis sind doch alle gleich.«

»Sehr hilfreich, deine Vorurteile. Gothic ist eine Lebenseinstellung. Und wenn du ein bisschen nachdenkst, dann passt die ziemlich gut hierher.«

»Ja, im Wald, das sind die Räuber«, sagte Michaela. »Burschn, bleibt's geschmeidig. Was machen wir jetzt? Klopfen wir bei dem Rottmann auf den Busch? Herr Meisel, gibt's noch etwas, was wir wissen sollten über den Rottmann?«

»Er ist Mitinhaber von Waffen Schmitz in Waldmünchen«, sagte Meisel kleinlaut.

Roßmeier sah ihn groß an. »Warum wissen wir das nicht?«

»Er ist stiller Teilhaber vom Schmitz. Also eigentlich gehört ihm der Laden.«

»Das heißt, er hat Zugang zu Waffen«, sagte fragte Michaela. »Wo finden wir den Rottmann?«

»Auf seinem Hof.«

»Brandl, du kommst mit uns.«

»Sehr wohl«, murmelte Brandl und schlüpfte in seine Lederjacke.

Michaela lächelte in die Runde. »Ihr kümmert euch um das große Ganze, wir ermitteln.«

Und schon war sie mit Brandl und Janucek zur Tür raus.

»Habt's ihr jetzt Probleme mit Nazis hier oder ned?«, fragte Janucek im Auto.

»Sicher nicht mehr als andere Gemeinden. Eine Handvoll Jugendliche, die an ihren Autos schrauben und rechte Musik hören. Ich bin kein Sozialpädagoge.«

»Aber die Nationalen Bayerwaldler, das ist doch nicht einfach nur ein rechter Jodelverein?«

»Der Rottmann hat mal für die DVU kandidiert.«

»Aha. Und das mit dem Waffenladen hast du gewusst?«

»Nein. Zum Stammtisch geh ich nicht!«

WÜSTENROT

Die Straubinger staunten, als sie mit dem Auto über die Bergkuppe fuhren. Sie hatten einen Bauernhof erwartet. Was da vor ihnen auftauchte, war ein Schloss, ein Schlösschen, der feuchte Traum eines Bausparprospekts. Ein Neubau von gewaltigen Ausmaßen mit Türmchen und Giebelchen und einer penetranten Wüstenrot-Kitschigkeit. Das alte Bauernhaus daneben in krassem Widerspruch – dunkel und geduckt –, aber mit Blumenkübeln und Blumenkästen geradezu übermütig floralisiert. Die zwei Gebäude zusammen: Ensemble des Grauens. »Mei, is des greislig«, meinte Michaela.

»Da kriegst Augenkrebs«, bestätigte Janucek, als sie ausstiegen.

Zwischen den Gebäuden trat ein Hüne hervor. An der Leine zerrte ein großer Schäferhund. Der junge Mann hatte raspelkurze Haare, aber wie ein Nazi sah er nicht aus, mit seinem Holzfällerhemd und seinen Moonwashed-Jeans. »Was woit's ihr?«

»Ist der Rottmann da? Polizei. Dein Freund und Helfer.«

»Ich schau nach. Susi, du passt auf!«

Susi fixierte die Besucher mit funkelndem Blick. »Susi, du bekommst bestimmt nur Frischfleisch, oder?«, meinte Michaela. Susi knurrte.

Die Tür des Bauernhauses öffnete sich. Ein kleinwüchsiger Mann mit gewaltigem Bauch, dickem Hals und Stirnglatze. Im Antlitz eine Rotzbremse, die durchaus den Gedanken an Adolf Hitler aufkommen ließ. »Servus Brandl, was wird des?«

»Servus Rottmann, meine Kollegen hätten ein paar Fragen an dich. Hast du a bisserl Zeit?«

»Für die Polizei immer. Kommt's rein in die gute Stube.«

Sie betraten das alte Bauernhaus. Sobald sie die Türschwelle übertreten hatten, Heimatmuseum: altes Holz, niedrige Decke, bullernde Wärme aus der Stube, wo der Kachelofen eingeschürt war. »Wollt's a Bier?«, fragte Rottmann.

»Gerne, ein Helles«, sagte Michaela. »Bei der Hitz. Für die Herren auch.«

Janucek und Brandl nickten. Rottmann holte das Bier aus der Küche.

»Warum wohnen Sie hier und nicht nebenan?«, fragte Janucek.

»Meine Mutter wohnt drüben, die braucht so was.« Er rollte die Augen.

»Sie haben mal für die DVU kandidiert«, sagte Michaela.

Rottmann lächelte. »Jugendsünde. Also nix gegen nationale Interessen, aber die Typen san ned ganz des meine.«

»Und was ist mit den Nationalen Bayerwaldlern?«

»Das ist keine Partei, das ist ein Heimatverband, ein Verein, der sich besonders für diese Region, ihre Werte und den Nachwuchs einsetzt.« Er sah Brandl an. »Neumitglieder sind stets willkommen.«

»Da spiel ma dann Blasmusik in der Disco?«

»Warum nicht? Wir müssen die jungen Leute wieder an die Traditionen der Heimat heranführen!«

»Erzählen Sie doch ein bisschen über Ihren Verein«, meinte Michaela.

»Ein generationenübergreifendes Projekt. Junge und Alte, die sich für den Erhalt unserer schönen Heimat einsetzen. Wir machen viel für Familien, Volksmusikveranstaltungen, laden Jugendliche in Sportcamps ein... Sie müssen sich unbedingt den Erlebnisparcours hinterm Haus anschauen. Oswald führt sie rum.«

»Jawoll!«

Sie zuckten zusammen. Der junge Mann, der sie vorhin so charmant begrüßt hatte, stand stramm im Türstock.

»Haben Sie eine Waffe, Herr Rottmann?«, fragte Janucek.

»Hunderte.«

»Nicht in Ihrem Laden – zu Hause.«

»Nein, ich mag keine Waffen im Haus. Wissen Sie, es wird ja so viel eingebrochen. In meinem Laden sind sie sicher.«

»Sie jagen?«

»Aber natürlich.«

»Wann waren Sie das letzte Mal auf der Jagd?«

Rottmann grinste. »Sie meinen wegen dem Pramminger und dem Hublsteiner? Da muss ich Sie enttäuschen. Das letzte Mal, dass ich einen Schuss im Wald abgegeben habe, war im vergangenen Herbst. Man kommt ja zu gar nix. Wissen Sie, des Baugeschäft ...«

»Wie stehen Sie zu den Herren Pramminger und Hublsteiner?«

»Ich sag's Ihnen ganz ehrlich – schad ist es nicht, dass die nicht mehr unter uns sind. Unangenehme Typen. Und: zwei Konkurrenten weniger. Wissen Sie, des Baugeschäft ...«

Janucek winkte entnervt ab. Michi übernahm, und sie plauderten noch ein Weilchen. Unergiebig. Mit einer Ausnahme: Rottmann steckte ihnen, dass der tschechische Geschäftsmann Dr. Martin Wrabal, Betreiber des Großraumpuffs *FicFac*, den Staller-Burschen ein Angebot für einen Großteil ihres Grunds gemacht hatte. Was diese als gute Deutsche natürlich zurückgewiesen hätten.

»Will der Wrabal expandieren?«, fragte Brandl.

»Was sonst? Auf deutschem Grund und Boden! Früher hätte es so was nicht gegeben. Aber heut samma ja so was von scheißwirtschaftsliberal, dass ...«

»Okay. Das war's dann«, unterbrach Michi die Suada, »vielen Dank, Herr Rottmann, wir müssen los.«

Rottmann war enttäuscht, dass er nicht sein Gesamtprogramm zu den innenpolitischen Verfehlungen und dem beklagenswerten Mangel an nationalem Engagement abspulen konnte. Er trank den letzten großen Schluck Bier und wischte sich die Lippen. »Dann macht's es guad!«

Draußen ließen sich die drei Polizisten von Oswald noch über den Erlebnisparcours führen.

»Man könnte meinen, dass das für Hunde ist«, sagte Michaela.

Oswald strahlte. »Komm, Susi, zeig mal, was du kannst!« Er gab Susi einen Klaps, und der Schäferhund tobte los über die Rampen und Kletterwände. »So schnell schafft des koana von de Burschn!«, jubilierte Oswald. Sie erhielten einen begeisterten Bericht über die Jugendgruppen aus der Region, die hier dank der honorigen Einstellung von Herrn Rottmann Naturerfahrungen sammeln und wesentliche Schritte in der Persönlichkeitsentwicklung machen konnten. Heimatliebe, Naturverbundenheit und Kameradschaft seien die großen Werte, die man hier lernen und entwickeln konnte. Neben körperlicher Ertüchtigung. Die Polizisten nickten artig.

»Der Typ macht da in Blut und Boden«, resümierte Michaela, als sie vor dem Auto noch eine rauchten. »Und ihr schaut da seelenruhig zu?«

Brandl zuckte mit den Achseln. »Es ist sein Grund und Boden. Und solang er nichts Verbotenes macht... Ich mein, das ist doch eher ein Fall für den Verfassungsschutz, oder?«

»So hoch brauchst du das Bauerntheater nicht hängen«, meinte Janucek. »Was uns interessiert: Ist der Rottmann in diese Fälle verstrickt? Könnte es sein, dass die Mordfälle zusammenhängen?«

»Die Stallers und unsere zwei toten Platzhirsche?«, fragte Brandl.

»Na ja, in beiden Fällen sind schwere Waffen im Spiel.«

»Die Stallers sind erhängt worden.«

»Den Hund hat eine Handgranate zerrissen.«

»Die kriegst du überall auf den Vietnamesenmärkten hinter der Grenze.«

»Die Waffen in Rottmanns Laden soll der Meisel überprüfen«, meinte Michi. »Wenn der Rottmann mit drinhängt, glaube ich nicht, dass wir die Waffe da finden. Und wir sollten noch ein bisschen mehr über Hublsteiner und Pramminger wissen. Ob die Kontakte mit Kriminellen hatten. Oder Schulden.«

»Angeblich waren die beiden immer wieder in tschechischen Nachtklubs«, sagte Brandl.

»Warum?«, fragte Michaela.

»Weil das Schnaxeln da recht günstig ist.«

»Was heißt ›recht günstig‹?«

»Woher soll ich denn das wissen?«

»Jetzt sei halt ned so empfindlich, Brandl. Also, was kostet der Spaß?«

»Na ja, angeblich kannst du am Straßenstrich schon für einen Zwanziger eine schnelle Nummer schieben.«

»Echt? Das ist wirklich preiswert.«

»Aber nur die Straßennutten.«

»Aha. Und sonst? Gibt es eine bevorzugte Adresse?«

»Ja, gleich hinter der Grenze bei Strážný, der Laden von dem Wrabal.«

»Der den Stallers das Angebot gemacht hat?«

»Genau. Ist der Chef von einem Riesenladen. Das *FicFac*.«

»Supername. Da würde sich der André Heller im Grab umdrehen.«

»Lebt der nimmer?«, fragte Janucek.

»Der lebt ewig. Das *FicFac* schauen wir uns mal an. Janu, vorher prüfst du noch die Besitzverhältnisse der Stallers. Wir müssen rauskriegen, ob es ein Motiv für den Tod der drei Burschen gibt. Brandl, du sprichst bitte mit den frisch verwitweten Damen. Und dann brauchen wir noch mehr Informationen über Rottmann. Sag mal, gibt's bei euch eigentlich ein Wirtshaus oder eine Pension?«

»Wollt's ihr nicht heimfahren?«

»Ach, dann könn ma morgen eher anfangen.«

München. Abendsonne Millimeter über den Hausdächern Obergiesings. Waagrecht in die Oberlichter des Hinterhofstudios von Trauerhilfe Miller. Dort zwei Künstler am Werk. Der »geile« Andi, glühendster 1860-Fan aller Zeiten. Blondierter Vokuhila, stattliche Körpergröße, bescheidener Körperumfang, Hauch vogelscheuchig. Sechzgerschal gebunden wie ein Seidentuch. Neben dem geilen Andi, gerade vertieft in die Mechanik des Eichensargdeckels: Diego, eins sechzig groß und eins sechzig breit, zweitglühendster Sechzgerfan dieses Planeten. Optisch gemischtes Doppel, sonst Herz und Seele.

»Gegen Pauli, des war schon scheiße, gell Andi?«

»Kannst du laut sagen. Gibst du mir des Schminkset?«

Diego reichte ihm Puder und Quaste.

»Also, schöner wird der nimmer«, meinte Andi nach ein paar Versuchen mit sehr viel Puder und Camouflage. Die zahlreichen Vulkankegel auf der grauen Haut des Horizontalen ließen sich nicht wirklich zukleistern.

»Ist er daran gestorben?«, fragte Diego.

»Woran?«

»An den Pickeln.«

»Geh, Diego!«

Aber Diego meinte es ernst: »So fette Teile hab ich noch nie gesehen. Das ist echt krass. Voll die Superakne.«

»Da musst du erst mal sein Ding sehn.« Andi deutete auf die Wölbung des Lakens.

»Kann man da auch Akne kriegen?«

»Aber so was von. Klappt das jetzt mit der Technik?«

»Logisch.« Diego nahm die Fernbedienung und drückte. Knirschend öffnete sich der Sargdeckel. »Muss ich noch ölen.«

»Schmarrn, der Sound ist super. Passt doch voll gut.«

Diego schraubte weiter an dem kleinen Elektromotor, der für ein paar Special Effects sorgen sollte. Er befestigte darauf eine Leuchtkugel mit bunten Dioden.

Andi legte das Schminkset beiseite und wischte sich die Hände am Kittel ab. »Hilf mir mal beim Anziehen.« Er zog das Leichentuch beiseite. Wahrlich kein schöner Anblick: toxisches Endlager, sehr ungesunde Hautfarbe, tätowiert bis unter die Vorhaut. Und alles voller Eiterbeulen.

Das haarige Monster in die Lederkluft zu zwingen war keine leichte Aufgabe. Zu viele Kilos oder zu enger Dress. Weste ging noch. Hose problematisch. Verzweifelt versuchten sie den Hosenbund über der fetten Wampe zu schließen. Andi musste immer wieder Eiter und Blut abtupfen. Als sie ihn endlich in die Hose geschweißt hatten, ging Diego respektvoll auf Abstand.

»Was is los, Diego? Wir sind noch nicht fertig.«

»Wenn der Knopf losschnalzt, möcht ich nicht in der Schusslinie sein.«

»Geh, Schmarrn. Komm, wir legen ihn rein.«

Gesagt, getan. Rauchpause. Sie gingen auf den Hinterhof. Himmel blutorange. Inversionswetterlage. Bald Nikotinschwaden wie Nebel über dem Hochmoor.

»Wann müssen wir da sein?«, fragte Diego.

»Um elf.«

»So spät?«

»Late Night Gig.«

»Dann können wir vorher noch zum Macky! Im neuen Kindermenü is was von Pocahontas.«

»Mann, Diego, werd endlich erwachsen.«

»Niemals! Komm, ich hab Hunger.«

AMOURÖS

Brandl atmete tief durch. Das war ein ereignisreicher Tag gewesen. Und zum Abschluss noch die Gespräche mit den Witwen. Er war auf alles gefasst gewesen, auf Tränen, Vorwürfe, Wehklagen. Aber erstaunlicher Gleichmut. Die Pramminger fast erheitert: »Hat ihn endlich da Deifi geholt.« Und wegen der Alibis: Beide hatten auf ihre Männer gewartet und am späten Morgen bei der Polizei angerufen. Sonst wäre er ja gar nicht losgefahren. Beide wussten von der Vorliebe ihrer Männer für »amouröse Besuche« im Tschechischen. Die Hublsteiner hatte tatsächlich diese Worte verwendet. Jetzt war aber Dienstschluss; er freute sich auf ein Bier. Als er die Haustür aufschloss, erschrak er. Geschirrklappern. Die Lady von gestern Nacht? War sie einfach dageblieben? Nur mit Mühe konnte er sich an vergangene Nacht erinnern. Schaufelraddampfer. Kein Gesicht dazu. Irgendwann musste Schluss sein mit den flüchtigen Bekanntschaften. Wenn das Gehirn nachlässt, führt das zu Komplikationen. »Hallo?«, rief er. Keine Reaktion. Er betrat die Küche und erblickte im kalten Neonlicht einen attraktiven Hintern in engen Jeans, langes blondes Haar, Kopf gebeugt übers Spülbecken. »Hey, das muss echt nicht sein«, sagte Brandl und meinte damit den Abwasch. Blondie reagierte nicht. Jetzt sah er die Kopfhörer in den Ohren. Er schlich sich von hinten an und umarmte sie an der Hüfte. Sie fuhr hoch, und ein Teller segelte in die Höhe, um sogleich klirrend zu Boden zu gehen.

»Mama!«

»Stefan!«

»Was machst du da?!«

»Was machst *du* da?«, fragte seine Mama. »Kuscheln hast du nie gemocht.«

»Äh, ich hab dich … Hast du dir die Haare gefärbt?

»Ja, steht mir, was? Blondinen bevorzugt. Für wen hast du mich denn gehalten?«

»Ach, niemand …«

»Stefan, das ist eine elende Sauerei hier. Wenn du glaubst, dass irgendeine Frau bei dir bleibt, täuschst du dich gewaltig!«

»Da spricht die Richtige! Wie geht's denn Papa?«

»Woher soll ich das wissen?!«, fauchte sie.

»Eben.«

»Soll ich dir was zu Abend kochen?«

»Hm?«

Sie grinste. »Nur ein Scherz. Musst du in die Disco?«

»Eigentlich nicht. Der Friedel ist heut dran. Hast du was vor?«

»Ja, klar, in die Disco.«

»Geh, Mama, wie schaut denn des aus? Du bist fünfzig.«

»Ja, und? Ich bin sogar vierundfünfzig. Und geh lässig für siebenunddreißig durch.«

Brandl sah sie an und grinste. »Achtunddreißig.«

»Eben. Gehen wir 'ne Pizza essen? Du lädst mich ein. Da gibt's 'nen neuen Laden.«

ORIGINALE

Als Andi und Diego an ihre Wirkungsstätte zurückkehrten, erspähten sie schon von Weitem den Subaru ihres Chefs Josef Miller in der Einfahrt. Und hörten Miller auch sogleich, als sie das Büro betraten: »Ah, die Herren, schön, dass man sich auch mal sieht. Wo kommt's ihr jetzt her?«

»Weiterbildung. Totes Fleisch und seine Zubereitung.«
Miller sah Andi blöd an.

»Vom Macky«, erklärt der.

»Na, Mahlzeit! Was macht unser Urga?«

»Kämpft gegen Außerirdische.«

»Lass den Scheiß, Andi. Ist die Leiche fertig?«

»Sie heißt wirklich Urga?«

»Er. Vermutlich nur sein Klubname. Also, ist er fertig?«

»Logisch. Tiptop. Echte Schönheit.«

»Warum machen wir den eigentlich?«, fragte Diego. »Haben die in Deggendorf keine Bestatter?«

»Wir sind die Einzigen, die so was anbieten. Eventbeerdigungen aller Art. Full Service. Bin gespannt, wie lange das so bleibt.«

»Ach, Chef, das ist ein konservatives Gewerbe.«

»Wir werden sehen, Diego. Jedenfalls hab ich schon mit der Werbeagentur gesprochen. Die überarbeiten unsere CI.«

»Zeh-Ih?«, fragte Diego.

»Corporate Identity.«

»Aha.«

»Wir müssen unsere CI zuspitzen, die Kernbotschaft ausschärfen. So von wegen: DAS ORIGINAL.«

»DIE ORIGINALE«, witzelte Diego.

»Ja, ihr zwei Originale. Wie steht's mit der Technik?«

»Läuft.«

Sie gingen in die heilige Halle. Diego knipste das Licht an. Neonröhren zappten, britzelten kurz, summten. Grelles, kaltes Licht.

»Wie ist der eigentlich ums Leben gekommen?«, fragte Diego seinen Chef.

»Schießerei. Hast du das Loch im Bauch nicht gesehn?«

»Der Andi hat ihn zurechtgemacht.«

Andi grinste. »So ein Loch ist gar nicht schlecht, da hast du wenigstens keine Probleme mit den Faulgasen.«

Diego nickte nachdenklich. »Hoffentlich gibt's heute Abend keinen Stress.«

Andi sah ihn erstaunt an. »Was meinst du damit?«

»Na, Schießerei und so. Hört man doch immer wieder.«

»Hä?«

»Ja, weißt du doch. Wie bei so Mafiabeerdigungen. Wenn dann alle auf einem Haufen sind, mähst du sie nieder. Also der eine Clan den anderen. Wenn die verfeindet sind. Blutrache und so.«

»Geh Schmarrn, Diego. Lies halt ned immer die Scheißkrimis! Mafia!«

PENGGG!

Alle warfen sich zu Boden. Feinglasregen einer explodierten Neonröhre. Das Geschoss klickerte zu Boden, kam auf dem Estrich vor Andis Gesicht zum Stillstand. Er starrte es an. Großes Kaliber. Und grinste. Der Hosenknopf des Ledermonsters. Andi stand auf. »Entwarnung, nur ein letztes Salut.« Er drückte Diego den Knopf in die Hand. »Hier, als Glücksbringer.«

Miller sah auf die Uhr. »Jetzt schleicht's euch langsam. Pünktlichkeit ist eine Zier.«

»Kein Stress«, sagte Andi, »Deggendorf schaffen wir in einer guten Stunde.«

BLUE MONDAY

Als Brandl und seine Mutter um halb zehn die Disco betraten, war kaum etwas los. Friedel stand am Mischpult und hatte »Boys Don't Cry« von *The Cure* aufgelegt. Die Bodendüsen an der Tanzfläche fauchten Trockeneis auf eine traurige Tänzerin, die mutterseelenallein ihr kalkweißes Haar und ihren langen schwarzen Ledermantel unrhythmisch durch den Nebel schwenkte. Barfuß. »Ist ja eine Riesenstimmung in deinem Laden!«, sagte Mama Brandl.

Brandl ging an den Stehtisch, wo Michaela und Janucek ihre Biergläser geparkt hatten. »Hey, was hat euch hierher verschlagen?«

»Das süße Gift der Langeweile. Ein bisschen Nightlife bringt uns vielleicht auf andere Gedanken. Schöne Disco hast du. Fast wie das *Roxy* in Straubing.«

»Gibt's auch nimmer.«

»Ja, leider.«

»Darf ich vorstellen, meine Mama.«

»Servus, ich bin die Gerti«, sagte diese. »Und ihr seid's Kollegen vom Stefan?«

Janucek gab ihr die Hand. »Wir sind von der Mordkommission Straubing.«

Gertis Augen leuchteten. »Ja, die Mordfälle. Gibt's da schon was Neues?«

Michaela schüttelte den Kopf.

»Ich hab ja meine eigene Theorie«, sagte Gerti. »Also der Hublsteiner und der Pramminger, die waren im Clinch wegen der Biogasanlage. Die sind auf der Waldlichtung verabredet, und dann kommt es zum Duell. Die beiden drücken gleichzeitig ab, und *bumms* san's hi. Läuft des eigentlich unter Mord, wenn beide gleichzeitig...? Weil könnten ja beide sagen: ›Das war Notwehr.‹ Na ja, sagen können die ja nix mehr. Also, wenn man es nicht überlebt, ist es ja auch egal, oder?« Sie lachte. »Oder gegenseitiger Totschlag?«

Brandl verdrehte die Augen. »Mama, die Bea macht dir bestimmt einen schönen Drink.« Er schob sie ab in Richtung Bar.

»Du bist aber nicht sehr nett zu deiner Mutter«, sagte Michaela.

»Doch, das bin ich, aber du willst nicht wirklich, dass sie sich in die Ermittlungen einmischt. Und, habt ihr noch was rausgekriegt?«

Janucek nickte. »Ein bisschen was. Ich hab mit der Passauer Kollegin telefoniert. Die haben sich schlau gemacht. Nicht nur der tschechische Unternehmer ist am Grund der Stallers interessiert, wie Rottmann gesagt hat. Er selbst auch. Da ist eine Burgruine drauf, wo im Zweiten Weltkrieg ein Nazibonze gewohnt hat. Obersturmbannführer Göttler. Also, da war's noch eine Burg. Vor den Bomben. Jetzt wollen die Rechten bei den Ruinen ein braunes Gedenkzentrum errichten.«

Brandl nickte nachdenklich. »Es gab mal Gerüchte, dass die Rechten sich da gerne treffen.«

»Mann, Brandl! Warum erzählst du uns denn nix?«

»Weil ich nicht dran gedacht hab. Ist ja nicht direkt beim Staller-Hof. Und mit den Nazis, das ist schon übertrieben. Wir haben hier draußen alles Mögliche: Kiffer, Kuttenträger, Punks, ein paar wirre Rechte und sogar einen esoterischen Zirkel.«

»Einen was?«

»So Esospinner. Wächter der Energiematrix. Eine ehemalige Volkshochschullehrerin aus München, die sich hier in einem Bauernhaus eingenistet hat. Abgefahrene Lady. Sieht aus wie Gandalf und macht Schamanenworkshops. Die treffen sich ab und zu auf dem alten Thingplatz bei der Burg.«

»Was verfolgen die für Ziele, diese Matrixleute?«

»Einheit mit der Natur, Waldgeister, die geheime Ordnung der Dinge, solche Sachen.«

»Könnten die was gegen die Biogasanlage haben?«

»Wohl kaum, die stehen doch auf bio. Und bestimmt auf Eigenurin.«

»Pfui, Brandl, aus!«, stöhnte Michi.

Ihre Aufmerksamkeit ging jetzt zur Tanzfläche, wo Brandls Mama in erstaunlicher Akrobatik zu den Klängen von *New Orders* »Blue Monday« durch den Nebel zwirbelte.

STIMMUNGSVOLL

»Oh, mei, so a Scheiß«, sagte Andi, als sie bei Fröttmaning im Stau steckten.

»Ach, ist doch ganz stimmungsvoll«, meinte Diego und deutete auf die Nebenspur zu dem Laster, in dessen Fahrerkabine ein Plastikweihnachtsbäumchen hektisch die Farben wechselte.

»Entzückend. Freut sich schon im Oktober. Uhrenvergleich?«

»Viertel vor zehn. Bis elf schaff ma des lässig.«

Diego deutete zum Stadion hinüber, heute blau erleuchtet. »Einmal Löwe, immer Löwe!« Er ließ eine Bierflasche aufploppen.

Andi zuckte kurz zusammen. Der Kronkorken zischte gegen die Windschutzscheibe und klickerte aufs Armaturenbrett. »Einmal reicht mir für heute«, meinte Andi.

»Ich hab für dich auch eins dabei.«

»Lass mal. Ich konzentrier mich.«

»Ja ja, pass auf, dass du keinen Geschwindigkeitsrausch kriegst.«

Andi nickte und fuhr eine Autolänge vor. Dann standen sie wieder.

OHNE WASSER

Mama Brandl ließ die Hüften kreisen. Unerbittlich zu zuckenden Elektrosounds. Sie und die Wasserstofflady auf der Tanzfläche. Sonst niemand. Zwei falsche Blondies. Nach einer geheimnisvollen Choreografie geisterten die beiden parallel durch den Bodennebel. Wasserballett ohne Wasser. Michi und Janucek erzählten Brandl von ihrem Kripoalltag, und Brandl lauschte gebannt. Ja, das würde ihm auch gefallen. War schon was anderes als sein Dorfpolizistendasein. Tja, wenn er daran was ändern wollte, musste er das Nest mal verlassen. Raus aus Grafenberg. Aber was war dann mit der Disco und der Band? Nachdenklich nippte er an seinem Bier.

WALHALLA

Als Andi und Diego kurz nach elf am Klubhaus vom *Wotan Clan* ankamen, wartete der Präsident der Biker schon am Tor. »Wo bleibt's ihr denn?!«

»Die letzte Reise ist recht weit, dafür nimm dir etwas Zeit.«

»Halt's Maul!«, wies er Andi zurecht.

»Sind Sie der Wotan?«

»Siehst du hier sonst noch wen?«

Andi sah sich seelenruhig um. »Naa. Wo dürfen wir den Herrn aufbahren?«

»Drinnen. Vor der Bar. Gerade durch.«

Sie luden aus und betraten den ehemaligen Lagerraum. Ein paar disparate Sitzmöbel, ein kaputter Kicker, ein sehr alter Flipper und ein Billardtisch mit Brandflecken im geflickten Tuch. Die Bar war ein aus Ytongsteinen und

Riffelblechen zusammengeschustertes Designerstück zweifelhafter Handwerkskunst – vulgo: Pfusch. Aber beeindruckendes Schnapsregal. Vor dem Tresen halbnackte Muskel- und Fettpakete an Leder. »Sauber«, murmelte Diego und sah seinen Atemwölkchen nach, die von Weiß zu Transparent verschwanden. Das Temperaturempfinden der Biker nötigte ihm Respekt ab. Sicher sensible Typen. Sie bauten den Sarg vor der Bar auf. »Hey, da sieht man ja nix«, nölte einer. Sogleich hatten die Lederboys den Sarg ergriffen und auf den Tresen beordert.

Andi zuckte mit den Achseln. »Ihr seid's der Boss.«

»Die Bösse«, korrigierte ihn Diego.

Donnergrollen aus sarggroßen Boxen kündigte den Beginn der Trauerzeremonie an. Die Biker nahmen Aufstellung vor der Bar. Ließen eine Gasse in der Mitte frei. Das Schlagzeug von *Last Days of Walhalla* zerstückelte die nikotinschweißige Luft. Gesang traf es bei den gerülpsten Versen nicht wirklich.

> *Ich fahre rechts*
> *Ich fahre rechts*
> *Auf Geisterfahrt*
> *Mag ich es hart*
> *Wenn es dann knallt*
> *Wird mir nicht kalt*
> *Mich macht das heiß*
> *In echt, kein Scheiß!*

Andi und Diego waren beeindruckt. Das war einen Tick härter als *Rinnstein*, ihre Lieblingsband. Cool, ziemlich finaler Groove. Passte perfekt zu Anlass und Ambiente. Das letzte Geleit für einen führenden Angestellten eines Rockerklubs.

Die Musik verendete mit einem gedehnten Röcheln. Das Tor zum Hof öffnete sich. Kalte Nachtluft strömte herein. Die Explosion ließ Andi und Diego zusammenzucken. Die Rocker verzogen keine Miene. Noch eine Explosion und noch eine. Fehlzündungen aus den schonungslos offenen Endtüten einer Harley. Im Sattel: Wotan, der Präsident, oben ohne, auf der Brust ein Wildschweinkopf. Als Tattoo. An der Harley ein Hänger. Darauf: ein Kasten Bier, umgarnt von einer blinkenden Lichterkette.

Der Motor der Harley erstarb mit einem dreckigen Schlurpsen, das rostige Stahltor fiel krachend zu. Diego sah Andi fragend an. Der schaute in die Runde. Einer der Biker zwinkerte frech. Andi steckte ihm die Zunge raus. Der Biker fasste sich in den Schritt und fuhr sich mit der langen Zunge lasziv über die Lippen. Andi rollte mit den Augen und stöhnte leise.

El Presidente baute sich vor Tresen und Sarg auf: »Brüder, einer der Besten ist von uns gefahren. Urga, der Stählerne, der Harte. Er wurde das Opfer eines hinterhältigen Hinterhalts, erschossen von feigen Feiglingen, die versuchen, sich unser rechtschaffenes Geschäft unter die Nägel zu reißen. Hochsicherheitsdienst darf es nur einen im Bayerwald geben – uns! Aber Urga ist nicht umsonst in die ewigen Jagdgründe gerollt, wir werden seinen Tod sühnen! *Wotan longus – vita brevis!* Wichtig ist, dass wir jetzt zusammenstehen. Und dass wir unsere germanische Gesinnung nicht durch verbotene Gesten gefährden. Der Verfassungsschutz ist überall!« Wotan ließ seinen kalten Blick von Mann zu Mann schweifen, blieb bei Diego und Andi hängen. Er zeigte auf Diego. Alle Augen nun auf ihn. Diego ging vor Schreck ein Tröpfchen in die Hose. Dann fiel ihm ein, was zu tun war. Er nestelte die Fernbedienung aus der Tasche seines speckiggrauen Sakkos.

Jetzt ganz still. Fokus auf den Sarg. Der Deckel öffnete sich knarzend. Hakte. Diego ließ ihn wieder runterfahren, probierte es noch mal. Jetzt klappte es. Nein, was war das? Der rechte Ärmel von Urgas Lederjacke hatte sich am Deckel verhakt, der Arm in der Jacke ging steif nach oben. Reflexartig zuckten die Arme der Anwesenden hoch. Hundertzwanzig Grad. Nur der Arm des Präsidenten blieb unten. Panik im Blick. Jetzt schnalzte eine Deutschlandfahne aus dem Sarg und flatterte im Ventilatorwind. Die Rocker stimmten die erste Strophe des Deutschlandlieds an. Alle Rocker? Nein, Wotan nicht. Und noch einer nicht. Der murmelte: »Zugriff!«

Garagentor fliegt auf. Rechte Arme Sturzflug unter Kutten, Hände zücken Waffen, der *Wotan Clan* stiebt auseinander, verschwindet hinter Paletten, Kisten, Rohren, zwischen Regalen, hinter der Bar.

Stille.

Nein, ein heiseres Zischen aus dem Sarg. Nebelmaschine pumpt Watteweiß in die Halle. Diegos kleine Discokugel dreht sich und schickt glitzernde Pailletten in den Nebel. Andi und Diego flach auf dem Boden. Gespenstisch still.

Dann entfährt Diego ein Angstschors. Nicht dezent. Kernig. Knallt wie ein Korken aus der Sektflasche. Startschuss! Mündungsfeuer aus allen Rohren. *Rattattattatatang…*

Nach einer endlosen Minute Dauerfeuer schweigen die Waffen. Irgendwer öffnet eine zweite Tür. Der scharfe Luftzug nimmt Nebel und Pulverdampf mit sich. Jemand knipst das Licht an. Reihen gelichtet. Der *Wotan Clan* ist nicht mehr. Oder zumindest sehr reduziert. Vereinzelte Lederboys wimmern, andere verhalten sich totenstill.

Bilanz: acht Leichen, vier Festnahmen.

»Wer sind Sie?«, fragte der Einsatzleiter des Spezial-kommandos.

»Trauerhilfe Miller«, sagte Andi kleinlaut.

»Na, das passt doch. Da haben Sie ja gut was zu tun.«

Andi nickte betreten. Diego sah sich immer noch staunend um, kniff die Augen zusammen. Öffnete sie. Änderte sich nicht – das Bild der Verwüstung blieb.

KASWEISS

Brandl brach kurz nach Mitternacht auf. Es war kühl, der Mond stand fett am Himmel. Grafenberg spärlich erleuchtet. Der Schattenriss des schlanken Kirchturms stach in den nachtblauen Himmel. Im Wirtshaus *Zur Post* brannte noch Licht. Gedämpft das Gröhlen der Ureinwohner und das Klirren der Gläser. Es war ihm schleierhaft, wie die alten Bauern da bis um eins sitzen konnten und morgens um fünf Uhr wieder im Stall waren. Die gute Landluft wahrscheinlich. Oder das gute Bier. Er hatte heute nur drei Pils getrunken. Gedankenkarussell Extrarunden. Die Nägel in den Sohlen seiner Cowboystiefel knallten auf dem Asphalt. Er dachte noch mal verschärft darüber nach, ob er sich beruflich verändern sollte. Die Arbeit von Michaela und Janucek klang um einiges interessanter als seine.

Eine Gestalt zwischen den Häusern! Merkwürdige Geräusche. Stöhnen wie bei einem Kampf. Brandl schlich hinterher, bereit, einzuschreiten. Nicht nötig. Lore, eine der beiden Töchter von Bürgermeister Wagner, entleerte sich gerade in einen Vorgarten. Sie würgte sich die Seele aus dem Leib. Brandl hielt sie von hinten an den Schultern, damit sie nicht in die eigene Kotze stürzte.

»Bist du schwanger?«, fragte Brandl, als sie fertig war.

»Naa, echt ned. Zu viel Obstler.«

»Du bist keine sechzehn!«

»Ja und?«

»Warst du in der *Post*?«

»Na, in Malming, auf dem Parkplatz vom *Lidl*.«

»Wer war sonst noch dabei?«

»Was geht dich des an?!«, fauchte sie und übergab sich ein weiteres Mal.

»Danke«, sagte sie, nachdem sie sich mit einem Tempo von Brandl den Mund abgewischt hatte. »Boh, wenn ich daheim so aufmarschier, flippt mein Vater aus.«

Brandl überlegte kurz, dann sagte er: »Okay, wir gehen zu mir.«

Sie sah ihn verwundert an. »Ist das ein Angebot?« Ein freches Grinsen erblühte in ihrem Gesicht.

»Auf einen Kaffee. Und dann gehst du heim.«

Sie grinste. »Natürlich.«

»Du bist noch keine sechzehn.«

»Du wiederholst dich.«

Sie hakte sich bei ihm unter. »Weißt du, was man über dich sagt, Brandl?«

»Wer?«

»Das ist doch egal.«

»Also, was sagt man?«

»Dass du ziemlich viele Weibergschichten hast.«

»So? Weißt du, was man sonst noch sagt?«

»Nein, was denn?«

»Dass ich keine Frauen küsse, die nach Kotze riechen.«

»Arsch.«

»Selber.«

Sie hatten sein Haus erreicht, ein runtergekommenes Bayerwaldhaus mit Eternitverschalung, das im strengen Kontrast zu den wohlgepflegten baumarktgetunten Nachbarhäusern stand. Er sperrte auf und machte das Licht im Gang an. »Bad ist rechts.« Er ging in die Küche. Aus dem Bad würgende Geräusche. Er befüllte die kleine Alukanne mit Espresso und stellte sie auf die Herdplatte. Sah sich um. Picobello war die Küche. Hatte seine Mama gut hingekriegt. Jetzt erschien Lore in der Küche. Kasweiß. Das T-Shirt unter ihrer engen Lederjacke war versaut. Jeans auch. Sie sah ihn hilflos an. Er nickte und ging ins Schlafzimmer. Kam mit Jogginghose und Sweatshirt zurück.

Kurz darauf saßen sie am Küchentisch. Brandl hatte noch ein paar alte Spekulatius gefunden, die sie jetzt in den bitteren Espresso tunkten.

HAWAII

»Was war denn das?«, fragte Andi, als sie nach der existenziellen Erfahrung in Deggendorf wieder auf der Autobahn waren.

»Ein Himmelfahrtskommando.«

»Glaubst du an Reinkarnation?«

»Wer ist das?«

»Vergiss es, Diego.«

Sie fuhren schweigend. Kurz vor Neufahrn. Bald zu Hause in München-Giesing. Diego hielt das Lenkrad ganz locker. Und rauchte. Und dachte nach. Ungewohnt bei ihm.

Andi nieste und kruschte im Handschuhfach nach Taschentüchern. Dort entdeckte er die Lichterkette. »Diego, sag bloß?«

»Ach, die brauchen sie doch nicht mehr.«

Andi grinste und drückte den Stecker in den Adapter am Zigarettenanzünder. Die Lämpchen blinkten bunt. »Hey, Diego. Die nehmen wir morgen mit auf die Verbandsfeier. So Stimmungsbeleuchtung. Stehn die Ladys drauf.«

»Wenn wir die Burschen morgen schon reinkriegen, müssen wir doch bestimmt arbeiten?«

»Woher denn. Die wandern erst mal in die Rechtsmedizin.«

»Hä?«

»Die schaun nach, wer sie erschossen hat.«

»Hä?«

»Die gehen auf Nummer sicher. Dass die sich auch wirklich alle selbst über den Haufen geknallt haben.«

»Hä? Äh... Ja... klar. Wer sonst? Sag mal, meinst du, wir kriegen dieses Jahr wieder fünfhundert extra?«

»Logisch. Der Laden läuft doch eins a. Und warum? Wegen uns. Der Miller weiß, was er an uns hat. Aber noch wichtiger: Kommt die scharfe Lisa aus Hannover wieder auf die Verbandsfeier?«

»Die von Trauerhilfe Kralle?«

»Ja, *Kralle kriegt sie alle.*«

Sie lachten.

»Ist da eigentlich was gelaufen letztes Jahr?«, fragte Diego.

»Aber so was von!«

»Andi, du Sau, jetzt fällt's mir ein, ihr wart im Lager!«

»Du, der *Eternity deluxe*, der ist echt super gepolstert. Und geräumig. Ein Riesending!«

»Geh, Andi, der Sarg heißt *Friedrich der Große*. *Eternity de luxe*, das sind nur die Beschläge. Die kannst du auch am *Schneewittchen* oder am *Sisi* haben. Also gegen Aufpreis natürlich.«

»Naa, des stimmt ned. Der Miller hat gesagt, dass der *Friedrich* nimmer so heißt. Das klingt so deutsch. Die Zeichen stehn auf Expansion. *Service finale — jetzt inter-*

national. So in der Art. Der *Friedrich* heißt jetzt insgesamt *Eternity de luxe.* Und innen Seide, perfekt für ein bisschen Romantik.«

»Du Windhund!«

»Ich liebe Betriebsfeste!«

»Weißt du noch, letztes Jahr auf der Weihnachtsfeier, als der Miller in den Gummibaum gekotzt hat?«

»Und sein Bruder ihm die Whiskeyflasche in der Urne versteckt hat.«

»Wahnsinn, die zwei. So krass drauf. Und wir haben so super gesungen: Last Christmas...«

Andi übernahm: »... I gave you my heart...«

Und gemeinsam: »... the very next day you gave it away...«

Diego lachte und pulte den Glücksknopf aus der Hosentasche. »Wenn wir den vorhin nicht dabeigehabt hätten...« Sie betrachteten ihn und grinsten sich an.

BUMMMM!

Ungebremst auf das Stauende.

Ein Schnipp und schon im Off.

Andi und Diego verpassten das Feuerwerk der explodierenden Weißbierflaschen, die der Laster vor ihnen geladen hatte. Schade eigentlich. So ein bisschen Hawaii: Kronen süßherben Schaums, fröhlich illuminiert von der blinkenden Lichterkette. *Aloha!*

FLITSCHERL

Brandl und Lore saßen immer noch am Küchentisch, als es um halb drei klingelte. Michaela und Janu stützten Brandls Mama. Hackedicht im trüben Gassenlicht. »Mama, nicht schon wieder!«, stöhnte Brandl.

»Schweig, Sohn!«, gröhlte diese. »Hast du noch einen Schnaps?!«

Brandl sah die beiden Straubinger zerknirscht an. »Tut mir leid, wenn ihr Umstände hattet.«

Michaela schüttelte den Kopf. »Das grandiose Finale eines ereignisreichen Tages. Eine wunderbare Tänzerin, deine Mama. Absolut stilsicher. Nur die Cocktails hat sie nicht ganz im Griff.«

»Hey, hast wieder a Flitscherl da?«, lallte Mama.

Neugierig sah Michaela in die Küche.

»Ich hab denselben Job wie ihr gemacht«, sagte Brandl leise. »Das ist die Lore, eine der Töchter vom Wagner.«

»Und?«, fragte Michaela.

»Was, und?«

»Was erzählt sie? Die weiß doch sicher genau, was hier im Ort läuft.«

Brandl schüttelte den Kopf. »Morgen. Heute ist sie blau. Könnt ihr sie mitnehmen? Der Hof vom Wagner ist auf dem Weg zu eurer Pension.«

Als Brandl allein war, war er ein bisschen frustriert. Saß in der dunklen Küche, das Schnarchen seiner Mutter wurde von der Waschmaschine übertönt, in der sich Lores versaute Klamotten drehten. So richtig rund lief sein Leben nicht. Bei anderen aber auch nicht. Lore hatte ihm ihr Herz ausgeschüttet. Sie war in einem Typen aus Malming verliebt, der mit den Rechten sympathisierte. Eigentlich fand sie das total abstoßend. Aber sie mochte den Peter doch so … Und für wen arbeitete Peter als Maler? Für Rottmann. Brandl behagte der Gedanke an die politischen Untertöne der ganzen Geschichte gar nicht. Das warf ein schlechtes Licht auf seine Heimat. Warum waren da Nazirunen an der Scheunenwand der Stallers? Was hatten die Stallers, das jemand unbedingt haben wollte? Außer Wald und Wiesen? Wirklich die alte Burg? Und der Tod vom Pramminger und vom Hublsteiner? Hatten die beiden Spielschulden? Dieser Wrabal unterhielt neben dem Puff auch ein großes Kasino. So viele Fragen.

AUFSICHTSPFLICHT

Der neue Tag begann mit einem Anschiss: »Brandl, spinnst du, nimmst die Lore aus der Disco mit heim. Die ist keine sechzehn!«

»Wer erzählt so einen Scheiß, Meisel?«

»Die Lore. Ihr Vater war bei ihr.«

»Schick den Wagner zu mir, dann erzähl ich ihm was über sein Früchtchen. Kotzt die Büsche voll und kriegt bei mir Kaffee und neue Klamotten ...«

»Brandl, ich kenn doch deine Frauengeschichten!«

»Du bist so ein Depp!«

Michaela und Janucek betraten das Großraumbüro. »Alles groovy?«, fragte Michaela.

»Im Gegenteil! Der Wagner glaubt, ich hätte seine Tochter belästigt. Und mein Chef glaubt das. Was meint ihr dazu?«

Michi schüttelte den Kopf, drehte sich zu Brandls Chef. »Mein lieber Herr Meisel, Sie sollten froh sein, einen so guten Mitarbeiter wie den Brandl zu haben.«

»So, sollte ich das?!«

»Ja, weil er verlässliche Zeugen dafür hat, dass er sich mehr als korrekt verhalten hat. Nämlich uns. Nicht jeder würde sich kümmern, wenn ein besoffener Jugendlicher auf der Straße liegt. Wer sagt da was Gegenteiliges, Brandl?«

»Die Lore selbst, offenbar.«

»Warum?«

»Vielleicht weil sie mir gestern Sachen erzählt hat, die sie heute bereut. Wie von ihrer unglücklichen Liebe zu einem Jungnazi aus Malming.«

»Ah, das ist doch interessant. Hätten Sie die Güte, Herr Meisel, das mal von den Passauer Kollegen prüfen zu lassen? Die kennen sich doch aus mit den Bayerwald-Nazis. Und wollen Sie Herrn Brandl nicht was sagen?«

»Entschuldigung«, murmelte Meisel.

»Was? Ich hab's nicht verstanden.«

»ENTSCHULDIGUNG!«, wiederholte Meisel. »Der Wagner war heute Morgen da und hat eine Riesenterz gemacht. Den ruf ich gleich an. ›Neonazis‹, sagst du, Brandl?«

»Mach keinen Wind! Die Lore hat schon genug Ärger. Das sollen die Spezialisten für so was prüfen.«

»Der Wagner«, schnarrte Meisel, »die Nase immer ganz weit oben. Und dann so was! Der soll erst mal schauen, dass er sich um seine zwei Töchter kümmert. Schließlich gibt es ja so was wie Aufsichtspflicht!«

Die drei Zuhörer nickten mit gebremster Begeisterung.

Meisel legte die *Passauer Neue Presse* auf den Tisch. Ein Riesenartikel über die Todesfälle. Alles drin: Pramminger, Hublsteiner, die Stallers. Und die Sache mit dem Biogaskraftwerk fehlte natürlich auch nicht. Er schüttelte den Kopf. »Nicht gerade gute Werbung für unsere Gemeinde.«

Sie überflogen den Artikel. Nichts Handfestes, keine Hintergründe und zum Glück keine Fotos von den Leichen. Meisel brachte die Kollegen auf den Stand: Eine Spezialeinheit der Feuerwehr hatte die explodierte Biogasanlage untersucht. Der gefundene Sprengsatz war ein

Selbstbausatz, dessen Bauplan man problemlos aus dem Internet ziehen konnte. Der Obduktionsbericht für die drei Stallers lag auch bereits vor. Sie hatten schon drei bis vier Tage im Stadl gehangen. Schließlich: Pramminger und Hublsteiner waren mit einer großkalibrigen Waffe erlegt worden, wie sie eigentlich nur zur Großwildjagd verwendet wird.

»Passt zum Rottmann«, meinte Brandl.

»Keine voreiligen Schlüsse«, sagte Meisel. »Dann haben sich noch die beiden Witwen gemeldet. Jemand von diesem Wrabal hat sich bei ihnen gemeldet. Da sind angeblich noch Rechnungen offen. Frau Röhrl, was meinen Sie dazu? Sie leiten die Ermittlungen.«

Michaela überlegte. »Sie übernehmen den Rottmann. Lassen Sie überprüfen, was der für Waffen zu Hause und in seinem Laden hat. Ob aus einer der Waffen geschossen wurde. Wir fahren zu diesem *FicFac*-Klub und schauen uns diesen Wrabal mal an.«

»Und was ist mit den Stallers?«, fragte Brandl.

»Das ist noch die Spurensicherung dran.«

Die Tür öffnete sich ohne Klopfen. Meisel zuckte zusammen. Es war Roßmeier, die Beamtin aus Passau. »Klopfen gibt's ned?«, maulte Meisel.

»In Passau sind die Bürotüren immer offen. In München auch. Kommunikation ist alles. Und, wie ist die Lage, Kollegen?«

»Diffus«, sagte Michi.

Roßmeier nickte. »Es gibt weitere Tote. Schießerei in Deggendorf, in einem rechtsradikalen Rockerklub.«

»Nazirocker«, sinnierte Michi. »Das wird ja immer besser.«

»Konzentrieren Sie sich bitte auf die Fälle hier, um die Rocker kümmern sich die Kollegen vom LKA.«

FAMILY CARD

An der Grenze ließ sich kein Zöllner blicken. Der Straßenbelag war sofort schlechter. Kein Wunder, nach dem zarten pechschwarzen Bitumen, auf dem sie bisher geräuschlos dahingeglitten waren. Wenn Ostbayern schon strukturschwach ist, dann wenigstens mit richtig guten Straßen. Bis auf einige liebreizende Straßennutten, die gelbgesichtig und in knallengen Polyesterhäuten hinter den Büschen hervorsprangen und waghalsige Brems- und Ausweichmanöver provozierten, die Brandl mit ortskundiger Nonchalance meisterte, verlief die Reise ohne Zwischenfälle. Schließlich erreichten sie den *FicFac*-Klub. Klub traf es nicht ganz, das war ein riesiges Eroscenter, hinsichtlich Ausmaß und optischem Reiz durchaus vergleichbar mit den großen bayerischen Möbeleinkaufsparadiesen. »Ein Bettenhaus!«, scherzte Michaela. Der fußballfeldgroße Parkplatz war weitgehend besetzt. Nummernschilder: Regen, Passau, Freyung, Deggendorf, Pfarrkirchen, Straubing. Auch München, Augsburg, Nürnberg. Alles da.

»Vielleicht gilt da meine Ikea-Family-Card«, sagte Michaela.

»Du hast Familie?«, fragte Brandl erstaunt.

»Ja, logisch, zwei entzückenden Buben im Alter von zehn und zwölf. Bevor du fragst – mein Mann kümmert sich. Der arbeitet von zu Hause.«

Brandl nickte. Und war beeindruckt. Für ihn waren Kripobeamte immer Einzelgänger, mit einem Faible für Alkohol und traurige Musik. Speziell die von der Mordkommission.

Sie betraten das Foyer und gingen an die Rezeption. Es sah aus wie in einem ganz normalen Businesshotel.

»Was kann ich für Sie tun?«, fragte die Kostümdame mit niederbayerischem Zungenschlag.

»Wir haben eine Verabredung mit Herrn Wrabal«, sagte Janucek.

Sie lächelte professionell und prüfte den Termin im PC. Dann brachte sie die Besucher zum Personallift, mit dem sie in den vierten Stock des Amüsierkomplexes fuhren. Der Lift entließ sie direkt in das loftartige Büro von Dr. Martin Wrabal. Selbiger saß nicht an seinem ausladenden Schreibtisch, sondern stand an der Glasfront, den Blick in die Tiefen und Weiten des mittäglichen Böhmerwalds gerichtet. Er ließ die imposante Aussicht kurz auf seine Besucher wirken, bevor er sich schwungvoll umdrehte. Wohlsituiert, um die fünfzig, perfekt sitzender Schurwollanzug und sanftes Lächeln an Habichtnase. Brandl musste an einen Mantel-und-Degen-Film denken.

»Willkommen in meinem Klub«, begrüßte Wrabal die drei in fast akzentfreiem Deutsch. »Was verschafft mir denn die Ehre, die Polizei aus dem schönen Bayern empfangen zu dürfen?«

Janucek erklärte, warum sie hier waren: um herauszufinden, was die Herren Pramminger und Hublsteiner in der letzten Zeit vor ihrem Tod gemacht hätten. Hier zum Beispiel. Da gäbe es doch sicher Zeugen, wenn nicht gar Ton- und Bilddokumente?

Wrabal legte die Stirn in Falten. »Sie wissen, wie manche Gemeinden auf den ungezügelten Sextourismus und den abscheulichen Straßenstrich reagiert haben.«

Brandl nickte, doch Michaela sah ihn erwartungsvoll an.

Wrabal lächelte. »Die Bürgermeister haben Videoanlagen auf den Ein- und Ausfallstraßen installiert und auf den Parkplätzen der vielen kleinen Schmuddelklubs.«

»Was wollen Sie uns damit sagen?«, fragte Michaela.

»Mir ist die Privatsphäre unserer Kunden heilig. Ich halte nichts von solchen Praktiken. Das fördert Denunziantentum und lässt diese Bumsbuden auch nicht verschwinden. Die einzigen Gegenmaßnahmen sind hohe Qualitätsstandards, gut geführte Häuser, gesunde Mädchen mit fairen Arbeitsbedingungen. Und natürlich die Achtung der Privatsphäre. Bei uns finden Sie keine Überwachungskameras.«

»Das ist sehr schön«, sagte Michaela, »wenn Sie trotzdem so nett wären, uns etwas über die Herren Hublsteiner und Pramminger zu erzählen. Privatsphäre haben die beiden jetzt mehr, als ihnen lieb ist, sie sind nämlich tot.«

»Das ist sehr bedauerlich. Nicht nur menschlich. Denn die beiden Herren haben ihren Kreditrahmen etwas überzogen. In meinem Kasino und auch hier.«

»Tja, da werden Sie den verehrten Witwen wohl Ihr Inkassoteam schicken müssen.«

»Das lässt sich bestimmt einvernehmlich regeln. Kann es sein, dass Sie Vorbehalte gegenüber meiner Tätigkeit hegen?«

»Durchaus. Aber das tut nichts zur Sache. Stimmt es, dass Sie den Stallers ein Kaufangebot gemacht haben?«

»Sie sind gut informiert. Ja, ich habe ihnen ein Angebot für ein Grundstück gemacht, ein sehr gutes Angebot.«

»Warum?«

»Weil ich immer an lukrativen Grundstücken interessiert bin.«

»Wofür?«

»Tourismus. Naherholung. Eine hübsche Burgruine.«

»Sie wissen, dass dort lange ein Nazi lebte?«

»O ja, Obersturmbannführer Göttler. Unrühmlich. Ein Grund mehr, die Burgruine einer neuen Bestimmung zuzuführen. Erlebnistourismus und Rollenspiele – das sind touristische Zukunftsmodelle.«

»Sehr schön. Aber die Stallers wollten nicht verkaufen.«

»Leider nein.«

»Warum nicht?«

»Vielleicht weil die Stallers nationalistisches Gedankengut schätzten?«

»Woher wollen Sie das wissen?«

»Ich weiß vieles. Und jetzt sind sie tot.«

»Sie sind gut informiert.«

»Dafür reicht schon die *PNP*. War's das?«

»Vorerst.«

»Der ist so was von abgebrüht«, sagte Michaela im Lift.

»Meinst du, er hat was mit dem Tod der Stallers zu tun?«, fragte Brandl.

»Keine Ahnung. Was passiert denn mit dem Grund? Gibt es Erben?«

»Weiß ich nicht. Müssen wir uns schlaumachen.« Brandl steckte sich auf dem Parkplatz eine Zigarette an. »Also mal aus dem Bauch: Das tschechische Puff zieht die ganzen braven Familienväter aus dem Bayerwald an. Auch so verdiente Gemeindemitglieder wie Pramminger und Hublsteiner. Wenn jetzt die wertkonservativen Nazis sagen: Hey, wo bleiben da die deutschen Tugenden? Und Wrabal ist auf ein Gelände scharf, das für die Nazis rund um Rottmann eine besondere Bedeutung hat. Plötzlich sind die Stallers tot. Vielleicht hängt das alles zusammen?«

Lore lümmelte auf dem Treppenabsatz des gesichtslosen Mietshauses, als Peter um die Ecke bog. Er rauchte gedankenverloren, sein Maleranzug war voller Farbe, drückte sich an ihr vorbei in den Hausflur. »Hey!«, sagte sie.

Jetzt sah er sie an. »Was machst du hier?«

»Ich hab auf dich gewartet.«

»Aha.«

»Freust du dich nicht?«

»Nein.«

»Kann ich mit rein?«

»Nein.«

Sie trottete hinter ihm die Treppe hinauf in den zweiten Stock. Er sperrte auf. In der Wohnung roch es säuerlich. Peter ging in die Küche und holte sich ein Bier aus dem Kühlschrank. Lore betrat das Wohnzimmer und öffnete ein Fenster. Bis auf das martialische Plakat mit der Bundeswehrwerbung sah es hier ganz normal aus. Dachte sie erleichtert. Sie setzte sich auf das blaue Ikea-Sofa. Und wartete. Peter kam nicht. Schließlich ging sie in die Küche, um nachzusehen. Peter starrte aus dem Küchenfenster und rauchte. Die Bierflasche auf dem Fensterbrett war schon fast leer. »Ich wollte dich sehen«, versuchte sie es.

»Wie bist du hergekommen?«

»Mit dem Bus.«

Er lachte. »Wie alt bist du eigentlich?«

»Alt genug«, sagte sie und umschlang seine Hüfte. Er wehrte sich nicht.

»Nimm mich auf dem Küchentisch«, krächzte sie.

Er lachte wieder und nahm sie an der Hand.

Vier Minuten später rauchten sie gemeinsam eine Zigarette im Bett.

»Sind wir jetzt zusammen?«, fragte Lore.

»Hm«, sagte er.

»Heißt das ja oder nein?«

»Hm.«

Sie stand auf und bewegte ihren grazilen Körper durch das spärlich eingerichtete Schlafzimmer. Auch hier hing ein Bundeswehrplakat. »Warum bist du nicht beim Barras, wenn du die so cool findest?«

»Die haben mich nicht genommen. Ich hör schlecht.«

Sie ging zu dem schmalen Bücherregal und studierte die Bücher. Zwei Regalmeter *Disney's Lustige Taschenbücher*. Und Hitlers *Mein Kampf.* »Ist das nicht verboten?«

»Wie Sex unter vierzehn.«

»Sehr witzig. Hast du es gelesen?«

»Nein, wieso? Du etwa?«

Sie schüttelte den Kopf und stellte das Buch wieder ins Regal. »Du, ich hab dich richtig gern. Aber das braune Zeug, das passt doch gar nicht zu dir.«

»Du kennst mich ja gut.«

»Musst du denn mit diesen Typen rumhängen?«

»Das sind meine Freunde.«

Sie nickte nachdenklich.

ZAFIRA

Rottmann war schlecht gelaunt. Sehr sogar. Der Polizeibesuch zu Hause und in seinem Waffenladen hatte ihm gar nicht gefallen. »Ich bin auf der Seite des Gesetzes!«, zischte er.

Oswald nickte devot.

»Die hatten keinen Durchsuchungsbeschluss. Die sollen lieber den Scheiß-Wrabal in die Mangel nehmen! Das

ist doch der eigentliche Skandal! Deutsche Familienväter und zeugungsfähige junge Männer fahren über die
Grenze zum Bumsen! Bringen das Geld, das sie hier in
Bayern verdienen, ins Ausland. Ja, da wär's mir ja noch
lieber, wir machen selbst ein Puff auf, wenn das so eine
dringliche Angelegenheit ist.«

»Nicht zu diesen Preisen«, erwiderte Oswald.

»Wir haben die besten Bauunternehmen hier in Ostbayern!«

»Ich mein das Bumsen. Das ist in Tschechien erheblich
günstiger.«

»Und was ist mit dieser Videoüberwachung, die die
Tschechen einführen wollen?«

»Beim Wrabal gibt es das nicht. Der hat Beziehungen.«

»Oswald, ich erwarte Vorschläge, was wir gegen Wrabal unternehmen können!«

»Wir könnten ihm eine fiese Geschlechtskrankheit in
sein Puff einschleusen.«

»Hervorragende Idee!«

»Das war ein Witz.«

»Die Witze vergehen dir noch. Lass dir was einfallen!
Und wenn wir dem Wrabal unsere Jungs auf den Hals
schicken und die ein bisschen randalieren?«

»Wrabal hat voll die fiesen Leibwächter.«

»Na und? Die tschechische Polizei findet es bestimmt
nicht gut, wenn es in seinem Laden Ärger gibt. Und den
braven Familienvätern ist das sicher auch unangenehm.
Nicht, dass da einer 'nen Kratzer in ihren *Sharan* oder *Za-
fira* macht. Mann, wie mir das Ganze auf den Sack geht!
Weißt du, dann kannst du jahrelang reden, dass es um Heimat geht, um unsere Identität als Deutsche, als traditions-
bewusste Bayern, und dann rennen die Typen dahin, wo
es am billigsten ist! Überhaupt die Zunahme der Krimi-

nalität im Grenzraum! Und die Polizei schaut einfach zu! Fünf Tote! Das ist nicht die Bronx, das ist der Bayerwald! Und bei wem steht die Polizei dann vor der Tür? Bei mir!«

FURORE

Die Kneipe *Gache Wurzn* im Schatten des Osser war berühmt-berüchtigt – exzessive Konzerte mit bösen Hardrockbands aus dem tiefen Wald. Hier gaben sich die Oberpfälzer und Niederbayern nix. *Deep Forest.* Heute war erstmals ein Seniorenabend angesetzt, den Brandl (so jung ja auch nicht mehr) mit seiner Band eröffnen sollte. Brandl war sich nicht ganz sicher, ob es ein Vergnügen werden würde, mit seiner Metal-Hiphop-Band *Kings of Fuck* den Opener für die beiden Hardrockbands *Lattenrost* und *Raureif* zu geben. Aber die Kohle war okay. Fünfhundert für einen Gig war durchaus nicht schlecht. Brandl verlegte die Kabel und stöpselte die Effektgeräte ein. Er überlegte. Sein Chef Meisel war ja nicht gerade begeistert gewesen, dass er heute schon um siebzehn Uhr Dienstschluss gemacht hatte. »Gerade jetzt, wo so viel los ist!« Meisel hatte kein Verständnis für die Kunst. Kunst? Da musste Brandl selbst den Kopf schütteln. Ambitionen – das war gestern. Der Traum mit der Band war schon lange ausgeträumt. Da hätten sie vor zehn Jahren in die Gänge kommen müssen. Dazu hatte ihnen der Ehrgeiz, die Hartnäckigkeit gefehlt. Oder – schlimmer noch: die Kreativität. Anfang der Neunzigerjahre hätten sie mit ihrer Musik Furore machen können, als die Leute *Rage against the Machine* oder *Dog eat Dog* hörten. Sie selbst hatten damals noch selbstvergessen Blues gespielt, so Altherrenzeug. Und Hardrock. Die Kombi mit HipHop war seine Idee gewesen. Anfangs fanden das die Leute hier ganz toll, weil man ja eh immer fünf Jahre hinterher war. Schlug ein wie eine Bombe. Aber nur ganz kurz. Dann lief es nicht mehr so super. Aus der Zeit gefallen. Wie seine Kawasaki 900 Turbo. So bronto. Aber die *Kings of Fuck* hatten eine kleine, treue Anhängerschar, die sicher auch heute da sein würde. Allen voran seine Mama. Früher war Brandl das tierisch peinlich gewesen. Heute sah er es mit Humor. Seine Mama, die verrückte Lady, die die ganzen Spielchen hier auf dem Land nicht mitmachte, die tanzen ging, wenn sie Lust dazu hatte, die auch mal einen zu viel trank, wenn sie Lust dazu hatte, der man vor allem eins nicht verbieten konnte: das Mundwerk. Und die sich mit dem Unterhalt ihres Ex, seines Vaters, irgendwie durchwurschtelte, ohne auch nur einen Gedanken an eine geregelte Arbeit zu verschwenden.

Brandl begrüßte Bernie, den Schlagzeuger, mit einer innigen Umarmung und nahm von ihm sein erstes Bier des Abends entgegen. Bernie war Verwaltungsfachwirt bei einem Wohnmobilhersteller und ließ an Wochenenden gerne die Sau raus. Er trug bereits sein Bühnenkostüm, eine mit zahlreichen Aufnähern verzierte Lederweste mit nix drunter. Die Tattoos auf dem stattlichen Bierbauch waren bedenklich aus der Form geraten. Schön war anders, aber eindrucksvoll. Der fliegende Holländer wie ein verzerrtes Traumbild auf der haarigen Haut. *Fleisch ist ein Stück Lebenskraft!*

Brandl nahm einen tiefen Schluck aus der Flasche und sah zu Mike, der mit seiner Gigbag am Eingang der *Wurzn* stand und mit dem Wirt redete. Mike war maximal so groß wie seine Bassgitarre, aber er war der größte Bassist, den Brandl kannte. Mike hätte das Zeug dazu gehabt, richtig groß rauszukommen, er war so gut wie John Enwistle von *The Who* oder Flea von den *Chily Peppers.* So flinke Finger. Dann hatte er aber doch den Nutzfahrzeugverleih seines Vaters übernommen. Mike war von Prinzip aus faul. Auch zum Üben war er zu faul. Aber warum sollte er üben? Er spielte wie ein Gott. Und im Unterschied zu ihm und Bernie hatte er es tatsächlich zu einer richtigen Familie mit zwei Kindern gebracht. Seine Frau war zwei Köpfe größer und bildhübsch und total in Mike vernarrt. ›Wie viel Glück kann ein Mensch haben?‹, dachte Brandl. Ohne jeden Neid.

HILFSSHERIFF

Wirtshaus *Zur Post.* Michaela und Janucek und zwei Haferl Kaffee. »Also des Ganze ist ein Riesenscheiß«, stöhnte Michi, »die Waidler stecken doch alle unter einer Decke.«

»Vorsicht, meine Oma kommt aus Viechtach.«

»Schau, was haben wir? Zwei Tote im Wald, drei Tote auf einem Bauernhof, einen Waffenhändler mit brauner Tapete, ein Megapuff im Tschechischen. Die Explosion in der Biogasanlage. Und das Massensterben in dem Rockerklub in Deggendorf. Sonst wird hier die Kriminalitätsrate bis auf die üblichen grenznahen Drogengeschichten doch eher gegen Null tendieren. Und plötzlich passieren Dinge, die jeden Mafiafilm in den Schatten stellen. Das ist nicht normal.«

»Vielleicht wirklich ein politischer Hintergrund. Irgendwelche Neonazigeschichten. Und vielleicht geht es auch um Sex, also um Geld, das mit Prostitution verdient wird. Den Nazis passt es bestimmt nicht, dass ehrenwerte deutsche Männer auswärts bumsen. Vielleicht möchte auch jemand am Sexgeschäft seinen Anteil haben?«

»Der Rottmann?« Janu lachte. »Das wäre doch mal ein schönes länderübergreifendes Projekt. Deutsche Männer bei vietnamesischen Prostituierten in Tschechien. Und kassieren tun Tschechen und Deutsche gemeinsam. Aber warum die vielen Toten?«

»Das weiß nur der große Manitu.«

»Was hältst du vom Brandl?«

»Cooler Typ. Dass der sich mit dem Hilfssheriffposten zufriedengibt ...«

»Wird das Beste sein, was man hier kriegen kann.«

»So, ich mach mich noch schnell frisch, dann fahr ma zur *Wurzn.*«

LEPTOSOM

»Kraft! Selbstvertrauen!! Mut!!! Kraft! Selbstvertrauen!! Mut!!!« Der leptosome junge Mann mit bleicher schweißiger Haut und nacktem Oberkörper stieß bei jedem herausgebellten Befehl beide Fäuste in den milchigen Bayerwaldabendhimmel. »Kraft! Selbstvertrauen!! Mut!!!« Sein Bellen wurde untermalt vom lautstark gehechelten »HA-HA-HA ...« weiterer in passformlosen Sporthosen steckender Jünger mit ebenfalls nackten Oberkörpern – plus zwei Damen mit verjährten Sport-BHs –, die sich bereits auf dem Holzlagerplatz eingefunden hatten und einen Kreis bildeten. Rund um eine alte Dame mit langen weißen Haaren und dichtem Bartflaum, selbiger in sattem Schwarz. Die schamanische Hohepriesterin war tief in Gedanken versunken und gab gurgelnde Laute von sich. Ob diese von oben oder unten kamen, war nicht auszumachen. Unangenehm roch es in jedem Fall. Schwefelig. Aber das waren eher die Kühe auf der Weide, die neugierig zu den im Kreis tanzenden Schamanen hinüberlugten. Mit der Ankunft des letzten Jüngers – »Kraft! Selbstvertrauen!! Mut!!!« – war der Kreis geschlossen, und die weiße Frau hatte das Wort:

Ich begrüße den Abend, ich verabschiede die Sonne,
das Licht,
Das sich langsam zurückzieht hinter die Gipfel der
Berge,
Die Sonne, die uns den ganzen Tag ihre Energie
geschenkt hat,
Ihre Kraft, die uns mutig durch den Tag gehen ließ,
voller Tatenkraft und Zuversicht.
Ich begrüße Mutter Erde, jeden einzelnen Halm,
Jede einzelne Krume, jeden Holzspreißel,
Alles, was uns Halt gibt auf ihr, am Tag und in der
Nacht.
Ich verabschiede das Blau des Himmels, das langsam
übergeht in Schwarz,
Das den Sternen eine dunkle Heimat sein wird.

Sie winkte einem der Jünger und ließ sich eine Trommel geben. »Seid ihr bereit?«

»Jajajaja! Bereit, bereit, bereit!«, kam es aus zehn Kehlen.

Die weiße Frau begann einen langsamen Rhythmus zu schlagen, erst behutsam mit dem Ballen ihrer rechten Hand – die Jünger verfielen in summendes Schunkeln, vereinzelte Andeutungen erster tänzerischer Soloeinlagen –, um dann mit der Handfläche wuchtig auf das Fell zu schlagen, zu dreschen. Signal für *Full Dancing Action!*

Die Kühe betrachteten das Spektakel gelassenen Blickes, waren sie doch schon gewohnt, diesem Guten-

Abend-Ritual hier täglich beizuwohnen. Doch sie staunten immer wieder erneut über die Vielschichtigkeit des Klanginfernos: wollüstige Schreie, tiefste Grunzer, höchste Piepser. Plötzlich stoppte der Sound, das Schütteln der Körper. *Freezeframe.* Alle in der Position des letzten Trommelschlags. Wohl dem, der in diesem Moment beide Beine auf dem Boden hatte.

Ansage Lady Gandalf: »Jünger, ihr habt jetzt das Grundwissen der Schamanen des Letzten Ordens der Wächter der Energiematrix in euch aufgesaugt, habt euer Bewusstsein und euer Unterbewusstsein durchdringen lassen von einer Idee, die größer ist als alles Irdische, das euch einengt, in Rollen zwängt, die eurer wahren Natur widersprechen. Hier ist euer Platz, euer Raum, euch zu entfalten, euch zu erden, die himmlischen Kräfte zu erfahren, ihn zu spüren, den Mythos des Waldes, der allheiligen Natur, ihr habt gelernt, die weisen Traditionen dieses Ortes aufzunehmen. Bald werden wir uns treffen, vor der Burg bei Baching, wo unsere germanischen Urahnen ihre Versammlungen abhielten. Dort hatten sie ihren Thingplatz, wo sie über das Wohl der Gemeinschaft entschieden. Burg Greifenfels war einst Heimstatt unserer nationalen Freunde, die später durch das Wirken politisch verwirrter Führer nicht das eigentliche Ziel erreichen konnten. Blut und Boden war ein Irrweg. Nur den wahren Jüngern und Jüngerinnen, den Kennern der germanischen Riten, geht es um wahre Zugehörigkeit zur Schöpfung, um Heimat und Erdverbundenheit. Es liegt an uns, den Kern der nationalen Idee wieder herauszuschälen, den Boden, auf dem wir stehen, wieder zu dem unsrigen zu machen. Dazu müssen wir ihn, den Boden, die Natur, das alles im Urzustand erfahren, schmecken, fühlen, riechen. Schon bald werden wir uns dort einfinden, um zu feiern euer neues Bewusstseinsniveau, das euch enthebt all irdischer Profanität.«

Jetzt schlägt die bärtige Frau mit der Hand auf die Trommel, wild und voller Energie, verfällt in einen bizarren Regentanz. Die anderen tun es ihr gleich. Und ab geht die Post: *Ekstase, Fruktose, Glukose, Unterhose.* Letztere in ganzer Pracht unter dem wirbelnden Rock der Chefschamanin. Albtraum in rot-schwarzer Spitze mit daumenkuppengroßen Mottenlöchern. Der Tanz hat etwas zutiefst Sexuelles, alle sind voll deep im Groove, fassen sich an den Händen, Hüften, Schultern, stoßen gurrende Laute aus, röhren wie die Hirsche, finden in das gemeinsame Mantra: *»Ajugyjugyjugy… Ayayayajugy… Ajugyjugyjugy… Ayayayajugy… Ajugyjugyjugy… Ajugyjugyjugy…«* Hände zum Himmel, Hände zur Erde, Bauch rein, Brust raus, Bauch raus, Brust rein, T-Shirt aus, Hosen aus. Zwölf nackte Menschen, unkontrollierte Masse, zuckend, juckend, pluckend. Strecken, recken, lecken. Singen, springen, klingen. *All in one majestic beat – In the mood, Baby I'm in the mood…*

LICHTSCHEU

Prag. Der schwarze Mercedes 500 glitt lautlos den Wenzelsplatz hinauf. Warmes Abendsonnengold. Der Wagen bog in eine Seitenstraße ab. Großbürgerliche Häuser, manche toprenoviert, manche runtergekommen, schrundig. Der Wagen hielt vor einem Jugendstilgebäude mit desolater Fassade. Der Fahrer stieg aus und ging durch die Hofeinfahrt.

Hinterhofgebäude. Hohe, alte Werkstattfenster. *Eisenwaren Pawel Lustig & Söhne.* Natürlich schon lange nicht mehr. Hier residierte Bohumil Wrabal über seinen Lagerräumen für auf alt getrimmte Möbel, von wo sie ihre Reise auf die Flohmärkte Europas antraten. Anfangs nur ein kleiner Nebenerwerb, inzwischen aber ein sehr verlässlicher Geschäftszweig. »Jeder kann Geschichte kaufen«, lautete Bohumils Werbespruch. Und: diese Geschäfte machten keinen Ärger – ganz anders als seine Nachtklubs und Drogendeals, die immer wieder unter der Unzuverlässigkeit ihrer Kundschaft litten, auch wenn sie natürlich erheblich größere Gewinnspannen boten. Beides wichtig, breit aufstellen, war Bohumils Businessstrategie.

Sein Fahrer Stanislaw war gekommen, um ihn zu einem wichtigen Termin abzuholen. Er fuhr mit dem Lastenaufzug bis ganz hinauf. Der Lift hielt direkt in Bohumils Fabriketage. Dort war es ziemlich dunkel. Nur wenig Abendsonne drang durch das kleine Fenster an der Stirnseite der großen Halle. »Hey, Bohumil!«, rief Stanislaw. Keine Antwort. Stanislaw wagte es nicht, das Licht einfach anzuknipsen. Bohumil war ein lichtscheues Wesen. Irgendwo klirrte eine Flasche, rollte über den Betonboden. »Hey, Bohumil, ich bin's, Stanislaw.« Er ging durch die Halle, in der sich schemenhaft ein Billardtisch, eine Sofalandschaft und eine Hausbar abzeichneten. Ganz hinten an der Wand ein Matratzenlager, ein schmuddeliges Nest, in dem sich Bohumil gern mit einer Flasche Schnaps und Koks wegschoss. Stanislaw sah Bohumils wachsweißes Gesicht. Kein guter Eindruck. »Mann, Bohumil, du weißt doch, dass der Termin heute wichtig ist.«

»Brgs?«

»Komm, steh auf!«

»Mmmpsss.« Bohumil versuchte aufzustehen, scheiterte aber kläglich. Stanislaw half ihm auf die Beine und brachte ihn zum Klo, das sich in einem kleinen Nebenraum befand. Plätschern von Wasser und heftiges Würgen. Anschließend Stille. Stanislaw ging zum Fenster und sah in die Dämmerung hinaus. Die vielen Hausdächer. Schornsteine, Sendemasten, Antennen spießten Wolken auf.

Plötzlich stand Bohumil neben ihm. Funkelnde Augen, hellwach. »Hey, Alter, ich bin bereit. Ich will doch Mama und meinen werten Bruder nicht enttäuschen. Abmarsch!«

HONULULU

»Die Typen haben voll den Knall«, meinte Peter, der fasziniert und befremdet zugleich auf die tanzenden Schamanen im letzten Abendlicht starrte.

Xaver nickte. »Die nackte Kanone 4.0.«

»Und die sind mit dem *Wotan Clan* verbandelt?«

»Ja, die sind ganz dick.« Er machte einen fetten Kussmund. »Und die wollen ebenfalls die Burg kaufen.«

»Echt? Die Esospinner?«

»Angeblich war da mal ein Thingplatz.«

»Ein was?«

»Na, wo die Germanen Sitzungen halten, Sachen besprechen. Also früher. Der Göttler hat damals diese Tradition wieder zum Leben erweckt. Scherbengerichte, so Kulthandlungen.«

»Hey, was hast du vor?!«, zischte Peter, als Xaver zum Tanzplatz robbte. Sehr unauffällig. Gut gelernt auf Rottmanns Erlebnisparcours. Aber die Vorsicht hätte er sich sparen können, denn die Damen und Herren waren komplett mit sich selbst beschäftigt, ein Menschenknäuel im

Kosmogroove. Xaver raffte die Klamotten der Tänzer zusammen und war kurz darauf mit dem großen Bündel zurück. »Was willst du mit dem Zeug?«, fragte Peter.

Xaver gluckste und trug das bunte Bündel zum Bach. *Platsch*. Die bunten Kleider wurden von der Strömung davongetragen. Jetzt dumpfes Grollen. Am dunkelroten Abendhimmel zeigte sich eine gewaltige Gewitterwolke. Schwarzer Watteberg, giftgelber Rand. *Los Dan Geros!* Die Schamanen focht das nicht an. Zuckende Leiber, schweißnass glänzend, wildes Trommelfeuer. Xaver holte sein Handy raus. »Ich ruf den Kiermayer an.«

»Den Presseheinz?«

»Genau. Ich sag ihm, dass er die Augen offenhalten soll, beim Seminarzentrum der Sonnenanbeter. Vielleicht gibt's da bald was Interessantes zu sehen.«

Als er sein Telefonat beendet hatte, sagte er zu Peter: »Komm, wir hauen ab, hier kommt gleich die Sintflut. Außerdem hab ich Hunger. Ich brauch 'ne Pizza.«

»Warst du schon mal im *Dosa di Napoli*?«

»Ist das der neue Laden in Wiesöd?«

»Genau. An der Kreuzung. Die haben voll die geilen Teile. Die *Honululu* ist spitze!«

»Was ist da drauf?«

»So kleine scharfe Würstel, Mango und Popcorn.«

»Aiuto!«

»Was heißt jetzt das schon wieder?«

ASTREIN

Die riesige Wiese neben der aufgelassenen Hendlzuchtstation – jetzt Festsaal der *Gachen Wurzn* – war mit Unmengen von SUVs zugeparkt. Wie Gebrauchtgeländewagenmarkt. Verschämt stellte Janucek seinen schmächtigen VW Passat ab. »Samma a bisserl underdressed?«

»Wieso, meine Lederhose ist doch astrein«, meinte Michaela.

»Was du alles dabei hast«, murmelte Janucek und musterte ihre schwarze Lederhose und vor allem ihr löchriges Kiss-T-Shirt.

»Ist mein Nachtzeug, Rudi.«

»Die Hose?«

»Das T-Shirt, du Depp.«

Im Saal der *Wurzn* war ein Gedränge und Geschiebe wie spätabends auf dem Oktoberfest. Altersschnitt deutlich über fünfzig, dicke Bäuche, üppige Grilldekolletés, blondierte Haare, Jeans und Leder. Luft schneidig. Michaela und Janucek drückten sich ganz nach vorne durch, denn Brandls Band war als Erste am Start. »Kontrollierte Ekstase« – das war es, was Brandl seinen beiden Bandkollegen vor jedem Auftritt predigte. »Nicht komplett ausflippen, nicht komplett zudröhnen!« In den Wind gesprochen. Die restlichen Zweidrittel der Band waren jetzt schon blau wie die Wolpertinger am Faschingsdienstag. Bernie fünf Wodka Redbull und Mike sechs dunkle Weißbier. So viel hatte Brandl zumindest offiziell mitgezählt. ›Na ja, noch ist alles im Lot, die Jungs sind auf Betriebstemperatur‹, dachte Brandl, als sie auf die Bühne kletterten. Keine Ansage. *Bummbummbumm*, der Basslauf, dann das blecherne *Tschaktschaktschak* der Hihat, und schon setzte Brandls sägende Gitarre ein. Ein Monsterriff, gejagt durch sämtliche Effektgeräte des Planeten. Jetzt die Bassdrum, das scheppernde Becken, es entstand eine stehende Welle, ein absolut desolater Sound, über den Brandl bellte:

I bin da King of Fuck
I mach euch alle platt
Ihr geht's mir auf'n Sack
I bin da King of Fuck …

Aus der PA flammendes Inferno. Und im Publikum? Entsetzen? Schock? Nein. Mildes Desinteresse. Die saturierten Freizeitrocker hoben gerade mal ein paar Augenbrauen und zuzelten weiter an ihren Bierflaschen. Brandls Ma hingegen hottete ab wie eine Amazonasindianerin beim Beschwören des Regengottes. Janucek stand der Mund weit offen. Michaela schüttelte begeistert ihr Haupthaar. Das war genau ihres. Wie die Sachen, die früher im *Roxy* in Straubing liefen. Nur lauter und agressiver. *Geil!*

Nach einer halben Stunde Höchstleistungen gegen ein zu weiten Teilen feindlich eingestelltes Publikum räumten die *Kings of Fuck* die Bühne. Die sogleich ein unglaublich fetter Fettsack mit Lederweste und ZZ-Top-Bart enterte. Stöpselte die Gibson ein und drehte den Verstärker auf elf. Aus den Boxen ein Boogiemonster, das die Wände der *Wurzn* erzittern ließ. Dagegen waren die *Kings of Fuck* ein laues Lüftchen. »Hi, mir san *Lattenrost* aus Finsterau«, begrüßte der Gitarrero das Publikum, und drei weitere Wampenmonster erklommen die Bühne. Der Rest war Lärm. Der Sänger grunzte unverständliche Tierlaute ins Mikro, die Band brachte den Saalboden zum Beben. Wie unterirdischer Atombombentest. Krass. Publikum wie Tsunami. Rollte nach vorne an die Bühne, bouncte zurück, riss alles mit sich. Mittendrin Brandls Mutter, die nicht geschnallt hatte, dass ihr Sohn gar nicht mehr auf der Bühne stand. Michaela und Janucek wurde es zu viel.

»Wahnsinn, da am Land geht was«, sagte Janucek draußen.

Erschöpft trat Brandl zu ihnen und ließ sich von Michaela eine Zigarette geben.

»Respekt, Brandl, *Kings of Fuck*, cool!«

»Danke. Boh, das Publikum ist eine harte Nuss. Sehr anspruchsvoll.«

»Auf einen groben Klotz gehört ein grober Keil. Ihr ward echt super. Und deine Mama ist abgegangen wie Schmitts Katze.«

»Ja, Mama ist krass drauf. Sagt mal, habt ihr ganz hinten den kleinen Naziklub gesehen?«

Sie sahen ihn erstaunt an. »Der Ecktisch. Mit Wagners Tochter. Die Lore steht ja auf einen der Typen.«

»Du hast doch einen guten Draht zu ihr. Vielleicht erzählt sie dir ein bisschen, was die so treiben?«

»Ich soll sie aushorchen? So was mach ich nicht.«

»Wir schon. Wir sind bei der Kripo. Wir wollen doch ein paar Morde aufklären, oder?«

DURCHBOXEN

Hochbetrieb auf der weitläufigen Terrasse der riesigen Villa unterhalb der Prager Burg. Abendgarderobe. Wunderbarer Blick auf Prag, Moldau, Karlsbrücke. Girlanden gelber Straßenlaternen, Scheinwerfer und Rücklichter des nächtlichen Verkehrs.

»Mama dachte schon, du kommst nicht«, begrüßte Martin Wrabal seinen Zwillingsbruder.

Bohumil grinste schief. »Meinst du im Ernst, ich vergess ihren Geburtstag?«

»Letztes Jahr lagst du besoffen in einem Hotelzimmer in Pilsen.«

»Einmaliger Ausrutscher.«

»Prost, Bruderherz.«

Sie stießen mit den Champagnergläsern an.

Bohumil rülpste leise. »Was macht dein Projekt?«

»Wird fertig. Du bist gebucht. Ich verlass mich drauf.«

»Geht klar. Du sagst mir noch immer nicht, wo es ist?«

»Lass dich überraschen. Ist wirklich special.«

Jetzt gesellte sich Martins Frau dazu. »Hallo, Bohumil.«

Bohumil musterte sie von oben bis unten. Wow, sie war noch schöner geworden. Die blonde Mähne, der durchtrainierte Körper in dem eleganten Etuikleid. Er küsste sie rechts und links. »Katja, lange nicht gesehen. Wie geht's dir?«

»Gut. Und du, was macht der Zirkus?«

»Super. Ich hab tolle neue Artisten. Wenn du Sehnsucht hast …«

»Ich krieg 'nen eigenen Laden in *Wonderland*.«

»Hey, Bruderherz, du lässt sie wieder auftreten?«

Martin verdrehte die Augen. »Was willst du machen?«

»Hey, deine Frau ist die größte Burlesquetänzerin in ganz Tschechien!« Er drehte sich zu Katja und fasste sie an den Schultern. »Welcome back auf der Bühne! Und wenn du doch zum Zirkus zurück willst …«

»Dann meld ich mich bei dir«, sagte Katja und streifte seine Hände ab.

»Kommt, wir gehen rein«, sagte Martin. »Wenn der Bürgermeister schon mal eine Laudatio auf Mama hält.«

»Wie viel hast du ihm gezahlt?«

»Du überschätzt mich.«

»Dich? Niemals!«

Als die weitschweifige Rede des Bürgermeisters überstanden war, ging Bohumil zu seiner Mutter, um zu gratulieren. Bohumil kniff die Augen zusammen. Heute trug seine Mutter ein besonders exzentrisches Kleid aus einem metallisch glänzenden Stoff mit Leopardenmuster, das nicht nur ihr ausuferndes Dekolleté, sondern auch ihre gesamten hundertzwanzig Kilo unbarmherzig betonte.

»Was macht der Zirkus, Sohn?«, fragte sie.

»Das neue Programm ist fertig. Sehr, sehr geil.«

»Red nicht so ordinär. Also, wie ist es?«

Bohumil erzählte ihr in Stichworten, wie weit er den Zirkus wieder auf Vordermann gebracht hatte. Den ehemaligen Staatszirkus *Mandrago*, den früher jedes Kind in Tschechien gekannt hatte, bis mit dem Tod des Vaters bei einer Raubtiernummer der Niedergang begonnen hatte. Der erst gestoppt wurde, nachdem er die Leitung übernommen hatte. Noch schrieben sie keine schwarzen Zahlen, aber mit dem Engagement in Martins Vergnügungspark würde sich das ändern und *Mandrago* wie ein Phönix aus der Asche postsozialistischer Ruinen steigen.

»Ich bin stolz auf dich!«, sagte seine Mutter. »Wann ist Premiere?«

»Wenn Martin seinen neuen Laden eröffnet.«

»Weißt du, wie es wird?«

»Nein, er macht ein großes Geheimnis daraus.«

»Hat es was mit seinem Erotikklub zu tun?«

»Mama, das *FicFac* ist kein Erotikklub.«

»Sondern?«

»Ein Riesenpuff.«

»Sei nicht vulgär, Bohumil. Das ist alles offiziell. Versicherung, Steuern, Arbeitsverträge. Nicht wie deine Kaschemmen.«

»Wenn du das sagst, Mama.«

»Mach mir keine Schande. Konzentrier dich auf den Zirkus! Du entschuldigst.« Wie ein Luftkissenboot schwebte sie von dannen, auf eine Gruppe von Frauen zu, ebenfalls in prall gefüllten Metal-Abendkleidern. Bohumil atmete auf, erspähte seinen Bruder am Kamin. Mit Dr. Platner, dem Spielzeugfabrikanten aus Nürnberg. Der war im Vorstand des fränkischen Heimatvertriebenenverbands. Politisch sehr aktiv. Hatte viel Geld in Tschechien investiert. Handwerksbetriebe, Fabriken, Zeitungen. Geld interessiert sich nicht für Ländergrenzen. Platner suchte Verbündete für seine *Partei der Versöhnung*. Ein rechter Haufen unter dem Deckmantel der Völkerverständigung. Bohumil hatte ein klares Bild von der Partei der Versöhnung. Das war eine straff organisierte Gruppierung, die neue lukrative Wirtschaftsräume für zahlungskräftige Finanziers erschloss. Für derartige Investoren war sein Zwillingsbruder Dr. Martin Wrabal mit seinen innovativen Geschäftsideen der Mann der Stunde. Vor ihm hatte es keiner geschafft, das wild wuchernde Sexgeschäft im Grenzland in ruhige Bahnen zu lenken. Die vielen versifften Straßennutten mit ihren Gesundheitsrisiken, die crystalverseuchten Bars und die Gewaltkriminalität – all diese negativen Standortfaktoren waren seit der Eröffnung des *FicFac* massiv zurückgegangen. Und die Steuergelder sprudelten. Kein Wunder, dass Dr. Platner erpicht darauf war, an Martins neuer Geschäftsidee teilzuhaben. »Wird *Wonderland* denn rechtzeitig fertig werden?«, fragte Platner.

»Es gibt kein ›rechtzeitig‹«, antwortete Martin. »Es ist nirgends offiziell angekündigt. Keiner wartet darauf.«

»Doch, meine Kunden. Meine Investoren.«

»Wir halten alle Termine. Wir versuchen noch eine besonders schöne Idee umzusetzen.«

»Und die wäre?«

»Ein direkter Zugang von Bayern aus. Kurze Wege, höhere Frequenz.«

»Aber die bayerischen Behörden?«

»Ist alles in Verhandlung.«

»Und der Naturschutz?«

»Kein Thema.«

»Wie, ich dachte, das passiert alles im Umfeld vom *FicFac*? Da ist doch rundum Nationalpark?«

»Ja. Und nein. Wir sind schon sehr weit. Du wirst überrascht sein.«

»Okay, du bist der Boss. Aber ich hab das Geld.«

»Ich sag Bescheid, wenn ich mehr brauche. Jetzt entschuldige mich, ich muss zu meinem Bruder.«

Er ging zu Bohumil, der bereits glasige Augen vom Wodka hatte. »Trink nicht so viel!«

»Anders halt ich das nicht aus. Der blöde Platner, der schleimige Wicht. Was sagt er?«

»Er hat das Geld. Ist doch astrein.«

»Pass auf, der zieht dich über den Tisch. Da sind die Deutschen gut drin.«

»In der nächsten Legislaturperiode boxt die Regierung ein neues Gesetz zu Investitionen aus dem Ausland durch. Und dann muss er gucken, wer sein Geld hier für ihn verwaltet.«

»Du und deine Scheißpolitiker.«

»Diese Scheißpolitiker sorgen dafür, dass es uns gut geht. Und dafür, dass es deinen Zirkus immer noch gibt.«

OXYMORON

Brandl ging um Viertel nach drei ins Bett. Ihm schwirrte der Kopf. Die laute Musik, das viele Bier, der Small Talk mit den Provinznazis. Am meisten irritierte ihn, dass die Burschen eigentlich ganz nett waren, gar nicht mal so blöd, und dass sie sogar seine Musik mochten. Erstaunlich. ›Ganz normale Nazis‹, dachte er und sinnierte über dieses Oxymoron. Was verleitete die jungen Typen zu diesen bizarren politischen Ansichten? Das letzte Problem, was sie hier hatten, waren Ausländer. Arbeitslosigkeit, ja, das war ein Thema. Aber ein neuer Hitler würde auch keine Autobahn durch den Bayerwald bauen. Oder? Vermutlich war es einfach Langeweile und der Wunsch, irgendwie aufzufallen, anzuecken, beachtet zu werden. Immerhin hatte er erfahren, was Rottmann für die Jungs attraktiv machte. Hier gab es wenig Arbeit, woanders in Bayern viel. Als Bauunternehmer stellte er Maler und Maurer zu Kolonnen zusammen, die dann mit Kleinbussen bis nach Aschaffenburg hinauffuhren, um unter der Woche auf seinen Baustellen ihren Lebensunterhalt zu verdienen. Job gegen Gesinnung. Oder umgekehrt. Jedenfalls wirkungsvolle Arbeitsplatzmaßnahme in der wirtschaftlich schmalbrüstigen Region. Wie weit würden diese Jungs gehen, um ihren Arbeitsplatz zu sichern? Brandl grübelte: ›Die Rechten sind scharf auf den Grund der Stallers wegen der Burg mit ihrer Nazigeschichte. Die Nationalen Bayerwaldler setzen die Stallers unter Druck, die Sache eskaliert, schwupps, sind die Stallers tot.‹ Er schüttelte den Kopf. Nein, sehr theoretisch. Hingen die Staller-Morde mit dem Ableben von Hublsteiner und Pramminger zusammen? Die beiden waren Bauunternehmer – wie Rottmann. Konkurrenz? Brandl wälzte sich zur Seite und zog sich die Bettdecke über den Kopf.

IN DER HAND

Stanislaw fuhr Bohumil durch die nächtlichen Straßen Prags. Vor einem unscheinbaren Kellerloch in einer dunklen Gasse ließ er ihn aussteigen. Unten am Absatz der

Kellertreppe, die ins *Dynamite* führte, bewachten zwei bleiche Muskelpakete in schrankförmigen Sakkos die Tür.

Sie funkelten ihn böse durch die Dunkelheit an. Jetzt erkannten sie ihn, nahmen Haltung an. »'n Abend, Chef!«

»Hi Jungs. Viel los?«

»Geht so.« Einer der beiden öffnete die schwere Stahltür. Eine Wand aus Lärm schlug Bohumil entgegen: stampfende Beats, erregte Stimmen, Gläserklirren. Und eine Nassfront aus Schweiß, Schnaps und süßlichen Drogen. Ungerührt durchschritt Bohumil sein Lokal. Das *Dynamite* bot auch heute die typische Mischung: tschechische und russische Halbwelt, blasse Männer in teuren Anzügen, mit zu viel Gold an Hals und Handgelenk, hohläugige Prostituierte mit gewaltigen Vorbauten und lackiertem Lächeln, amerikanische Studentinnen in knappen Röcken und Shorts, die das Ganze für eine Folkloreparty hielten, und eine Horde Geschäftsleute, die direkt nach einem langen Arbeitsessen in den Klub gegangen waren, um alle Hemmungen fahren zu lassen. Auf der Tanzfläche erregtes Menschenfleisch in konvulsivischen Zuckungen. Bohumil grinste. Das war genau seins: elementar, ursprünglich, chaotisch. Fortpflanzung, Leidenschaft, Besinnungslosigkeit – Rausch.

Bohumil schob sich an der Bar vorbei ins Hinterzimmer. Hier saßen die richtig harten Jungs beim Poker. Damit hatte er selbst schon lange aufgehört. War nicht gut für seine Nerven. Heute spielte er lieber Schach. Auch gegen hohe Summen. Kein Glücksspiel, sondern Frage mentaler Größe, strategischen Denkens. An einem der Tische: Karel. Vor sich: ein Bündel Geld. Karel, der Kronprinz, die rechte Hand seines Bruders. Klug, gerissen, BWL-Abschluss an der Uni. Regelte alles Geschäftliche für Martin. Der von seiner Schwäche fürs Kartenspiel nichts wusste. Auch nichts von dem umfassenden Kredit, den er Karel eingeräumt hatte, nachdem dieser mit russischen Kredithaien Probleme bekommen hatte. Ebenso wusste Martin nichts von Karels Beziehung zu seiner Frau Katja. Summa summarum: Bohumil hatte Karel komplett in der Hand. Und jetzt war der Moment gekommen, dass Karel auch mal was für ihn tun konnte. *Wonderland* konnte er nicht seinem Bruder allein überlassen. Er winkte Karel, sein Spiel einzustellen und zu ihm an den Tresen zu kommen.

Als Stanislaw eine Stunde später den Wagen anließ, war er erstaunt, dass Bohumil nicht komplett hinüber war wie sonst, sondern bester Dinge. Sie lieferten Karel im Hotel *Europa* ab, wo er seit Jahr und Tag wohnte, und fuhren weiter zu Bohumils Wohnung.

Bohumil nahm die Wodkaflasche aus dem Bordkühlschrank. »Komm mit rauf. Trink noch einen mit mir, Stani.«

Oben fiel ein rosa Lichtbalken durch das kleine Fenster. Bohumil sah kurz hinaus. Der Himmel über Prag glomm rotgold, unwirklich, märchenhaft. Er ließ sich aufs Sofa fallen, nahm einen tiefen Schluck aus der Flasche und reichte sie weiter.

Stanislaw trank. »Und, was sagt Karel, wie ist *Wonderland*?«

Bohumil lachte. »Es klingt fantastisch. Alles unterirdisch. Kein Stress mit den Umweltheinis. Das Einzige, was mich stört, sind die blöden Investoren von dem blöden Doktor aus Nürnberg. Ich mag die Deutschen nicht.«

»Von irgendwo muss das Geld ja kommen.«

»Unsere russischen Freunde haben mehr Geld, mehr Möglichkeiten.«

»Aber Martin ist der Boss.«

»Noch. Wir werden sehen, wie es läuft.«

»Du, ich hau jetzt ab. Die Kinder müssen in die Schule.«

»Wir sehen uns heute Abend. Um zehn Uhr hier.«

Als Stanislaw verschwunden war, stand Bohumil auf und sah noch mal aus dem Fenster. Über all die Dächer, die rauchenden Schornsteine, die Kondensstreifen am rötlichen Himmel. Ja, er würde sich seinen Anteil an Martins Geschäft sichern.

REFLEX

Die Mittagssonne stand hoch über der Burg Greifenfels. Der kleine Peter und sein langer Spezl Xaver kauerten im Gebüsch und beobachteten die Ruine durchs Fernglas.

Xaver gähnte. »Topjob.«

Peter zuckte die Achseln. »Wer zahlt, schafft an.«

»Warum interessiert den Rottmann, was hier los ist?«

»Weil es noch andere Interessenten für die Ruine gibt.«

»Wer soll das sein?«

»Die Esospinner. Und der Wrabal.«

»Der von dem Puff?«

»Genau der.«

»Des *FicFac* ist schon ein Superladen.«

»Ich war noch nicht da.«

»Superweiber.«

»Aha.«

»Ja, klar, du hast jetzt 'ne Freundin.«

Das Tuckern eines Geländewagens unterbrach den Buddytalk. Ein Range Rover schaukelte den Feldweg entlang und hielt bei der Ruine. Vier Männer. Packten mehrere Alukoffer und Geräte aus.

»Was wollen die Tschechen hier?«, fragte Peter.

»Wieso Tschechen?«

»Guck aufs Nummernschild. Was wollen die hier?«

»Das sind Vermessungsgeräte. Sieht aus, als wollen die was bauen. Noch ein Puff?«

»Vielleicht.«

»Aber der Grund gehört den Stallers. Und die sind tot.«

»Was weiß denn ich.« Peter schoss ein paar Fotos mit dem Handy.

»Sollen wir Rottmann anrufen?«

»Nein, wir schauen erst mal.«

Xaver und Peter pirschten sich durch das hohe Gras an die Burgruine heran. Sie kletterten auf die Überreste eines Turms. Nichts, sie sahen die vier Männer nicht mehr. Aber sie hörten sie. Widerworte. Streit? Xaver und Peter verstanden nix. Die Männer gingen zum Auto und falteten auf der Kühlerhaube einen Plan auseinander. Sie beugten sich darüber. Stille, Konzentration. Wieder redeten sie wild durcheinander. Dann Sprechpause. Einer machte eine ausladende Handbewegung, deutete auf verschiedene Punkte im Gelände. Peter machte mit dem Handy noch ein Foto von der Gruppe. Plötzlich erfasste ein Windstoß den Plan und wirbelte ihn durch die Luft. In Richtung Turm. Peters Handykamera klickte. Einer der Männer, der dem Plan hinterhergestürzt war, sah nach oben. Ein Reflex im Sonnenlicht? Ein Geräusch? Nein. Nur der Wind in den Blättern. Der Mann faltete den Plan zusammen.

»Bist du wahnsinnig, Peter?! Wenn uns der gesehen hätte!«

»Jetzt scheiß dir nicht in die Hose. Er hat uns nicht gesehen.«

Vor der Ruine leierte der Anlasser des schweren Range Rover, dann ertönte das Blubbern des hubraumstarken Diesels. Die beiden Späher kletterten vom Turm.

»Brandl, setz dich und sag erst mal gar nix, ja?«, bat Meisel.

Mit einem leisen Stöhnen ließ sich Brandl auf dem harten Stuhl nieder.

Meisel sah ihn ernst an. »Was war das für eine Aktion gestern Abend?«

»Du weißt doch, dass ich in einer Band spiele.«

»Das mein ich nicht. Ich mein die plumpen Stammtischverbrüderungen mit den Jungnazis.«

»Wer hat dir denn das geflüstert?«

»Der lange Arm des Verfassungsschutzes. Die folgen denen auf Schritt und Tritt.«

»Sehr langer Arm. Die lassen die Nazis alles machen.«

»Na, mal schön langsam. Was wolltest du von denen?«

»Einfach mal hören, wie die ticken. Ist ja nicht ausgeschlossen, dass es bei den Straftaten in letzter Zeit einen radikalen Hintergrund gibt.«

»Brandl, lass die Finger davon! Dafür gibt's Spezialisten. Ich will nicht, dass diese Typen dir irgendwo auflauern und du dann dein Gebiss einzeln zusammenklauben musst.«

»Deine Fürsorge rührt mich. Aber so gefährlich sind die nicht. Das sind Bürscherl aus unserer Mitte, die einfach die falschen Vorbilder haben. Ich hab auch ein bisschen was erfahren. Bei der Nazikiste steckt tatsächlich der Rottmann dahinter. Der bietet denen halt was. Er versorgt sie mit Jobs, und zum Dank müssen Sie dann bisschen seine Gesinnung teilen.«

»Hm, ja, und?«

»Das mit den Stallers, das waren die nicht. Die waren dick mit den Stallers, also mit dem einen Sohn zumin-

dest. Auch geschäftlich. Die Stallers haben dem Rottmann das Bauholz geliefert.«

»Warum weiß ich das nicht?«

»Weil du nicht alles weißt. Das hat mir der Peter erzählt, der Freund von der Lore. Jedenfalls könnte es auch
sein, dass Wrabal für den Tod der Stallers verantwortlich
ist und die Hakenkreuzschmierereien nur den Verdacht
auf die deutschen Jungs lenken sollen.«

»Und warum?«

»Rottmann will bei der Burgruine eine nationale Ge-
denkstätte errichten. Und Wrabal hat anscheinend andere
Pläne. Offiziell Tourismus. Vielleicht aber noch ein Puff.«

»Und das ist einen dreifachen Mord wert?«

Brandl überlegte kurz, dann schüttelte er den Kopf.
»Ich weiß auch nicht.«

SCHATZ

»Sehr gut, Burschen«, sagte Rottmann. »Dann wollen wir
mal sehen, was ihr da Schönes fotografiert habt.« Peter
und Xaver blieben in der Tür von Rottmanns Arbeits-
zimmer stehen. Rottmann lud sich das Bild vom Handy
auf den Computer, zoomte ein bisschen hin und her und
stellte die Kontraste ein. Neugierig schauten ihm die beiden zu. »Ihr könnt's gehen«, sagte Rottmann, ohne sich
umzudrehen. und wedelte mit der rechten Hand. Hin-
fort, Schmeißfliegen! Geschah aber nicht. Rottmann stand
auf und steckte beiden je einen Fünfziger in die Brusttasche. Dann zogen sie Leine. Rottmann vertiefte sich in
die Karte und musste schließlich grinsen. Schüttelte den
Kopf. Dann griff er zum Telefon. »Servus, Wagner, i bin's,
der Rottmann. Du, sag mal, hast du eine Ahnung, was

der Wrabal bei den Stallers treibt? – Ich hab hier einen Plan für einen Stollen. Da ist ja nicht nur die Burg Greifenfels. – Ja, das alte Bergwerk. – Keine Ahnung. – Bodenschätze? Meinst du echt? – Oder die wissen was von dem vom Göttler-Schatz. Ja klar hamma da nachgschaut. Vor Urzeiten. Ich kann dir den Plan mailen. – Meinst du, das hat was mit dem Tod von den Stallers zu tun? Vielleicht wollten die nicht verkaufen. – Aha. – Du, wenn es keine Verwandten gibt, dann geht der Grund doch an die Gemeinde, oder? – Ja, genau. Rufst mich an, gell? Servus.«

Er legte das Telefon beiseite und starrte wieder auf den Plan. *Bodenschätze? Sind die Zukunft* – stand mal in der Zeitung. Na ja, Seltene Erden. Das ist eine Grafitmine. Oder? Müsste man einen Geologen fragen. Wie lange braucht man für so ein Gutachten?‹ Rottmann sah noch einmal auf den Plan. Dachte wieder an Göttler, den Obersturmbannführer, der hier in den Dreißiger- und Vierzigerjahren residiert hatte. Und dann spurlos verschwunden war. Der hatte auf der Burg enorme Schätze angehäuft. Auf seiner Flucht in den letzten Kriegstagen musste er das Zeug schnell verstecken. ›Was, wenn das Zeug tatsächlich in dem stillgelegten Bergwerk ist? Aber wir haben doch nachgesehen? Gründlich genug? Das ist ein Labyrinth. Vielleicht haben die Tschechen irgendwelche geheimen Unterlagen? Der Göttler-Schatz!‹

SÜSSE JUGEND

Entgegen Meisels Anweisung hatte Brandl den kleinen Nazi-Peter am Nachmittag noch mal solo getroffen. Peter war recht redselig gewesen. ›Am Ende suchen diese Typen auch nur Anerkennung, einen Freund oder Liebe‹, dachte Brandl. Insofern tat Lore Wagner da durchaus ein soziales Werk. Aber sie zahlte einen hohen Preis dafür, wenn sie sich in eine Nazimaus verwandelte. Irgendwie verstand er sie. Es ging ums Grenzenausloten. Egal, ob Drogen, Alkohol oder extreme politische Einstellungen – Lore probierte es einfach aus. Wie ein Stück Wachs in der Hand. Formbar und nicht bereit, eigene Gedanken zu investieren.

Nein, das war jetzt ungerecht. Wenn jemand keine moralische Instanz war, dann er selbst, Brandl. Er versuchte sich vorzustellen, wie der alte Wagner auf Lores neuen Look reagieren würde. Raspelkurz rasierte Haare und Springerstiefel. Wahrscheinlich würde sie sich ihrer neuen Flamme zuliebe sogar ein Arschgeweih mit Hakenkreuzen tätowieren lassen. Oh, süße Jugend. Er dachte an den abscheulichen Drachen, der seinen eigenen Rücken verunzierte. Aber es ging nicht um Lore und ihren Gefühlshaushalt. Es ging um ihren Fall, zumindest um die Stallers und das Motiv für den Mord an ihnen. Deswegen hatte er mit Peter gesprochen. Peter hatte von der Mine auf dem Grund der Stallers erzählt, für die sich Rottmann jetzt interessierte, weil die Tschechen sich da rumtrieben. Und dass Rottmann bei einem Tiefbauunternehmen Spezialgerät bestellt hatte, das morgen früh eintreffen sollte. Das wusste Peter, weil er und Xaver mitsamt der restlichen Baukolonne dorthin einbestellt waren. Blieb Brandl nicht viel Zeit, sich die Mine mal näher anzuschauen. Obwohl es spätsommerlich warm war, hatte er seine Tourenskihose, seine Daunenjacke und die dicken Handschuhe angezogen und über die Wollmütze eine Stirnlampe geschnallt. Testweise. Im Berg war es ja kalt. Wenn er sich an das Salzbergwerk Berchtesgaden oder an die Grafitmine in Hauzenberg erinnerte. Er schwitzte wie ein Bär.

An der Haustür klingelte es. »Scheiße«, fluchte Brandl und schälte sich aus Jacke und Skihose. Er ging zur Tür und öffnete. »Michi, was willst du denn hier?«

»Ich dachte, ich schau mal vorbei. Stör ich?«

Brandl folgte ihren Augen und griff nach Mütze und Lampe.

»Machst du eine Nachtwanderung?«, scherzte Michaela.

»Ja, irgendwie schon.« Er erzählte ihr die Geschichte von dem Bergwerk, die er von Peter erfahren hatte. Auch von dem Göttler-Schatz.

»Warum sagst du uns denn nix?«, fragte Michi.

»Na ja, diese Nazikiste ist heikel. Irgendwer vom Verfassungsschutz hat dem Meisel gesteckt, dass ich mich mit denen unterhalten hab. Ich soll mich von den Typen fernhalten. Da hängt man schneller drin, als man denkt. Sagt der Meisel.«

»Da redt der Richtige. Mit dem Rottmann am Stammtisch sitzen. Also, ich bin dabei. Du wirst da doch nicht allein reinsteigen?«

»Na ja ...«

»Da ist es kalt, oder? Du hast sicher noch ein paar alte Klamotten für mich. Ich mach so lang Kaffee. Okay?«

»Ja. Warum bist du eigentlich gekommen?«

»So ein Bauchgefühl. Das mich nicht getäuscht hat.«

»Und Janucek?«

»Ist in Laberweinting bei seiner Familie.«

»Dich zieht's nicht heim?«

»Doch, aber mein Mann ist mit den Kindern nach Mallorca. Herbstferien.«

»Und du?«

»Kannst mich jagen mit Mallorca.«

»Aber die Berge.«

»Sagt jeder. Außerdem haben wir ja einen Fall.«

Brandl nickte und verschwand im Schlafzimmer. Kam mit einer gefütterten Motorradkombi zurück. »Probier mal.«

Michaela schlüpfte in die Kombi. Passte. Grad so. Bisschen Hochwasser.

Wenig später glitt Brandls Golf mit exakt hundert über die gut ausgebaute Bundesstraße durch die Dämmerung. Laubbäume glänzten bronzefarben, Fichten schwarzgrün. Sehr lange Schatten.

»Also, deine Theorie?«, fragte Michi. »Warum mussten die drei sterben? Weil sie nicht an Rottmann verkaufen wollten?«

»Das passt nicht. Sie hatten enge Geschäftsbeziehungen mit Rottmann. Die Stallers waren die Hauptlieferanten für Rottmanns Bautischlerei.«

»Warum dann die Nazischmierereien?«

»Keine Ahnung. Weil uns jemand auf die falsche Fährte locken will?«

»Vielleicht. Offenbar geht es um das Grundstück. Sonst gibt's doch da nix zu holen.«

NUSCHERL

»Bevor morgen die Bagger kommen, gehen wir heute Nacht rein«, sagte Xaver und holte sich ein neues Bier aus dem Kühlschrank. »Vor dem Rottmann.«

»Warum vor dem Rottmann?«, fragte Peter.

»Na, wenn da was drin ist, wer kriegt das Zeug? Wir bestimmt nicht. Der Rottmann wird uns mit ein paar Nuscherl abspeisen.«

»Ich weiß nicht, Xaver.«

»Jetzt scheiß dir nicht in die Hosen! Wir gehen da rein!«

»Aber da braucht man doch Lampen, Seile, Helme.«

»Des leih ma uns aus. Ich bin doch bei der Feuerwehr.«

»Und was machen wir, wenn's brennt? Und du bist im Berg und kriegst nix mit.«

»Ich hab heut keine Bereitschaft.«

»Aber das Zeug fehlt doch dann.«

»Du bist so ein Hosenscheißer. Du glaubst doch nicht, dass das jemandem auffällt.«

TIEFPUNKT

Martin Wrabal sah nachdenklich auf die von der allerletzten Abendsonne beschienenen Anhöhen des Böhmerwalds, als Karel aus dem Lift stieg. Wrabal deutete auf den Koffer, der neben seinem Schreibtisch stand. »Seid vorsichtig mit dem Teil. Ist bloß geliehen. Vom Fraunhofer-Institut. Ich kenn da wen in der Entwicklungsabteilung. Montag muss das Ding wieder im Institut sein.« Wrabal gab ihm eine Karte. »Ihr messt am tiefsten Punkt.«

Karel nahm den Koffer und stieg in den Lift. Wrabal sah wieder aus dem Fenster. Ein schmaler glühender Streifen am schwarzen Horizont.

SILBERBLAU

Als Brandl und Michaela am Staller-Hof eintrafen, stand der Mond tief und fett am Himmel. Die Silhouetten der Bergkämme in verschiedenen Schwarzschattierungen hintereinandergeschichtet. Dunstige Nebelbänke über der weiten Landschaft. Der Himmel sattes Silberblau. Brandl hatte den Golf hinter der Scheune abgestellt, in der sie die Stallers gefunden hatten. Michaela sah fasziniert über die Höhenzüge. Der Ruf eines Käuzchens. Ein einsamer Greifvogel drehte seine Runden, stürzte plötzlich hinab. Irgendwo heulte ein Hund. Oder ein Wolf? »Der Geist des explodierten Schäferhunds«, witzelte Brandl.

»Der Hof könnte mir gefallen. Die Lage ist super. Und frei ist er ja auch.«

»A bisserl ab vom Schuss. Und schlechtes Chi.« Brandl deutete zur Scheune.

»Bei der Mordkommission gibt's kein schlechtes Chi.«

Sie stiefelten im Schein der Taschenlampe einen zugewucherten Waldweg entlang.

»Wie weit ist es?«, fragte Michaela.

»So zehn Minuten. Die Mine ist gleich neben der Ruine. Die Straße ist bei einem Hangrutsch verschütt gegangen.«

»Geländewagen wäre gut.«

»Ist doch ein schöner Spaziergang. Ich denk, du magst die Gegend.«

»Ich schwitz wie eine Sau in der Kombi. Hast du was zum Trinken dabei?«

»Mist. Hab ich vergessen. Des Stündchen wird schon gehen.«

Bald tauchte der Schattenriss der Ruine vor ihnen auf. Ein paar Hundert Meter weiter befand sich der Stolleneingang am Fuß eines steilen Hangs. Es war sehr dunkel. Der Mond stand auf der anderen Seite des Berges. Brandl leuchtete zum Schachteingang. Der war nachlässig verrammelt mit modrigen Holzbalken, an denen ein verwittertes Gefahrenschild mit Totenkopf angebracht war. »Gibt's da Gase?«, fragte Michaela.

»Ich glaub nicht. Grafit klingt nicht gefährlich. Tippe, das Schild bezieht sich auf Einsturzgefahr.«

»Dann ist ja alles gut.«

Brandl räumte ein paar Latten beiseite und trat ein. Michaela folgte ihm. Beide hatten erwartet, dass es im Stollen klamm und feucht ist. Im Gegenteil. Der Fels speicherte die Sonne des Herbsttags. Michaela wischte sich Spinnweben aus dem Gesicht. Je tiefer sie in das Bergwerk vordrangen, desto kühler wurde es allerdings. Sie erreichten eine Weggabelung. Hier trennten sich die schmalen Schienenstränge, denen sie bisher gefolgt waren. »Rechts oder links, wo ist er jetzt, der Nazischatz?«, fragte Michi und leuchtete mit der Taschenlampe in beide Richtungen.

»Nazis immer rechts«, sagte Brandl.

LÖCHER

»Hey, hier war jemand«, sagte Peter und deutete auf die losen Holzlatten am Stolleneingang.

»Klar, die Tschechen.«

»Vielleicht sind sie ja gerade drin.«

»Ach komm. Hast du ein Auto gesehen?«

»Nein, aber wir verstecken die Maschinen lieber im Wald.«

»Warum das?«

»Falls jemand kommt.«

»Ah, geh!«

»Los, mach schon.«

Sie stellten ihre Enduros im Unterholz ab und nahmen die Ausrüstung von den Gepäckträgern. Peter schwang seine Axt. »Wenn uns einer blöd kommt, Rübe ab!«

»Spinnst du?«

Peter lachte. »Nein, für den Fall der Fälle hab ich was Effektiveres dabei.« Er zog eine Pistole aus dem Hosenbund.

»Spinnst du?«, zischte Xaver.

»Du wiederholst dich.«

»Ist das eins von den Muddafugga-Teilen?«

»Hä?«

»Na, von der Weihnachtstombola letztes Jahr beim Rottmann.«

»Ach, das Spielzeugteil. Hab ich schon lang verloren. Schade eigentlich. Das hier ist eine *Sig Sauer*. Klein und fein. Macht richtige Löcher.«

SICHER IST SICHER

Draußen schaukelte ein Land Rover über den Waldweg. Schritttempo. Kurz vor der Ruine stoppte der Motor. Licht aus. »Hey, warum fährst du nicht direkt hin?«, fragte Karel.

»Ist besser so«, sagte Stanislaw, »sonst sieht man uns gleich.«

»Wer soll da kommen? Die Stallers sind im Jenseits.«

»Sicher ist sicher.« Stanislaw parkte im Schatten der Burgmauer.

Sie hatten lange Stablampen dabei, Schutzhelme und den großen Alukoffer. »Pass auf das Scheißteil auf«, sagte Karel. »Das kostet ein Vermögen.«

Stanislaw zuckte mit den Achseln. »Zahlt der Chef aus der Portokasse.«

»Täusch dich nicht. Das ist ein Einzelstück.«

»Hey, hier war jemand!«, sagte Stanislaw und zeigte auf die beiseitegeräumten Planken am Stolleneingang.

»Ja, du Schlauberger, ihr vermutlich.«

»Wir haben das nicht so zurückgelassen.« Stanislaw ging noch mal zum Auto.

Als er zurückkam, hing eine MP um seinen Hals.

MOZART

»Mir reicht's langsam«, sagte Michaela tief im Berg. »Wie weit willst du noch?«

»Vielleicht hätten wir doch lieber links gehen sollen? Noch ein Stück, dann kehren wir um. Irgendwas ist komisch hier. Der Raum vibriert.«

»Er tut was?«

»Er vibriert. Der Raum hat eine Schwingung. Halt mal deine Hand an den Fels.«

Michaela tat, wie ihr geheißen. »Da ist nix.«

»Doch, ich spür das. Ich bin Musiker.«

»Du bist der *King of Fuck*, nicht Mozart. Hey, Brandl, wo bist du?«

»Hier drüben. Guck mal, hier sind wieder Gleise. Die müssen ja irgendwohin führen.«

»Ja, hoffentlich raus. Ich hab einen Höllendurst.«

HUNDERTFÜNFZIG PROZENT

»Links oder rechts?«, fragte Xaver.

»Immer stramm rechts.«

Xaver lachte. »Sag mal, meinst du den ganzen Schmarrn eigentlich ernst?«

»Welchen ›Schmarrn‹?«

»Na, die Nationalen Bayerwaldler. Das ist doch voll oldschool. Warum steht der Rottmann da so drauf?«

»Sein Vater war eine Parteigröße, ein Hundertfünfzigprozentiger. Hier im Wald war der ein Star. Also ein kleiner, bis fünfundvierzig. Und er hat dem Göttler die Burg verschafft. Die Eltern vom alten Staller mussten das Ding zwangsverpachten.«

»Und trotzdem ist der Staller Hubert bei den NBW?«

»War. Was meinst du, warum der so Probleme mit dem Alten hatte. Der Alte hätte dem Rottmann den Grund im Leben nicht verkauft.«

»Jetzt san's alle drei hin. Meinst du, dass der Rottmann das war?«

»Glaub ich nicht.«

»Wenn der Rottmann mitkriegt, dass wir uns was von Göttlers Schatz unter den Nagel reißen wollen, dann macht er uns platt.«

»Der kriegt nix mit. Außerdem müssen wir es ja erst finden. Hey, was war das? Ein Tier? Eine Ratte?« Jetzt wieder. Ratten waren das nicht. Außer sie waren ein Meter achtzig groß.

»Licht aus!«, zischte Peter. »Wir müssen uns verstecken!«

Sie wagten es nicht, das Licht noch mal anzumachen, um sich zu orientieren. Peter stieß gegen etwas und heulte leise auf. »Hier ist eine Lore. Komm, Xaver!« Schnell kletterten sie hinein. Gerade noch rechtzeitig, denn jetzt sahen sie Lichtkegel über die zerfurchte Decke tanzen.

LORELEI

»Sind wir bald da?«, fragte Karel.

»Hier muss es sein. Links geht ein Weg zurück. Da vorne ist Schluss.«

»Hey, Stanislaw, was machst du?«

Stanislaw bearbeitete mit einem Dachdeckerhammer das Gestein. »Das Zeug ist ziemlich weich. Alles Grafit. Warum hat man die Mine dichtgemacht? Das Zeug ist noch tonnenweise da.«

»Was weiß ich. Billiger aus China vermutlich.«

»Oder aus Sicherheitsgründen«, meinte Stanislaw und leuchtete die Decke ab. »Da sind fette Risse drin.«

»Das kannst du mit Spritzbeton abdichten. Brauchst du nur die richtigen Leute dafür. Das Ding ist perfekt.« Karel stellte den Alukoffer ab und öffnete ihn. Ein Seismograf. Er platzierte ihn an der Abschlusswand. Stanislaw ließ den Lichtkegel seiner Stablampe umherwandeln und entdeckte die Lore. Mit dem Finger fuhr er über die Radachse. Schwarzes Fett. Er grinste und löste die Bremse. Schob an. Mit einem Knirschen setzte sich die Lore in Bewegung. »Scheiße, was machst du da?«, rief Karel. Stanislaw schob kräftig an, und die Lore verschwand in der Dunkelheit, kreischte in der Kurve. »Hey, Stani!?«

»Das Ding ist plötzlich losgerollt.«

»Von alleine. Du Kindskopf! Hey, das Gerät ist superempfindlich. Jetzt darf ich noch mal von vorne anfangen.«

Irgendwo tief im Berg schepperte es. Jede Menge kinetische Energie wurde transformiert in verbeultes Schwermetall. Entschuldigend hob Stanislaw die Achseln. Karel schüttelte den Kopf und begann mit der Messung von vorn. Die Nadel schlug aus, ging gar nicht mehr auf Null zurück. »Wir sind nah dran«, urteilte Karel, »paar Meter. Perfekt.«

»Aber was ist, wenn wir das Grundstück nicht bekommen?«

»Wir kriegen es. Wir bereiten alles in Ruhe vor. Wenn oben alles geregelt ist, geht es ganz schnell. Los, wir packen zusammen.«

LETZTES BIER

»Ist schon makaber«, meinte Michaela. »Bei drei toten Bauern in der Küche sitzen und ihnen das letzte Bier aus dem Kühlschrank wegsaufen.«

»Die würden das sicher auch so machen. Tja, die Aktion hat ja leider nichts gebracht. Aber aufregend war es. Ich komm mir vor wie in einem James-Bond-Film.«

»Ja, wenn du was erleben willst, dann komm zur Mordkommission.«

Brandl nickte nachdenklich. »Musst du allerdings den Arsch hochkriegen«, legte Michi nach.

»Ja ja. Wir lösen die Fälle, und dann starte ich durch.«

NAZIBANDE

»Du, Brandl, der Peter ist weg!« Brandl war noch sehr müde und sah Lore durch die Türspalt mit sehr kleinen Augen an. Was er da im Morgengrauen sah, gefiel ihm gar nicht. Lore war tatsächlich eine Nazibraut geworden. Glatze und schwarzer Lidstrich. »Kann ich rein?«

»Nein.«

»Bitte! Du musst mir helfen!«

»Warum ich?«

»Weil der Peter mit dir gesprochen hat. Er hat's mir gesagt. Dass er dir von dem Stollen erzählt hat. Er hat sich hinterher drüber geärgert. Er hat gemeint, dass man dir bestimmt nicht trauen kann.«

»Na super. Verzieh dich.«

»Du musst mir helfen! Er ist weg. Ich hab ein ganz dummes Gefühl.«

»Und, was soll ich machen?«

»Mir helfen, ihn zu finden. Er ist mit dem Xaver weg. Bestimmt ist was passiert.«

»Ja, sie hängen auf irgendeinem Sofa rum, besoffen und vollgekotzt.«

»Du bist echt ein Arsch!«

»Ich mag die Nazibande nicht!«

»Glaubst du, ich?«

Er sah sie erstaunt an.

»Ich mach das nur, damit ich bei ihm sein kann.«

Brandl runzelte die Stirn und gab die Tür frei.

Jetzt hörte Lore die Dusche. »Du bist nicht allein?«

»Eine Kollegin.«

Lore grinste. Brandl sparte sich die Erklärung, dass Michi gestern ihren Zimmerschlüssel in der Pension vergessen und keine Lust gehabt hatte, die Wirtin so spät noch rauszuläuten.

Kurz darauf stand Michaela in Brandls Bademantel in der Küche und hörte sich ebenfalls Lores Sorgen an.

LATSCHEN

Die weiße Frau spuckte Gift und Galle. Immer wieder schlug sie mit der zusammengerollten Zeitung auf den Konferenztisch des Seminarzentrums. »Wenn ich das Dreckschwein erwische, dem wir das zu verdanken haben, werde ich es bei lebendigem Leib in der Latschenbrennerei rösten. Auf dass sein Fleisch, sein Geist, seine Seele zu Staub und Asche zerfallen und selbige in der Sickergrube landen! Verflucht sei der Untäter!«

Die Schamanenanwärter sahen sich irritiert an ob dieses verbalen Parforceritts und steckten die Nasen in eine weitere, noch nicht durch grobe Schläge ramponierte

Ausgabe der *Passauer Neuen Presse*. Der Lokalteil machte mit einem halbseitigen Foto voller Archaik auf. Eine Gruppe vermeintlicher Ureinwohner, nackt, wie Gott sie schuf, im strömenden Regen auf einer Dorfstraße. Wo das Ganze zu verorten war, stand in der Schlagzeile: GRUPPENSEXORGIE IN GRAFENBERG.

STARKSTROM

»Wer ist das?«, fragte Brandl, als Janucek in Begleitung eines zottigen Hundes von geringer Körpergröße bei ihm zu Hause eintraf.

»Das ist Morris. In direkter Linie absteigender Vertreter des Friesländischen Riesen.«

»Ein Riese ist das nicht.«

»Na ja, ein Sitzriese«, erklärte Michaela. »Eine niederbayerische Mischung aus Cocker und Dackel. Ausgezeichneter Spürhund. Will jetzt bei der Polizei groß rauskommen. Weil: Mallorca ist nix für ihn. Meine Familie ist im Urlaub.«

»Und meine Familie erträgt ihn nicht mehr«, sagte Janucek. »Hundepension Janucek geschlossen.« Er grinste. »Nein, meine Leute sind jetzt ebenfalls in den Herbstferien.«

»Und, Janu, hast du in Straubing noch was Neues erfahren?«

»Durchaus. Also, der Wrabal plant irgendein Riesending, einen Freizeitpark. Adult-Entertainment. Die Anträge bei den Tschechen laufen schon ewig, aber er kriegt kein Baurecht. Da, wo sein Puff steht, das ist okay, das ist seit Jahr und Tag Gewerbegebiet. Direkt dahinter beginnt das Naturschutzgebiet Nationalpark Böhmerwald. Aber irgendwas läuft da trotzdem. In das Gewerbegebiet ist eine Starkstromtrasse verlegt worden. Ein richtig dickes Ding. Unterirdisch. Direkt vom Atomkraftwerk Temelin. Ich kenn jemanden bei einem großen tschechischen Energieversorger. Und der sagt, das sind Abnahmemengen wie für eine Eisenhütte. Wrabal hat die Nachtspitzen gebucht. Das ist ziemlich günstig, die können den Strom ja nicht groß speichern in Temelin.«

»Für ein Puff brauchst du doch bloß ein paar Watt für rote Birnchen«, sinnierte Michi. »Ich glaub, dem Typen müssen wir noch mal einen Besuch abstatten.«

»Vorher müssen wir aber die kleinen Nazis suchen«, schaltete sich jetzt Brandl ein. »Der kleine Nazi-Peter und sein Spezl Xaver sind verschwunden. Die Lore war bei mir. Wir müssen noch mal zu dem Stollen.«

»Wieso noch mal?«, fragte Janucek.

»Hab ich ›noch mal‹ gesagt?«

KARAWANE

Als die Polizisten am Staller-Hof ankamen, stand auf dem Gelände jede Menge schweres Gerät. Rottmann dirigierte gerade zwei Kleinbagger von einem Tieflader. Brandl ging auf ihn zu. »Herr Rottmann, was machen Sie hier?«

»Sicherheitsprüfung für den alten Stollen.«

»Aha. Und warum?«

»Die Gemeinde will hier ein Schaubergwerk errichten. Touristische Entwicklung.«

»Den Spruch kenn ich. Wer genehmigt so was? Hof und Grund gehören doch den Stallers?«

»Die haben keine Erben. Der Wagner hat mir den Auftrag erteilt.«

»Der Wagner. So? Ist der Wagner auch ein Rechter?«

»Wenn's um die Heimat geht, dann gibt es kein Rechts und Links. Jetzt geht's bitte auf d'Seitn.«

Brandl schüttelte den Kopf. »Erst schaun mir uns den Stollen an.«

Kurz bevor sie dort ankamen, bellte Morris aus dem Unterholz. Er hatte etwas gefunden. Zwei Enduros. »Der Peter fährt eine KTM«, sagte Brandl.

Jetzt erreichte Rottmanns Karawane das Bergwerk.

»Sagen Sie, Herr Rottmann, der Peter Singerl arbeitet doch für Sie?«, fragte Brandl.

»Ja, aber heut nicht.«

»Aber eigentlich schon? Er sollte jetzt auch hier sein, oder?«

»Ja, aber ich kann mich nicht andauernd um jeden Hanswurscht kümmern.«

»So, Rottmann, Sie pfeifen jetzt mal Ihre Leute zurück und machen Pause. Bevor irgendwer in den Stollen marschiert, gehen wir da rein. Es werden zwei Menschen vermisst. Das ist eine polizeiliche Anweisung! Ist das klar?«

Rottmann schnaufte verärgert auf. Die Polizisten ließen sich Lampen und Helme geben und verschwanden im Schacht. Morris nahm sofort Witterung auf.

FREMDVERSCHULDEN

Nachdenklich sahen Brandl, Janucek und Michaela dem Rettungshubschrauber hinterher, der am Mittagshimmel in Richtung Passau verschwand. Brandl wandte sich an Rottmann: »Sie haben natürlich keine Erklärung dafür, was die beiden in dem Stollen gemacht haben? Und warum sie eine Waffe dabeihatten?«

»Geh, Brandl, was woaß denn i? Vielleicht hams *Indiana Jones* gspuit. Bin ich jetzt der Erziehungsberechtigte von de zwei Hanseln?«

»Den Fuhrpark können Sie zampacken. Da steht jetzt eine kriminaltechnische Untersuchung an. Um Fremdverschulden auszuschließen.«

»Ihr habt's ja einen Schuss!«

»Runter vom Gas, Rottmann! Ich mein's ernst!«

Rottmann funkelte Brandl bös an. Der grinste müde. Ihm wäre es recht, wenn es ein paar Verrückte weniger in der Gegend gäbe. Vor allem, wenn er an den Termin dachte, den er gleich noch im Seminarzentrum der Wächter der Energiematrix. Wegen denen war es zu mittelschweren Turbulenzen in Grafenberg gekommen.

V-LEUTE

»Bist du wach?«

»So halb.«

»Mir tut alles weh.«

»Hast du des ned gesehn?«

»Naa. Des war alles a bisserl viel.«

»Des mit dem Hitlergruß war jedenfalls ein schlechter Gag.«

»Des war ein Unfall!«

»So? Der is jedenfalls verboten!«

»Aber g'macht ham sie ihn alle.«

»Die Rockernazis.«

»Die Nazirocker.«

»Diego, dass man die deswegen gleich abknallt?«

»Da versteht die Polizei keinen Spaß.«

»Des war gar ned die Polizei.«

»Sondern?«

»Staatsschutz, Agenten.«

»Echt, Agenten?«

»Und V-Leute.«

»Wow, des klingt aufregend«, sinnierte Diego.

»Das *war* aufregend. *Zu* aufregend für mich.«

»Die Schießerei oder der Unfall?«

»Der Unfall war nicht aufregend, der war eine ziemliche Katastrophe. Ohne die Airbags wären wir jetzt am Arsch. In der alten Kiste vom Miller waren noch keine drin.«

Diego lachte. »Dann müsste der Miller uns jetzt selbst unter die Erde bringen.«

»Sehr komisch, Diego.«

»Also, ich lass mich verbrennen.«

»Ja, sehr schön, Diego.«

»Meinst du, wir müssen den Wagen zahlen?«

»Naa, der is doch Vollkasko.«

»Den Spruch kenn ich. Wie hoch ist die Selbstbeteiligung?«

»Was weiß denn ich? Hauptsache, wir sind noch am Leben.«

»Du, das wär doch eine Superidee, Andi… Wenn wir mit den Autoversicherungen einen Deal machen. Tödliche Unfälle immer an uns. Da könnte man so ein Branding machen: *Gut gefahren – gut bestattet.* Na, wie klingt das?«

»Sehr attraktiv.«

»Und bei teuren Sportwägen, wo die Sterbewahrscheinlichkeit höher ist, könnten wir mit den Versicherungen und den Sportwagenherstellern ein All-inclusive-Paket aushandeln, das du gleich mitkaufst mit dem Wagen. Also mit Luxussarg. Der *Eternity* mit Sonderausstattung in der jeweiligen Wagenfarbe. Effektlack und so. Und innen Kalbsleder. Warum am Sarg sparen, wenn du einen teuren Schlitten fährst?«

»Klingt wirklich gut, Diego.«

»Gell.«

»Hey, Diego, wir waren drei Tage offline.« Andi deutete auf den Kalender an den Abreißkalender an der Wand des Krankenzimmers. 27. Oktober. Er las den Tagesspruch: »Der Tod eines Mannes ist eine Tragödie, aber der Tod von Millionen nur eine Statistik.«

»Wer sagt das?«

»Josef Stalin.«

»Wer ist das, Andi?«

»Keine Ahnung. Vielleicht ein bayerischer Ministerpräsident. Also früher.«

Diego schälte sich aus dem Bett.

»Diego, wo willst du hin?«

»Ich geh schaun, ob es hier irgendwo ein Bier gibt. Ich hab einen Riesendurst. Kommst du mit?«

»Nein, ich bin müde.«

»Soll ich dir ein Bier mitbringen?«

»Gerne. Zwei.«

ERHITZT

Am Morgen hatte es eine spontane Demonstration aufgebrachter Grafenberger gegen die Wächter der Energiematrix gegeben. Kein Wunder nach den Schlagzeilen. Es lagen gegen die Seminaristen bereits mehrere Anzeigen wegen Erregung öffentlichen Ärgernisses vor. Die allerdings nicht allzu stichhaltig waren, wie die Seminarleiterin plausibel erklären konnte. Denn bei dem heftigen Abendgewitter vorgestern war keine Menschenseele auf der Straße gewesen. Außer den Nackten eben. Wenn schon, dann müsste man dem Fotoreporter, der ihnen aufgelauert hatte, Erregung öffentlichen Ärgernisses vorwerfen. So sah das die Seminarleiterin. Sie wollte Anzeige gegen Unbekannt erstatten. Wegen der verschwundenen Kleider und wegen Rufmords. Das mit der Anzeige hatten die Kollegen Brandl überlassen. Typisch. Jetzt hörte er sich die erhitzten Ausführungen der Chefschamanin an und fragte dienstbeflissen: »Als die Kleider wegkamen, wo waren Sie da? Bei der Burg?«

»Nein. Warum?«

»Wegen dem Thingplatz. Da sind Sie doch gelegentlich?« Die Schamanin nickte irritiert. »Wir wissen so manches«, sagte Brandl. »Also, wo waren Sie?«

»Wie jeden Abend am Holzlagerplatz an der Straße nach Freiham.«

»Und was haben Sie da gemacht?«

»Getanzt. Zu den Rhythmen der Handtrommel. Die alten germanischen Rituale sind von großer Bedeutung für uns.«

»Aha. Wer, glauben Sie, hat Ihnen die Kleider gestohlen?«

»Wir haben Feinde, die uns von hier vertreiben wollen.«

»A bisserl konkreter bitte!«

»Der Rottmann und seine Nazis.«

»Aber mit dem haben Sie doch ein paar germanische Wurzeln gemein?«

»Wir haben mit der Naziideologie nichts am Hut! Wir teilen nicht die politischen Ansichten der Neonazis! Ist das klar?!« Brandl nickte müde. »Was passiert jetzt? Gehen Sie meiner Anzeige nach?«

»Sie kommen in die Dienststelle, wir nehmen Ihre Aussage zu Protokoll, Sie unterschreiben, und dann sehen wir mal.«

»Befragen Sie den Rottmann?«

»Wenn es einen hinreichenden Verdacht gibt. Bisher gibt es den nicht.«

Sie schnaubte wütend. Brandl lächelte. »Bleiben Sie bitte in Grafenberg immer schön angezogen, dann klappt's auch mit den Nachbarn.« Gandalf stieß einen lautlosen Fluch aus. »Wir behalten Sie im Auge«, sagte Brandl und ging.

BOXENLUDER

»Sie können da nicht einfach rein!«, sagte die Schwester.

»Das sind meine Angestellten!«, protestierte Miller.

»Aber nicht Ihre Kinder.«

»Wenn Sie wüssten. Also?«

»Warten Sie, ich hole den diensthabenden Arzt.«

Die Schwester verschwand, und Miller fummelte mit nervösen Fingern die Zigaretten aus der Brusttasche und trat auf die Raucherterrasse der Krankenstation. Er hatte gleich ein ungutes Gefühl gehabt bei dem Rockerauftrag. Ein Riesenchaos. Acht Tote. Aber Andi und Diego hatten offenbar einen Schutzengel. Und dann knallen sie ungebremst auf ein Stauende. Der Wagen war Schrott. Egal. Vollkasko. Und die Jungs waren okay. Soweit man das nach drei Tagen Wachkoma sagen konnte.

»Sind Sie der Vater?«, fragte der Arzt mit den dunklen Augenringen.

»Nein, der Chef. Trauerhilfe Miller.«

»Na, das passt ja.«

»So schlimm?«

»Nein, die zwei haben Riesenglück gehabt. Schädel- und Schleudertrauma. Aber keine Frakturen. Die Airbags haben ihnen das Leben gerettet. Ein bisschen Ruhe und ab in die Reha, dann werden die wieder wie neu. Das hätte bös ausgehen können.«

»Sagen Sie, haben Sie das oft, Unfälle?«

»Wie meinen Sie das?«

»Also Unfallopfer.«

»Täglich.«

»Letal?«

»Täglich. Das *Rechts der Isar* ist da nicht anders als andere Kliniken.«

»Ich dachte, als Uniklinik …?«

»Die Notfallambulanz ist ein großer Bereich bei uns.«

»Interessant. Darf ich Ihnen mal ein paar Unterlagen von uns vorbeibringen?«

Der Arzt sah Miller fragend an.

»Die Leichen, äh, die Leute müssen ja schnell entscheiden. Also die Angehörigen. Wenn's nicht gut aussieht. Und Sie sitzen an der Quelle. Ich führe ein renommiertes Bestattungsunternehmen – *Trauerhilfe Miller.*«

Der Arzt grinste. »Verstehe. Sprechen Sie weiter.«

»Wir könnten kooperieren. Nicht umsonst natürlich. Das ist ein heiß umkämpfter Markt. Bei erfolgreicher Vermittlung gibt es eine Provision. Das geht bis fünfzehn Prozent vom Auftragsvolumen.«

»Fünfundzwanzig Prozent.«

Miller schluckte. »Nun ja, das kommt auf das Auftragsvolumen an.«

»Zwanzig.«

Miller nickte. »Okay. Ein Mann, ein Wort. Ich rechne mit Ihnen.« Er gab dem Arzt seine Visitenkarte und die Hand. »Kann ich jetzt rein?« Er deutete zur Zimmertür.

»Natürlich.«

Miller betrat das Krankenzimmer. Er sah sofort die Bierflaschen in den Rollcontainern am Bett. »Euch geht's ja schon wieder ganz gut. Und wenn's einen Rückschlag gibt, kriegt ihr ein Gratisbegräbnis. Diego die Sechzger-Version und Andi, du vielleicht ganz in Rot? Oder ganz was anderes? Gelb-schwarz?«

»Lieber Formel 1. Red Bull. So mit Boxenluder und Schampus.«

Miller lachte. So schlimm hatte es die beiden also nicht erwischt. Er verzichtete darauf, sie wegen des zerstörten Firmenwagens zu rügen. Die fünftausend Euro Selbstbeteiligung würde er ihnen freilich vom Lohn abziehen. »Hey, Jungs, werdet mal schnell wieder gesund. Ich brauch euch. Für die Rocker hol ich mir Verstärkung von meinem Bruder in Passau. Aber dann müsst ihr wieder ran. Da tun sich gerade ganz neue Möglichkeiten auf. Ich hab eine Superidee. So ein Krankenhaus, das ist ja eine wahre Goldgrube. Da wird ja am laufenden Meter gestorben. Ich hatte gerade ein sehr gutes Gespräch mit eurem Arzt.«

»Und, was sagt er, also wegen uns?«, fragte Andi.

»Dass ihr noch ein bisschen Ruhe braucht.«

»Ja, schade, was?«, murmelte Andi.

»Jetzt lasst mal die Köpfchen nicht hängen. Diego, bei dir auch alles klar?«

»Alles gut.«

»Na, geht doch.«

»Chef, wie war die Verbandsfeier?«

»Super, Diego. Ihr habt's echt was verpasst.«

»War die Lisa aus Hannover da?«, fragte Andi.

»Ganz kurz. Ist gleich abgezischt mit dem Junior von der *Pietät*.«

Andi sank zurück in die Kissen. Miller lachte. »Wo die Liebe hinfällt. Jungs, ich muss los. Und sauft's ned zu viel. Des is a Krankenhaus. Fit werden! So heißt die Devise! Ein paar Tage Reha, und dann gebt's ihr wieder Vollgas!« Und schon war Miller zur Tür draußen.

»Kann des sein, dass mir der auf den Sack geht?«, meinte Diego.

»Aber so was von«, sagte Andi.

DEATH VALLEY

Vor Karel breitete sich das Death Valley aus – die Tagebaustätte Nástup-Tušimice erstreckte sich kilometerweit. Riesige Abraumhalden und bizarre Ungetüme ausgedienter Tagebaubagger. Postfuturistisch, postatomar, urzeitlich, rostig und schroff.

»Ich liebe *Blade Runner*«, sagte der in edlen Zwirn gekleidete Zwerg. »Sieht aus wie in diesem Freizeitpark bei Dessau. *Ferropolis*. Und, was sagst du, Karel?«

Karel nickte langsam. »Ja, ziemlich beeindruckend, Sergej.«

»Wie weit ist Martin?«

»Fast fertig.«

»Und, wie wird es?«

»Großartig. Ihr würdet euch gut ergänzen. Ihr oben – er unten.«

»Martin will ja nicht. Und zwei Parks ist einer zu viel. Bei den hohen Betriebskosten muss der Laden ausgelastet sein. Wann startet Martin?«

»In ein paar Tagen.«

»Das ist schlecht.«

»Und ihr? Hier ist ja noch gar nix passiert?«

»Drecksgenehmigungen. Jeden musst du schmieren. Und dabei machen wir was aus dem Schandloch hier. Anstatt dass sie froh sind!«

»Na ja, als die mitgekriegt haben, dass hier ein russisches Konsortium investiert, haben die halt auf Bummelmodus geschaltet. Ich hab's dir ja gesagt, die mögen keine Russen. Ihr hättet euch einen tschechischen Strohmann suchen sollen. Aber nein, euer verdammter Nationalstolz.«

»Halt's Maul, Karel! Geld stinkt nicht. Glaubst du, ich weiß nicht, dass Martin alles blockiert hat, wo er nur konnte. Aber er hat sich verrechnet. Jetzt sind alle Genehmigungen da.«

»Bis ihr am Start seid, hat Martin seine ersten Millionen verdient. Was er aufzieht, ist Las Vegas hoch vier. Und er hat das Puff. Full Service. Das Ganze ist perfekt.«

Sergej nickte müde. »Schade, dass es so kommen musste. Jetzt wird das alles ein böses Ende nehmen...«

»Du hast gesagt...«

»... dass wir für etwas Unruhe sorgen. Bisschen Chaos. Mehr nicht. Keine Sorge. Ich schick dir ein paar Clowns für den Zirkus. Paar grobe Späße, bisschen Grausamkeit. Dass die Leute nervös werden. Du weißt, was du zu tun hast?«

»Was ist mit dem Geld?«

»Kommt auf das Nummernkonto. Sobald die Sache gelaufen ist. Du verschwindest von der Bildfläche. Ich verlass mich drauf. So, ich muss los.« Ohne Karel die Hand zu geben, stolzierte Sergej zu dem schwarzen Hummer und stieg hinten ein. Das Muskelmonster, das rauchend am Kühler lehnte, warf die Kippe weg und setzte sich ans Steuer. Der Motor brüllte und der Wagen verschwand in einer gewaltigen Staubwolke, die radioaktiv im Abendrot leuchtete. Karel steckte sich eine Zigarette an und dachte nach. Gefährliches Spiel. Aber zwei Millionen Startkapital waren ein Wort. Er war die Schulden auf einen Schlag los und konnte mit Katja ein neues Leben beginnen. Er schüttelte den Kopf. Er beschiss Martin, er beschiss Bohumil, der glaubte, dass sie gemeinsam Martin beschissen. Und er spannte Martin die Frau aus. Brandgefährlich. Klar, er hätte sich kein Geld mehr leihen dürfen, bei Bohumil nicht, bei den Russen nicht. *Hätte, hätte, hätte.* Egal, Martin würde ihn eh umbringen lassen, wenn er herausfand, dass er ein Verhältnis mit seiner Frau hatte. Dann konnte er auch gleich das große Rad drehen. Sein Job war es jetzt, die Geschäftsoption für die Russen zu verbessern und Martin so weit zu bringen, einzusehen, dass es besser war, mit den Russen zusammenzuarbeiten. Freiwillig würde Martin das nie tun. Eine kleine Demonstration der Stärke am Eröffnungstag des Freizeitparks. Und dann das Geld einsacken und mit Katja ab durch die Mitte. Karel sah zum Auto. Heute ohne Fahrer. Keiner durfte wissen, wo er war, wen er traf, was er vorhatte. Er stieg ein und stellte den CD-Player an. Chatschaturjan. *Säbeltanz.*

PFERDESCHWANZ

Mintgrün gestrichene lange Gänge. Strenger Geruch. Brandl kräuselte die Nase. An der Schwesternstation stoppte er. War das ...? Die Frau mit dem blonden Pferdeschwanz blickte auf. »Stefan, was machst du denn hier?«

»Ich, ich, äh ... Rosi, was machst *du* denn hier?«

»Ich arbeite hier.«

»Schon lang?«

»Ein paar Jahre.«

»Als Schwester?«

Sie lachte. »Ich bin die Stationsärztin.«

»'tschuldige. Respekt. Hast du doch noch fertig studiert?«

»Trotz Kindern. Ja. Also, was machst du hier im Klinikum Passau? Hast du einen Termin ...?«

»Ja, das Herz.«

»Sehr witzig.«

»Ich will wen besuchen. Die zwei Burschen, die heute Vormittag mit dem Heli gekommen sind. Ich hab sie gefunden. Wie geht's ihnen? Bleibende Schäden?«

»Muss man sehen. Komplizierte Brüche, Schädelbasistrauma. Was ist passiert?«

»Wir haben sie in einem Bergwerk gefunden. Sind mit einer Lore gefahren. In dem alten Stollen beim Staller-Hof.«

»Der Staller-Hof. Bei uns daheim ...«

»Du warst lang nimmer da.«

Sie nickte. »Wie geht's dir so?«

»Passt schon. Vielleicht geh ich noch zur Kripo.«

»Dann musst du aber von daheim weg?«

»Ja. Und du?«

»Viel Arbeit. Aber macht Spaß.«

»Und die Kinder?«

»Der Leni und dem Max geht's gut.«

»Und dein Mann?«

Ihr Beeper schnarrte. »Du, entschuldige.«

»Klar. Wo find ich die Jungs?«

»412. Ist aber nur für Verwandte, gell?« Sie zwinkerte.

»Logisch.« Er sah ihr hinterher. Der wippende Pferdeschwanz über dem unförmigen Kittel. Die klotzigen Dr.-Scholl-Gesundheitssandalen. Aber schöne Waden. Selbst in dem brutalen Krankenhauslicht.

408, 409, 410, 411 … Vor dem Zimmer saß Lore auf der Wartebank. »Was machst du denn hier«, fragte Brandl, »also hier draußen, am Gang?«

»Die Schwester ist grad drin und wechselt Verbände.«

»Und, wie geht's den beiden?«

»Total kaputt, Knochenbrüche, Prellungen, unterkühlt. Die sind da die ganze Nacht in der Lore gelegen. Lore …« Sie lachte bitter.

Brandl kapierte erst langsam den Wortwitz. Wenn es einer war. »Was sagt Peter?«

»Noch gar nix. Peter kann sich an nix erinnern.« Sie schluchzte auf. »Zu mir hat er gesagt: ›Wer bist'n du?‹ Er hat mich nicht erkannt!« Sie schniefte.

»Bestimmt nur eine temporäre Amnesie.«

Lore sah ihn kariert an. Bevor sie fragen konnte, was er damit meinte, erschien die Krankenschwester. »Sie können jetzt rein.«

Die zwei jungen Männer waren nicht zu erkennen unter den Metern von Mull und Kilos von Gips. Komplett einbandagiert. Dann sah Brandl die Tattoos auf den Fingerrücken: F-U-C-K und L-O-V-E. »Servus Peter, wie geht's?«

»Wer bist'n du?«

»Streng deinen Kopf an. Auch wenn's wehtut. Ich bin derjenige, der dich da rausgeholt hat. Mit ein bisschen Pech würdest du da immer noch liegen. Zusammen mit deinem Kumpel. Wahrscheinlich eiskalt. Ohne Puls. Also, mach hier keinen auf ahnungslos! Klar?«

Lore sah ihn erschrocken an.

»Ja, Brandl«, murmelte Peter. »Vielen Dank.«

»Also, was habt ihr da gemacht?«

»Wir haben den Nazischatz gesucht.«

»In Rottmanns Auftrag?«

»Nein. Bitte, sag dem Rottmann nix!«

»Der weiß schon, dass ihr da drin wart.«

»Oh, scheiße …«

»Was ist da unten passiert?«

»Na ja, wir sind gestern Abend rein.«

»Wann?«

»So um acht Uhr abends.«

»Kann nicht sein.«

»Doch, ganz sicher.«

Brandl kratzte sich am Kopf. »Okay, weiter!«

»Wir sind rein. Und als wir ganz am Ende des Schachts waren, kommt auf einmal wer. Ich glaub, das waren die Tschechen. Von denen der Rottmann den Plan hatte.«

»Welchen Plan?«

»Den wir fotografiert haben. Bei der Ruine. Ich hab's dir doch erzählt. Das Foto haben wir dem Rottmann gezeigt. Er denkt, dass die da bauen wollen. Oder dass die was über den Schatz vom Göttler wissen und das Zeug aus dem Bergwerk holen wollen. Wir haben uns in einer der Loren versteckt. Und die haben ein Gerät aufgebaut.«

»Was für ein Gerät?«

»Ich hab keine Ahnung, aber der eine hat immer so rumgemacht, als wäre das was ganz Wertvolles. Wir haben kein Wort verstanden. Die haben Tschechisch geredet.«

»Und dann?«

»Hat einer von den Deppen die Lore angeschubst. Und das Ding war richtig schnell. Das war's dann auch.«

Brandl nickte wieder nachdenklich. »Wenn der Rottmann nachfragt, sagt ihr, dass ihr euch an nichts erinnern könnt. Kein Wort von den Tschechen. Ihr sitzt eh schon in der Scheiße. Ist das klar?« Peter nickte kaum merklich. »Und für die Waffe will ich 'nen Waffenschein sehen.«

»Welche Waffe?«, fragte Peter.

»Die *Sig Sauer*. Stell dich nicht blöd. Wer eine Waffe hat, braucht einen Waffenschein. Das ist nicht der Wilde Westen, Peter.« Brandl stand auf, nickte Lore zu und ging.

Auf der Raucherterrasse sah er Rosi, die gedankenverloren an ihrer Zigarette zog. Er war schon versucht, zu ihr rauszugehen und mit ihr eine zu rauchen. Aber er tat es nicht. Stattdessen betrachtete er verstohlen ihr zartes Profil. Sah auch die feinen Sorgenfalten und den ersten harten Zug ums Kinn. Ganz rund lief es bei ihr offenbar nicht. Aber sie war immer noch so schön. Er hätte sie nie gehen lassen dürfen. Damals. Vor vielen Jahren. Er war so nah dran gewesen und hatte es vermasselt. Jetzt summte sein Handy. Meisel. Wo er denn bliebe? Lagebesprechung. »Fangt schon ohne mich an«, sagte Brandl. »Ich bin in einer Stunde da.«

»Geht das nicht schneller?«

»Der Heli ist gerade ausgebucht.«

»Was sagt denn dieser Peter?«

»Erzähl ich dann. Ciao.« Er legte auf. Meisel nervte. Wichtigheimer.

»Stefan, wartest du auf mich?«

Brandl sah Rosi erstaunt an. Ihre wunderbaren Augen, ihre Grübchen. »Das ganze Leben schon«, sagte er. Was wie ein Witz klingen sollte, klang nicht so. Brandl hatte es ernst gemeint. »Ich, ich würde dich gern wiedersehen.«

Es dauerte eine Ewigkeit, bis sie sagte: »Ich dich auch.« Sie griff in die Brusttasche ihres Kittels und zog eine Karte heraus. »Dr. Rosalinde Hartinger« las er. »Du hast seinen Namen angenommen?«

Sie nickte. »Rufst du mich an?«

Brandl nickte ebenfalls. »Ich muss los.«

Sie hauchte ihm einen Kuss auf die Wange und verschwand.

Brandl war gelähmt. Was war das gewesen? Seit wann erfüllte das Universum einen Wunsch? Hatte er ihn überhaupt schon geäußert? Ja – gedacht, gefühlt. Vielleicht sollte er noch in den Dom gehen und eine Kerze anzünden?

MEISTERSTÜCK

»Großartig«, sagte Wrabal und strich den Plan auf dem Schreibtisch glatt. »Alle haben Arbeitsverträge?«

Karel nickte. »Ja. Rahmenvertrag mit Bergheim. Jeweils fünfhundert Mitarbeiter, insgesamt eintausendfünfhundert, Dreischichtbetrieb. Die Verträge verpflichten zu absoluter Verschwiegenheit. Die Koordinatoren sind geschult und wissen in allen Details Bescheid. Der Schacht führt direkt unter den Knast. Ein Grubenaufzug bringt sie hoch und runter. Die Gefängnisleitung war begeistert, als sie gemerkt haben, was der große Vorteil ist. Du, die können gar nicht raus.«

»Und was ist mit dem Ein- und Ausgang für die Gäste? Wie ist das geregelt? Dass das Personal nicht einfach da abhaut?«

»Die Knackis machen zu Dienstbeginn am Eingang einen Fingerkuppenscan. Den brauchst du zum Reinkommen. Und ohne Fingerabdruck kommst du auch nicht raus. Narrensicher.«

»Sehr gut, Karel. Und die Technik?«

»Alles klar. Strom, Lüftung, Abwasser, Müll.«

»Jetzt kann es nur noch menschliche Fehler geben.«

»Das Personal ist hochmotiviert. Die bekommen einen Stundensatz von vier Euro, das sind zweiunddreißig Euro am Tag. Im Bergheim kriegen die knapp die Hälfte.«

»Müssen die oben trotzdem acht Stunden arbeiten?«

»Nein, nur vier Stunden.«

»Okay, das sind dann zwölf. Die Jungs haben ja Zeit.«

»Der Frauentrakt ist auch dabei.«

»Mit Männern und Frauen, das ist geregelt? Keine Übergriffe, keine sexuellen Kontakte?«

»Alles geregelt. Alles, was unten vom Regelkatalog abweicht, wird auf das Führungsverhalten oben angerechnet und hat unter Umständen sogar eine Verlängerung der Haftstrafe zur Folge. Das Personal wird sehr engagiert sein.«

»Das ist verdammt noch mal perfekt. Karel, das ist dein Meisterstück. Ich glaube, das wird größer als unser Puff. Vielleicht zieh ich mich ganz aus dem Rotlichtgewerbe zurück. Wir werden expandieren: WONDER-LAND® – Franchise in ganz großem Stil. Was Neues. Puff kann jeder.«

»Und dein Bruder?«

»Ist ein Arschloch. Aber mein Bruder. Er ist dabei. Der Zirkus ist eine der großen Attraktionen da unten. Brot und Spiele. Da kann er sich austoben. Aber ich trau ihm nicht. Er hätte schon beim *FicFac* dabei sein können. Stattdessen betreibt er weiter seine Spelunken in Prag, in Eger und Pilsen und wird wegen Crystal festgenommen. Scheißdrogen. Bohumil ruiniert den Ruf der Familie.«

»Ruhig, Martin, das wird schon.«

»Ihr habt ein Auge auf ihn!«

»Vierundzwanzig Stunden. Er macht keinen Schritt allein. Stanislaw und seine Leute sind immer bei ihm.«

»Danke, ich weiß das sehr zu schätzen, was du für mich tust. Dein Einsatz wird sich lohnen.«

Als Karel gegangen war, ließ Martin sich in seinen Le-dersessel sinken. Reichlich verrückt das alles. Aufwendig. Vielleicht sollte er doch bei seinem überschaubaren Puffgeschäft bleiben? Ein paar Hasen, die ihre Prozente abdrückten, ein bisschen Infrastruktur, Drinks, saubere Wäsche. Nein! Action, Abenteuer – das war seins! Und Abenteuer gab es nicht für lau. Karel war ein Genie. Er hatte diese Horde von Filmausstattern organisiert, die den ganzen Klimbim designt und aufgebaut hatten. Durchgeknallte Typen. Besonders dieser Setdesigner Kristof Sienkewicz. Alki, total daneben. Aber seine Pläne waren einfach zu geil gewesen. Las Vegas auf Droge. Er hatte viele Millionen in das Projekt gepumpt. Das Konsortium war nach der ersten Präsentation regelrecht ausgeflippt und hatte ihm noch mehr Geld aufgedrängt. Die Sache musste ein Erfolg werden! Eine künstliche Parallelwelt. Wie in seinem Lieblingsfilm *Westworld* mit Yul Brynner. Aber warum Roboter? Das echte Leben mit anderen Spielregeln, mit anderen Machtverhältnissen. Klar, wenn man Kohle hatte, brauchte man so was nicht, konnte man sich schon alles und jeden leisten. Aber wer nur einen schmalen Geldbeutel und gerade mal genug für eine Pauschalreise hatte, für den war das perfekt. Warum Thailand oder Afrika, um die Puppen tanzen zu lassen, wenn man das bequem vor der Haustür haben konnte. In einer Woche würde der erste Testlauf sein. Für gute Kunden und Investoren.

Es klopfte. Stanislaw steckte den Kopf durch den Türspalt. Martin winkte ihn herein. »Ihr habt die Messergebnisse?«

Stanislaw nickte. »Die Ergebnisse passen zu unseren Berechnungen. Das sind nur noch ein paar Meter. Wir müssen sehen, dass wir an das Grundstück kommen. Ich frag mich, ob die Bayern das so gut finden«, meinte Stanislaw, »also die Behörden.«

»Stani, da ist unser Anwalt dran. Das kriegen wir hin. Ich hab kein Problem, wenn die Bayern eine Maut erheben. Wir müssen wissen, ob es machbar ist. Generell.«

»Das ist es. Bauzeit für den Tunnel ist nicht mal ein halbes Jahr. Das mit den Stallers macht mir noch ein bisschen Sorgen. Die Polizei schnüffelt da jetzt rum. Das ist nicht gut.«

»Wir halten den Ball flach. Kein Stress mit der Polizei!«

WUNDERSAM

Der Arber. Ein Desaster. Optisch zumindest. Die kahle Platte mit der Wetterstation und dem Sendemast anmutig wie die Wohnstatt von Klingonen. Großer Arbersee hingegen schon toll. Wenn die Tagestouristen und Biker sich verzogen hatten und der See einsam glitzernd in der Abendsonne lag, entfaltete die Natur eine ganz eigene Stimmung. Zauberhaft. Brandl war hier mit seiner Jugendliebe. Er hatte Rosi angerufen, und sie hatten sich verabredet. Einfach so. Jetzt waren sie an dem Ort, an dem sie früher häufig gewesen waren. Für Brandl ein echter Lichtblick. Nachdem er im Job eine Woche lang im Trüben gefischt hatte, ging wenigstens privat was vorwärts. Und wie! Rosi! Sie hatten gemeinsam am Samstagnachmittag im Hotel *Waldeslust* eingecheckt und waren übereinander hergefallen. Die aufgestaute Liebe so vieler Jahre. Wie zwei Teekessel. All die Hitze, der Dampf. *Pfff!*

Danach waren sie rausgegangen, spazieren, das teilen, was sie verband, die Liebe zu diesem Flecken Erde. Für Ende Oktober war es erstaunlich warm. Sie lagen im flachen Ufergras und sahen den Kreisen zu, die die Kiesel machten, die sie ins Wasser warfen. Brandl hatte wie ein

Wasserfall geredet, hatte Rosi erzählt, was ihn bewegte, von seiner Angst, älter zu werden, von dem Gefühl, dass ihm die Zeit unter den Fingern zerrann, dass er am Bahnsteig des Lebens stand und all die Züge mit den interessanten Zielen schon abgefahren waren. Jetzt schwieg er. Er merkte plötzlich, dass er sie gar nicht zu Wort hatte kommen lassen.

»Ich war ewig nicht mehr hier«, sagte sie schließlich in die Stille.

»Ich auch.«

»Aber du wohnst doch hier draußen?«

»Ich *lebe* hier draußen.«

»Und?«

»*Wohnen* und *leben* ist ein Unterschied. *Lebst* du in Passau?«

»Nein. Ich wohne in einem Bausparkassenhaus in Schalding links der Donau. Die größte Aufregung besteht darin, ob dieses Jahr wieder das Hochwasser kommt.«

»Und die Kinder?«

»Die finden es super. Die mögen das genau so: Haus, Garten, Sportverein.«

»Wo sind die Kinder jetzt?«

»Bei der Oma.«

»Kriegt sie das noch hin mit dem Hof?«

»Die Mama ist zäh. Magst du Kinder?«

»Hm.«

»Was heißt das?«

»Dass ich überlege. Du hast ja schon Kinder.«

»Mich kriegst du nicht ohne.«

»Hm.«

»Aber?«

»Nichts aber. Ich denk nach. Wie das sein könnte mit uns.«

»Erzähl mal.«

»Keine Ahnung. Jedenfalls nicht in einem Eigenheim in einem Vorort von Passau. Ich weiß auch nicht. Vielleicht hier draußen, ein alter Hof mit viel Platz, mit Tieren.«

»Du musst mal weg von hier. Ortswechsel. Du willst doch zur Kripo?«

»Rosi, sag mir, wie das wird mit uns, und ich richte mein Leben so ein, dass es für dich passt.«

Rosi schüttelte den Kopf. »Weißt du, Stefan, zuerst musst du deine Sachen auf die Reihe kriegen. Rumsandeln ist okay, wenn man achtzehn ist, zwanzig, fünfundzwanzig, vielleicht noch dreißig. Aber dann wird's peinlich. Mach ein bisschen mehr aus dir, setz dir Ziele. Ich lauf dir nicht davon.«

»Und dein Mann?«

»Den gibt's nur noch auf dem Papier. Ein Irrtum. Ich muss da raus.«

»Und die Kinder?«

»Es geht um mich.«

Brandl nickte und sah sie an. Die Abendsonne ließ Rosis Gesicht golden glänzen. Da war kein harter Zug ums Kinn. Das war nur das kalte Krankenhauslicht gewesen. Alles war weich und rund und schön. Sie sah so aus wie damals in der Oberstufe. Wahnsinn, er war genauso verliebt wie früher.

»He du«, sagte sie leise. »Küss mich!«

Als sie Hand in Hand zum Hotel zurückgingen, kamen Brandl wieder Zweifel. Nicht wegen Rosi. Da war er sich sicher. Aber er sah die ganze Schönheit seiner Heimat. Die Berge, die sanften Hügel, die Felder, die Ortschaften, die wie Vogelnester inmitten des satten Grüns und bunten Laubs klebten. Die Dunstschlieren über den Anhöhen verfärbten sich brennend orange – mystisch. Ein vertrautes Bild, doch jedes Mal wieder neu und frisch. Seine Heimat. Wollte er wirklich weg? Aber klar, Rosi hatte recht. Wenn er für immer und ewig auf seinem Arsch sitzen blieb, würde er in ein paar Jahren unzufrieden sein und zynisch werden. Ja, er würde was aus sich machen, er würde Rosi nicht enttäuschen.

BINZ UND SO

»Boh, ausgerechnet Bayerischer Wald!«, murrte Diego.

»Ja, mei, Mallorca hatte die Reha nicht im Angebot.«

»Aber normalerweise doch Ostsee. Binz und so.«

»Ausgerechnet du und Ostsee. Bestimmt ham's da nur a greisligs Pils.«

»Hast a wieder recht.« Diego ließ den Bügelverschluss der Bierflasche ploppen und nahm einen großen Schluck. Sie traten auf den Balkon der Rehaklinik *Sonnenblick* und sahen über die in weiches Abendrotgold getauchten Wiesen und bewaldeten Höhenzüge von Lam. »So schlecht is des ned«, befand Andi. »Ich frag mich, was des für Betontürme da drüben auf dem Berg sind.«

»Des is bestimmt die NASA.«

»Die NASA? Was wollen die denn hier?«

»Na abhören. Was so geht.«

»O mei, Diego, die NASA, das sind die mit den Raketen.«

»Ach so, ja klar, die mit dem Cup Karneval.«

»Logisch, du Faschingsprinz. Was mach ma jetzt? Trink ma noch a Halbe?«

»Wer geht?«

»Der, wo blöd fragt. Vorhin bin ich gegangen.«

Diego trank aus und erhob sich mühsam aus seinem Liegestuhl. Er richtete seinen Kopfverband, der ihm über die Augen gerutscht war. Und trabte los.

Andi atmete tief durch, sah über die Ortschaft. Schön hier, so friedlich. Sein Blick fiel auf die stattliche Kirche. Vorhin hatten sie sich ein wenig umgesehen nach ihrer Ankunft. Ansehnlicher Friedhof. Sie hatten die Grabsteine studiert. Klar, meistens das Alter, aber auch Junge. Arbeitsunfälle, Discoheimfahrten und so was – vermutlich. ›Kann man schon was draus machen‹, dachte Andi. ›Gestorben wird immer und überall.‹ Er bohrte nachdenklich in der Nase. Ob es hier Bedarf für Eventbeerdigungen gab? Wäre doch was – Zirbelholzsärge und drinnen Leder und Loden. Er dachte an die Totenbretter an der Ortseinfahrt. Ein Faible für die dunklen Seiten des Lebens, also auch für dessen Ende, hatten die Waidler allemal. Was, wenn sie sich hier draußen selbstständig machten? Er und Diego. Oder er allein? Nein, mit Diego natürlich. Der war zwar nicht der Allerhellste, aber sie waren Kumpels. Und der ganze technische Schnickschnack, das war eher Diegos Metier. Klar, Diego war schuld an dem Unfall auf der Autobahn. Allerdings war es auch ein bisschen viel gewesen an dem Abend. Die Sache mit den Rockern. Da hatte Diego eigentlich einen guten Riecher gehabt. Im Vorfeld. So richtig zweites Gesicht, Vorahnung. Besser hätten das zwei Mafiaclans auch nicht hingekriegt. Acht Tote auf einer Trauerfeier!

»Wo is des Bier?«, meinte er, als Diego endlich zurückkam – ohne Bier.

»Ging nicht.«

»Wie?«

»Mir is was passiert.«

»Du hast das Geld vergessen.«

»Naa. Aber da is wer in der Klinik, den wir kennen.«

»Ja, die Schwester Hildegard, der raue Besen aus Zwiesel.«

»Schmarrn, nicht die Hildegard. Dieser Rocker.«

»Zombies gibt's ned. Der Urga is mausetot.«

»Nein, nicht der. Der Präsident.«

»Der Wotan? Hier?«

»Unten, am Getränkeautomat. Er hat sich gerade ein Bier gezogen.«

»Schmarrn. Und, hat er dich erkannt?«

»Ich … ich weiß nicht. Nein, ich glaub nicht.« Diego tippte sich an den Kopfverband. »Aber ich bin lieber gleich umgedreht. Sicher ist sicher.«

»Und was macht der hier? Ist der im echten Leben Krankenpfleger?«

»Nein, der ist auch zur Reha da.«

»Woher willst'n des wissen?«

»Er sitzt im Rollstuhl. Erst Feuerstuhl, jetzt …«

»Sollte eher im Knast sitzen.«

»So ist es. Na ja, ich geh dann noch mal. Der wird ja ned ewig da unten rumlungern.«

»Aber sei vorsichtig, Diego!«

»Immer doch.«

›Genau. Immer doch.‹ Andi dachte an den Unfall. Wenn es jemanden gab, der sich wie der Elefant im Porzellanladen benahm, dann Diego. Wo der reinstolperte, da passierten schlimme Dinge. Das mit dem Rockerchef war keine gute Sache. Der gab ihnen bestimmt eine Teilschuld an dem Desaster in Deggendorf. Mindestens. Ob sie die Klinik wechseln konnten? Aber mit welcher Begründung? Sie mussten unerkannt bleiben. Er musste morgen zumindest Sonnenbrillen organisieren. Oder sie verkleideten sich. Vielleicht als Frauen wie die beiden

Typen in *Manche mögen's heiß*. Er selbst war ja durchaus so der Tony-Curtis-Typ. Aber Diego als Jack Lemmon? Oder als... Wie hieß die Frau noch mal, also Marylin? Daphne? Nein, Sugar. Genau. Diego als Sugar? Ha, hatte sein Kopf doch was abgekriegt bei dem Unfall? Der Rockerchef war allerdings tatsächlich so ein Typ wie Gamaschen-Ede. Mit ein bisschen mehr Muskeln vielleicht. Und Tattoos. Andi lachte.

»Was ist so lustig?«, fragte Diego, als er zurückkehrte – diesmal mit Bier. »Freust du dich, dass ich das Bier bringe?«

»Das auch. Sag mal, kennst du *Manche mögen's heiß*?«

»Den Porno?«

»O Mann!«

»Logo kenn ich *Manche mögen's heiß*. Mit Anita Ekberg.«

»Klar, genau, die Brunnenszene in Stockholm. Wie heißen noch mal diese Mafiatypen, die sich im Hotel treffen?«

»Die Freunde vom italienischen Opa.«

»Respekt, Diego!«

»Und, was willst du damit sagen?«

»Ich dachte an den Rockerklub.«

»Dass die hier ein Vereinsmeeting abhalten?«

»Na ja, indirekt schon. Die werden ihren Chef doch bestimmt mal besuchen. Und wenn die schnallen, dass wir hier sind...«

LIEBESBRIEFE

Brandl glühte. Nicht nur vom Rotwein, den sie zum Entrecôte d'Ossér tranken. Nein, es war vor allem das Gespräch mit Rosi, die ihm wirklich ihr Herz öffnete. Wann hatte er sich jemals so mit einer Frau unterhalten?

Damals, als sie ein Paar waren, hatten sie sich noch nicht so viel zu sagen gehabt. Aber das war es nicht allein, was ihm die Hitze ins Gesicht trieb, seine Gehirnzellen in so starke Vibrationen versetzte. Es war auch das Foto auf dem Gang zum Klo. Die Wand dort war gepflastert mit gerahmten Bildern alkoholinduzierter Glückseligkeit auf den Festen des Hotels *Waldeslust*. Dirndl- und Lederhosenwahnsinn, Hochzeitsgesellschaften, Blasmusik, der ganze Bayerwaldterror. Ein Bild an dieser Wand hatte es in sich. Das Foto zeigte den Pramminger auf einer Bierbank mit stark geröteten Wangen am Rande einer Festgesellschaft. Das allein wäre noch nicht bemerkenswert gewesen. Die Tatsache, dass die sehr nah bei ihm sitzende Dame nicht seine Frau war, hingegen schon. Wenn Brandl nicht alles täuschte, war das die Frau vom Wagner. Was machte die denn da? Na ja, sie saß förmlich auf seinem Schoß. Und die Wagner war letztes Jahr bei einem Autounfall tödlich verunglückt – hier ganz in der Nähe.

Rosi betrachtete das Bild, das Brandl kurzerhand abgehängt hatte. »Und, erkennst du jemanden?«, fragte er.

»Ja, da links, der sieht aus wie der Pramminger.«

»Genau. Und die Frau neben ihm?«

»Keine Ahnung. Na gut, seine ist das nicht. Ich kenn die Luise.«

»Kennst du die Frau vom Wagner, vom Bürgermeister?«

»Die hat doch lange Haare ... oder? Ja klar, das ist sie.«

Er nickte. »Und wenn der Pramminger mit der Wagner auf der Bank sitzt, was meinst du, warum?«

»Weil sie ein Liebespaar sind, so wie du und ich.«

»Hundert Punkte. Und was würde der Wagner machen, wenn er das rauskriegt?«

»Sich scheiden lassen?«

»Der Wagner hat den Pramminger nie gemocht. Und dann kommt seine Frau bei einem Autounfall ums Leben. Ein paar Kilometer von hier. Niemand hat gewusst, warum sie hier draußen unterwegs war. Wenn der Wagner jetzt nach ihrem Tod rausgekriegt hat, dass da was gelaufen ist?«

»Wie soll er das rausgefunden haben?«

»Keine Ahnung. Die Leute tratschen doch. Oder er findet alte Liebesbriefe.«

»Ach komm, Stefan, wer schreibt denn heute noch Liebesbriefe?«

»Dann eben Mails oder SMS auf ihrem Handy. Er beschließt, sich am Pramminger zu rächen, weil er ihm die Schuld am Tod seiner Frau gibt.«

»Aber der Hublsteiner? Du hast doch gesagt, dass es zwei Tote gibt.«

»Ein Unfall, ein blöder Zufall. Der Pramminger sitzt auf seinem Hochsitz, der Wagner weiß das und will ihn dort abknallen. Plötzlich taucht der Hublsteiner auf.«

»Wieso?«

»Vielleicht waren die verabredet. Wegen der Biogasanlage. Der Hublsteiner wollte offenbar, dass der Pramminger bei ihm einsteigt. Sagt der Meisel.«

»Okay. Und dann?«

»Entweder hat der Wagner gerade den Pramminger umgebracht und kann sich jetzt keinen Zeugen leisten. Oder er knallt sogar zuerst den Hublsteiner ab und dann den Pramminger auf dem Hochsitz. Bislang hatten wir keine Idee, wer es gewesen sein könnte, weil wir kein Motiv für die Tat hatten.«

»Wow, das klingt spannend. Du musst die vom Hotel fragen, ob der Pramminger und die Frau vom Wagner wirklich gemeinsam hier waren. Na los!«

»Aber doch nicht jetzt! Das ist *unser* Abend!«

»Ein guter Polizist kennt keinen Feierabend. Los, ab zur Rezeption!« Er stand auf, immer noch zögernd. »Und dann möchte ich genau Bescheid wissen.«

»Little Bond-Girl.«

»Schleich dich!«

Nach zehn Minuten kam er zurück. »Die sagen nix. Diskretion. Datenschutz.«

»Du bist doch Polizist!«

»Aber nur ein ganz kleiner. Ohne richterlichen Beschluss geht da gar nix.« Er sah ihr enttäuschtes Gesicht und grinste. »Also: Der Pramminger und die Wagner waren hier. Gemeinsam. Immer wieder. Das war ihr Liebesnest. Aber er war nicht nur mit ihr da. Der Pramminger hatte alle Nase lang ein neues Gschpusi. Meistens in der Hochzeitssuite. Ist übrigens dasselbe Zimmer, das wir haben.«

»Wir haben die Hochzeitssuite? Stefan, Stefan … Vielleicht gibt es da noch verwertbare DNA?«

Brandl stöhnte auf. Rosi grinste.

»Was machen wir jetzt?«

»Wir bestellen noch eine Flasche Wein, und dann haben wir hemmungslosen Sex.«

Brandl schluckte.

»Und weiterermittelt wird morgen. Der Wagner wird nicht plötzlich verschwinden. Ihr habt ihn bislang nicht verdächtigt?«

»Nein, warum auch?«

»Hat er ein Alibi für die Tatzeit?«

»Er sagt, dass er zu Hause war. Damals hatten wir ja noch kein Motiv. Der an der Hotelrezeption hat erzählt, dass der Pramminger und die Wagner einen Riesenstreit hatten. An dem Morgen, bevor sie ins Auto gestiegen und verunglückt ist.«

Rosi nickte nachdenklich. »Ich sag dir eins: Der Wagner hat von dem Verhältnis gewusst! So was kommt immer raus.«

»Apropos, was hast du deinem Mann gesagt?«

»Nix, er ist auf einer Tagung in Essen. Lenk nicht ab! Morgen fragst du den Wagner wegen seinem Alibi.«

»Sehr wohl, Madame.«

»Habt ihr den Unfall von der Wagner eigentlich untersucht? Vielleicht war das Auto manipuliert. Die Bremsen.«

»Warum denn das? Vom Wagner? Weil er eifersüchtig war?«

»Oder vom Pramminger, weil er sie loswerden wollte. Vielleicht wurde ihm das zu viel.«

»Ach, komm.«

»Na ja, wenn der ständig eine andere hatte. Sie klammert…«

Brandl nahm einen großen Schluck Wein und nickte nachdenklich. Dann sah er Rosi ernst an. »Meinst du, ich hab das Zeug zum Ermittler?«

»Klar hast du das. Du bist intelligent und siehst gut aus. Mehr braucht es nicht. Mehr brauch ich nicht.« Sie beugte sich über den Tisch, um ihn zu küssen. Er kam ihr auf halbem Weg entgegen.

MISSGESCHICK

»So, Burschen, jetzt ist Schluss mit dem Versteckspiel!« Der Präses war quer durch den Saal auf ihren Tisch zugerauscht und hatte kurz vor knapp einen schneidigen Powerslide reingehauen und das Tempo des Rollstuhls auf Null gebracht.

»Da ist besetzt!«, zischte Andi, ohne die Sonnenbrille abzunehmen.

»Aber so was von!«, ergänzte Diego, ebenfalls hinter großen verspiegelten Gläsern.

»Nehmt's die Scheißsonnenbrillen ab! Ihr seid's die beiden Typen von dem Beerdigungskasper, dem Miller.«

»Aha, san mir des? Und wer seid's ihr?«, fragte Andi. »Der Kaiser von China oder von Turkmenistan, oder was?«

»Ich bin der Chef vom Wotan-Clan, und ich reiß euch gleich die Eier ab.«

»Heyheyhey. Weißt du, Rolly-Cowboy, mir lass'n uns ned blöd anlabern von so einem Heini wie dir.«

Wotan kochte. Mit seinen funkelnden Augen hätte er den ganzen Speisesaal in Brand setzen können. Hätte. Ihm waren die Füße gebunden. Handicap.

Also gab Andi den Good Guy. »Weißt du, mein Spezl legt a bisserl Wert auf Umgangsformen. Wenn du uns höflich fragst, ob da vielleicht noch Platz ist, dann schau ma mal ganz unverbindlich, was wir machen können, gell?«

Wotan sah sie mit großen Augen an.

»Du glaubst also, dass wir uns schon mal gesehn ham?«, fragte Andi.

»Wegen euch hat's die Riesenschießerei gegeben. Wegen dem Sarg und dem Scheißhitlergruß.«

»Aber des war doch bloß a Missgeschick, ein Unfall. Wer kommt denn gleich auf die Idee, so einen Schmarrn nachzumachen? Der Grund für die Schießerei war, dass jeder Depp in dem Raum bis unter die Vorhaut bewaffnet war, oder?«

Wotan schwieg düster. Wie oft hatte er seinen Leuten gesagt, dass sie den Hitlergruß nur unter vier Augen machen sollten und dass sie nicht ständig bewaffnet herumlaufen sollten, privat schon gar nicht. Logisch, dass da mal was passieren musste.

»Und ihr habt nix mit dem Verfassungsschutz zu tun?«, fragte Wotan.

»Schaun mir so aus? Wir haben den schönen Abend ebenfalls nicht unversehrt überstanden. Wenn wir mit den Cops was zu tun hätten, dann wären wir jetzt wohl kaum hier in dieser wunderbaren Klinik, oder?«

Wotan musterte sie nachdenklich. Da war was dran. Wobei die beiden offenbar mehr Glück gehabt hatten als er. Er würde nie mehr Motorrad fahren können. Er konnte nur noch auf ein Trike umsatteln. Automatik. Oder Handschaltung.

Andi nutzte die Nachdenkpause, um drei Bier zu holen. Frühstücks-Special. Als vertrauensbildende Maßnahme, um Wotans Mütchen zu kühlen.

Als Andi und Diego endlich wieder allein waren, schnauften beide tief durch. Dieser Wotan und sein Klub waren nicht ohne. »Andi, des war a coole Idee mit der Schießerei. Dass wir da auch was abgekriegt haben. Der kann ja nicht wissen, dass wir wegen was anderem hier sind.«

»Hoffentlich erfährt er das auch nicht.«

»Der is schon ein böser Finger, oder?«

»Kannst du laut sagen. Und er hat Verbindungen. Und einen Haufen Geld. So ein Klub hat ja Einnahmen. Interessante Bekanntschaft …«

»Was meinst du damit?«

»Hast du noch nie drüber nachgedacht, dass wir uns selbstständig machen könnten?«

»Mit dem Typen zusammen? Das ist der Chef von einer rechten Rockergang. Die vermitteln uns ihre Opfer und …

»Nein, Diego, eher so als stiller Teilhaber. Der muss ja jetzt ein bisschen kürzer treten.«

»Dass wir dem sein dreckiges Geld waschen? Im Leben nicht! Bestatter ist ein ehrenwerter Beruf, eine Lebens-einstellung!«

Andi sah ihn erstaunt an. Dann nickte er. »Du hast ja recht. Aber irgendwie müssen wir ihn bei Laune halten.«

»Warum?«

»O Mann, manchmal bist du so was von stockblöd. Warum? Weil der Typ unberechenbar ist. Und wenn wir Pech haben, dann brauchen die einfach zwei Sünden-böcke.«

»Für das Moussaka in Deggendorf?«

»Ja, Diego, genau. Und wahrscheinlich will der Rache.«

»Aber des war doch a Unfall!«

»Genau, Diego. Damit sind wir fein raus.«

»Sag ich doch.«

ATTRAKTION

»Meine lieben Freunde,

wir haben uns hier versammelt, um über wichtige Wei-chenstellungen für die Zukunft unserer Region zu spre-chen. Es geht um den Erhalt unserer bayerischen Heimat, den Stolz unserer deutschen Männer, den Zusammenhalt unserer Familien und um unsere wirtschaftliche Potenz.« Rottmann hob die Zeitung mit dem ausführlichen Bericht über die Baupläne von Dr. Martin Wrabal hoch, die ges-tern auf einer Pressekonferenz detailliert vorgestellt wor-den waren. Er las vor: »Der tschechische Unternehmer Dr. Martin Wrabal beabsichtigt, einen großen Vergnü-gungspark für Erwachsene zu eröffnen, eventuell sogar mit einem unterirdischen Zufahrtsweg von Bayern aus. Der Zubringer soll auf dem Gelände des Staller-Hofs errichtet werden, nahe der historischen Burg Greifenfels.« Rottmanns Stimme kletterte eine Terz höher: »Ein Skandal ohnegleichen! Nicht nur, dass deutsche Familienväter die sexuellen Dienste der östlichen und asiatischen Sexsklavinnen in Anspruch nehmen und ihr sauer verdientes Geld über die Grenze tragen, gleichzeitig wird das nationale Symbol Burg Greifenfels in den Schmutz gezogen und durch diese Aktivitäten entweiht! Wie ich aus wohlinformierter Quelle weiß, soll das sogar mit Duldung des bayerischen Wirtschafts- und Finanzministeriums geschehen. Ja, wo sind wir denn?! Dass etwas im gesetzlichen Rahmen möglich ist oder wirtschaftlich attraktiv erscheint, sagt noch lange nix über dessen moralische Legitimation! Es scheint, dass das Finanzministerium eine Sexmaut für die Benutzung des Tunnels von bayerischer Seite aus plant. Das ist nicht das, was wir uns unter Strukturförderung für unsere Region vorstellen! Wahrlich nicht!«

»Rottmann, wer sagt denn, dass es da um ein Puff geht?«, rief einer aus dem Saal. »In der Zeitung steht was von einem Freizeitpark.«

»Es geht um den Freizeitpark des Betreibers eines der größten Bordelle in ganz Europa! Noch Fragen? Fachinger, du glaubst doch nicht im Ernst, dass das eine harmlos-fröhliche Disney-Welt wird?«

»Geh, Rottmann, red doch keinen Schmarrn. Während wir hier keine Idee haben, wie wir in unserer gottverlassenen Gegend was aufziehen können, zeigt uns ein anderer, wie man's macht. Also, wenn's ist, werd ich die Leute bei mir parken lassen und vielleicht sogar einen Shuttleservice einrichten. Das ist doch eine Supersache! Endlich mal eine echte Attraktion. Nicht der fünfte blöde

Baumwipfelpfad.« Der Landmaschinenhändler Fachinger drehte sich zu den versammelten Männern. »Lasst euch vom Rottmann nix erzählen. Der Wrabal baut da einen unterirdischen Rummelplatz. Sonst nix. A bisserl Glücksspiel, ein paar Bars, vielleicht auch ein Stripschuppen. Und seid's doch froh, dass das alles unter der Erde stattfindet. Da stört es keinen und verschandelt die Landschaft ned. Ich sag euch eins: Das Ding wird ein Riesenerfolg, und wenn wir nur zuschauen, dann haben wir auch nix davon. Also, ich hab die Einladung für die Besichtigung nächste Woche angenommen. Wagner, jetzt sag du mal was! Sonst bist du immer der Erste, der schreit, dass wir für die Region was tun müssen, und jetzt sitzt du da, als ob dich das alles nix angeht. Wie schaut das denn jetzt aus mit dem Grundstück von den Stallers? Wenn die keine Erben haben, dann fällt der Grund an die Gemeinde, oder?«

»Da gibt's Fristen«, sagte Wagner. »So schnell geht des ned. Da kommt jetzt erst mal die Feststellung der Erbfolge. Des kann dauern.«

»Ja klar, aber der Rottmann darf mit seinem Gerät in den Stollen. Meinst du, wir sind blöd? Um was geht's denn da? Um das Zeug vom Göttler, das da angeblich rumliegt?«

»Wer sagt so was?«, brauste Rottmann auf.

»Ich sag des«, polterte der Fachinger zurück. »Rottmann, du weißt schon, das ist Nazizeug! Raubkunst! Wer soll denn das kriegen? Da habt's ihr gleich eine Riesendebatte am Hals. Imagemäßig nicht der Bringer für die Region.«

»Wenn dort wirklich was zu finden ist, dann fließt das alles in die geplante Göttler-Stiftung«, erklärte Rottmann. »Und die hat zur Aufgabe, etwas für die Zukunft der jungen Waldbevölkerung zu tun. Das war eines der großen Ziele vom Göttler. Bei den Nazis war nicht alles schlecht.«

»Du Nazidepp!«

»Du Drecksau!« Rottmann stürzt sich auf den Fachinger. Bierkrüge zischen durch die dicke Luft, Stühle werden zertrümmert, um Stuhlbeine ihrer rechten Bestimmung zuzuführen, Haarbüschel und Zähne fliegen umher, ein vielstimmiges Grunzen, Schubsen und Schreien.

Als Meisel einen Warnschuss in die Decke des Wirtshaussaals abgibt, stoppt das Chaos. Bild der Verwüstung, schockgefroren. Meisel sah irritiert auf seine »Leit«. Und schämte sich. Er kannte fast alle, und doch wollte er sie nicht kennen. Ein roher, hirnloser Haufen, zerfressen von Gier und Geltungssucht. Frustriert drehte er sich um und verließ den Saal.

LETZTE METER

Brandl betrat Wagners zugemülltes Wohnzimmer. Der Fernseher war aus, von den Töchtern keine Spur. Wagner saß auf der Couch und hatte einen Pizzakarton auf den Knien. Sein linkes Auge war gefährlich geschwollen. »Brandl, was gibt's?«, maulte er.

»Draußen war offen, ich hab geklopft.«

»Passt schon. Also?«

»Du, Wagner, noch mal wegen der Nacht, als der Hublsteiner und der Pramminger erschossen wurden. Was hast du da gemacht?«

»Des hast du schon mal gefragt.«

»Dann frag ich noch mal.«

»Was werd ich schon gemacht haben. Unter der Woche. Ich war daheim, hab den Mädels das Abendessen bereitet.«

»Und später?«

»Die Mädel sind ins Bett und ich irgendwann auch.«

»Wo sind die Mädels jetzt?«

»Unterwegs.«

»Ich werd sie fragen. Sag mal, hast du gewusst, dass der Pramminger was mit deiner Frau hatte?«

»Wer sagt das?«

»Ich weiß es. Und?«

»Ja, da war was.«

»Und, was hast du gemacht?«

»Was soll ich gemacht haben? Ich hab ihr gesagt, dass die Mädchen bei mir bleiben. Und da hat sie mit ihm Schluss gemacht.«

»Hat sie nicht.«

»Woher willst du wissen, dass es anders war?«

»Die beiden hatten ein Liebesnest. Deine Frau hat die Nacht mit ihm im Hotel *Waldeslust* verbracht, bevor sie am nächsten Tag den Unfall hatte. Also, von wegen ›Schluss gemacht‹. Sie ist nach einer Liebesnacht auf dem Heimweg aus der Kurve geflogen. Sie war zu schnell dran. Und weißt du, warum? Sie hatten vorher Streit. Sagen die von der Hotelrezeption. Sie haben gehört, wie der Pramminger sie angeschrien hat: ›Du blöde Schnalle!‹ Wie klingt das für dich?«

Brandl sah Wagner herausfordernd an. »Und: Das Wrack war noch beim Zitzelsberger am Schrottplatz. Wir lassen gerade untersuchen, ob die Bremsen manipuliert waren. Der Pramminger wollte sie unbedingt loswerden.« Brandl fühlte sich nicht sehr wohl bei der Lüge. Aber er sah Wagner an, dass er ihn so weit hatte.

»Diese Drecksau!«, platzte Wagner heraus. »Die verfickte Drecksau!« Seine Hände zitterten. »Wenn es einer verdient hat, dann er.«

»Wagner, warum hast du das gemacht? Es hätte doch gereicht, wenn du ihn sauber zusammengeschlagen hättest.«

»Nein, hätte es nicht. Und dass ausgerechnet der blöde Hublsteiner auf der Lichtung war – Schicksal. Da gibt es kein richtig oder falsch. Das passiert einfach.«

»Super. Du und das Schicksal.«

»Ja, gell? Es trifft immer die Richtigen.«

»Komm, wir gehen aufs Revier.«

Wagner hatte plötzlich eine Pistole in der Hand. »Im Leben nicht!«

Brandl stöhnte auf. »Was wird das?«

»Na ja, gehen lassen kann ich dich ja nicht.«

»Mach keinen Scheiß, Wagner!«

Wagner schob Brandl nach draußen, wo er sich ans Steuer des großen Geländewagens setzen musste. Wagner nahm auf dem Beifahrersitz Platz. Brandl gehorchte, er spürte, dass Wagner sofort Ernst machen würde. Sein Zeigefinger war extrem nervös.

Sie fuhren zu dem kleinen Sportflughafen. Hielten am Rollfeld an. Wagner drückte Brandl die Waffe in die Seite. »Los, aussteigen!«

Brandl schüttelte den Kopf. »Hey, du kannst abhauen. Ich ras dir nicht im Auto hinterher und häng mich ans Fahrgestell. Ich bin nicht James Bond.«

»Brauchst du auch nicht. Du begleitest mich.«

»Ich würde lieber unten bleiben. Ich hab Höhenangst.«

»Halt's Maul! Raus mit dir!«

Widerwillig ging Brandl zum Flugzeug. Sie stiegen ein. Wagner zog Brandls Handschellen durch einen Haltegriff im Cockpit und ließ sie zuschnappen. Brandl ließ sich in den Sitz fallen. Inzwischen war ihm wirklich schlecht. Er hätte nicht allein zu Wagner gehen sollen.

Kurz darauf erhob sich die Cessna in die Lüfte. Wagner drehte eine weite Kurve über dem Ort. »Weißt du, Brandl, von hier oben sieht alles so ruhig, so friedlich aus. Aber so friedlich ist es nicht. Das mit dem Pramminger hab ich schon lange gewusst. Auch von seinen dreckigen Geschäften mit der Bauschuttdeponie. Er hatte Besuch vom Gewerbeaufsichtsamt, und die wollten ihm den Laden dichtmachen. Aber die haben sich geeinigt. Finanziell. Und dann blühten die Geschäfte. Ich hab ihm gesagt, dass das aufhören muss, das mit meiner Frau, weil er sich sonst auf ein paar Jahre Knast einstellen kann wegen dem Sondermüll. Aber er hat nur gelacht. Und dann ist die Maria von der Straße abgekommen. Und weißt du, was er gesagt hat, als ich ihn zur Rede gestellt hab? ›Hamma des Flitscherl weida.‹ Da wusste ich, dass das ein Ende haben muss.«

»Aber der Hublsteiner?«

»Falsche Zeit, falscher Ort. Aber auch ein Arschloch.«

»Und jetzt?«

»Machen wir zwei die Biege.

»Wie meinst du das? Wohin?«

»Ins Paradies.«

»Du bist verrückt.«

»Ja, vielleicht.«

»Und deine Töchter?«

»Die missratenen Weibsen. Ihre Mutter würde sich im Grab umdrehen. Glaubst du, ich weiß nicht, was die im Ort über sie sagen?«

»Wagner, beruhig dich. Wir landen wieder und reden in Ruhe. Du lässt mich gehen, und nichts ist passiert. Okay?«

Wagner dachte gar nicht daran. Er zog das Steuer an sich heran, und die Cessna schoss pfeilgerade nach oben, dann lenkte er scharf nach links, die Maschine geriet ins Trudeln. Brandl schrie panisch und verabschiedete sich von seinem Mageninhalt. Kotzte quer durchs Cockpit. Sturzflug. Im letzten Moment riss Wagner die Kiste nach oben. Knapp über den Baumwipfeln. Wagner lachte wie ein Irrer und brachte das Flugzeug in die Horizontale. Weiter Blick. Sehr weit. »Also, Brandl, servus!« Brandl sah Wagner blöd an. Wagner war aufgestanden.

»Hey, mach keinen Scheiß!«, rief Brandl.

Wagner öffnet die Cockpittür und springt, bevor Brandl auch nur »Piep« sagen kann. Brandl hat keinen Fallschirm auf Wagners Rücken gesehen. Wobei ihm das jetzt eher egal ist. Was ihn wirklich bewegt – das Flugzeug ist führerlos! Noch ist alles gut. Autopilot. Aber wie lange? Brandl reißt mit seinen gefesselten Händen an dem Haltegriff. Schmerzhaft. Verdammte Scheiße! Dreckshandschellen! Er probiert es noch mal und noch mal. Durch die ruckartigen Bewegungen kommt Unruhe in die Flugbahn. Brandl sinkt zurück in den Sitz. Gedanken rasen. Sind das seine letzten (Höhen-)Meter, ist sein Leben gleich zu Ende? Die Cessna sackt durch ein Luftloch. Brandl stößt einen Schrei aus. Zu Recht, denn jetzt legt sich die Maschine auf die Seite. *Uahhhhhh!* Die Cessna dreht sich, Brandl fällt aus seinem Schalensitz, stößt mit den Füßen gegen das Steuer, und die Maschine geht in Sturzflug über. Brandl macht sich ganz lang, versucht das Steuer mit den Füßen zu erwischen. Er findet es, zieht es nach oben, in der Hoffnung, dass das richtig so ist. Die Maschine beschreibt einen U-Turn, das Leitwerk touchiert mit einem hässlichen Geräusch die Baumwipfel, und die Cessna schießt wieder nach oben. Irgendwie gelingt es Brandl, das Flugzeug mit den Füßen wieder in die Horizontale zu bringen. Erleichtert schnauft er auf, kriecht zurück in den Sitz. Dann spotzt der Motor. Kurz darauf setzt er aus. »Scheiße!«, flucht Brandl. »Tanken ist nicht deine Stärke, Wagner!«

Sinkflug. Brandl macht etwas, was er seit Ewigkeiten nicht gemacht hat, seit seiner Kindheit – er betet: »Lieber Gott, wenn ich aus dieser Nummer lebendig rauskomme, dann ändere ich mein Leben. Ich hör auf mit den Frauengeschichten, ich heirate Rosi, sobald sie geschieden ist, ich werde ihren Kindern ein guter Papa sein. Ich werde mich mehr um meine Mutter kümmern, weniger Bier trinken und das Rauchen einstellen. Ich werde endlich versuchen, beruflich weiterzukommen. Und überhaupt: Ich werde ein besserer Mensch. Ich geh jeden Sonntag in die…«

BOOOOOOM! Die Maschine zerbricht in tausend Teile. Wie Brandls Gedankenwelt. Ein Lärm, ein Krach, ein Splittern und Tosen. Und dann: Wasser. Wasser? Brandl schlägt wild um sich, merkt, dass seine Arme frei sind, dass der Griff, an den er gekettet war, nicht mehr vorhanden ist. Aus dem Cockpit des sinkenden Flugzeugs zu kommen ist nicht schwierig, denn es ist komplett zerstört. Doch die schweren nassen Kleider, die Handschellen um die Handgelenke, die fehlende Kraft, alles zieht ihn nach unten. Das Licht über dem Wasser schwindet, er trudelt in die Dunkelheit. Die Wassergeister ziehen ihn hinab. In die nasse Hölle. Aus. Vorbei. Er spürt die Hand an seiner Kehle, den festen Griff, der ihm den Atem nehmen würde, wenn er noch welchen hätte. Der Griff des Teufels! Er schließt die Augen.

Prustend taucht er auf. Sauerstoff brennt in seinen Lungen. Hand immer noch da, überdehnt seinen Kehlkopf. Etwas zieht ihn mit kraftvollen Bewegungen durchs Wasser. Stimmen: »Ist noch wer drin?« – »Weiß nicht.« – »Ist er bei Bewusstsein?« – »Weiß nicht.« Brandl hustet

sich die Seele aus dem Leib, als er an Land gezogen wird.
»Ist noch wer im Flugzeug?« – »Nein, nur ich…« Brandl
öffnet die Augen. Erkennt die Umgebung. Arbersee. Ret-
tungsfahrzeug. Wo kommt der so schnell her? Warum…?
Er wird auf eine Krankenbahre gelegt und in den Wagen
geschoben. Dreht den Kopf zur Seite. Ist nicht allein. Ein
Mann. Das Gesicht weitgehend verhüllt von einer Sauer-
stoffmaske. Der grauslige karierte Hemd…? Es dauert
einen Moment, bis Brandl kapiert, wer auf der Bahre
neben ihm liegt. Der Wagner! ›Tja, Selbstmord lohnt sich
nicht, my darling‹, denkt Brandl. Bevor ihn die Kräfte verlassen.

HULAHULA

Diego staunte. Das neue Zimmer war um Klassen besser
als das alte. »Andi, du Fuchs. Wie hast'n des geschafft?«

Andi ließ sich aufs Sofa fallen. »Diego, ganz einfach.
Ich und die Ärzte, wir haben eine Beziehung, die von
gegenseitigem Vertrauen geprägt ist. Wir alle wissen um
die Vergänglichkeit des Lebens. Wer eben noch fröhlich rumspringt, kann morgen schon ein Fall fürs Krankenhaus oder gar für uns sein. Der Dr. Griesbeck ist ein
ganz Netter. Grad mal vierzig und schon der Chef in dem
Laden. Sehr zielstrebig. Und hat gleich erkannt, dass wir
kreative Profis sind, die das richtige Ambiente brauchen.«

»Und was müssen wir extra zahlen?«

»Nix.«

»Von nix kommt nix.«

»Na ja, seine Oma ist gerade gestorben mit stolzen
sechsundneunzig. Und da hab ich ihm ein unverbind-
liches Angebot gemacht.«

»Aha?«

»Elfriede Griesbeck war Vorsitzende vom Faschingsverein Bichlham. Und die haben eine Patenschaft mit einer Sambaschule in Rio. So ein Laden, der dann im Karneval auftritt.«

»Geil.«

»Die kommen jedenfalls zu Besuch. Da kriegen wir doch leicht was Schönes für die Trauerfeier hin, oder?«

»Was Schönes – das heißt, ich hab die ganze Arbeit?«

»Ach wo. Styling mach ich. Des ist bei so einer alten Dame nicht ganz einfach. Glitzerbikini ist ja leider nicht mehr drin.«

»Du bist immer so pietätvoll.«

»Na ja, für so ein super Zimmer. Noch dazu mit eigenem Kühlschrank. Und vor allem: Er ist voll.«

»Tja, wenn du mich nicht hättest.«

»Ach, das alte Zimmer war so übel auch nicht.«

»Die ham den Platz gebraucht. Zwei Kassenpatienten. Junge Typen. Aus dem Krankenhaus Passau. Die ham voll wild ausgschaut. Von Kopf bis Fuß bandagiert.«

»Was ham die denn gemacht?«

»Der Griesbeck hat was von einem Stollen g'sagt. Wo die *Indiana Jones* gespielt haben.«

»Ha, die jungen Hupfer hier am Land. Immer abenteuerlustig.«

»Na ja, manche werden hier auch richtig alt. Sechsundneunzig ist schon ein stolzes Alter.«

»Allerdings. Würden uns alle Kunden so lange warten lassen, hätten wir ein Problem.«

»Na ja, die guade Luft hier. Aber weißt du, gleichzeitig hast du hier draußen auch die ganz Jungen. Der Griesbeck war früher Rettungsarzt. Was meinst du, was der alles von der Straße und aus den Bäumen gekratzt hat.

Nach der Disco und so. Jedenfalls wird seine Oma unser Entree im Bayerwald-Business.«

»Unser was?«

»Na unser erster Job hier draußen in der tiefen Provinz. Unsere Visitenkarte.«

»Zählt Deggendorf schon zum Bayerwald?«

»Jetzt lass doch mal die Rockergeschichte. Wir können nix dafür, dass das so aus dem Ruder gelaufen ist. Nächstes Mal müssen wir uns halt die Kunden vorher genauer anschauen.«

»Wieso wir? Des is dem Miller sein Job.«

»Mit der Einstellung wird das nie was, Diego.«

»Ich weiß schon – du und dein stiller Teilhaber Wotan. Der würde uns vor allem das Bier wegsaufen.«

Andi lachte. »Ich hab ihm nicht mal Bescheid gegeben, dass wir umgezogen sind. Was meinst du, wie der schaut, wenn der heut Abend die beiden Vermummten in unserem Zimmer besucht. Dann denkt er, mir ham an Rückfall.«

»Na, dann gibt's ja morgen beim Frühstück was zum Lachen.«

AUS DIE MAUS

Oswald erneuerte Rottmanns Pflaster über der rechten Augenbraue. Rottmann kniff schmerzverzerrt die Augen zusammen. »Des müss ma selbst in die Hand nehmen«, sagte er.

»Und wie stellst du dir das vor, Chef?«

»Kleine schlagkräftige Einheit. Wir sorgen auf Wrabals Eröffnung für Panik. Und dann machen die tschechischen Behörden ihm den Laden dicht. Und aus die Maus.«

»Meinst du, das geht so einfach?«

»So einfach geht das. Bist du dabei?«

»Ich, äh…«

»Bist du dabei?«

»Also…«

»Bist du ein aufrechter Deutscher, bist du ein Waidler, der bereit ist, für seine Heimat zu kämpfen?«

»Ja, das bin ich.«

»Gut. Ich geb dir eine Liste mit Namen. Um die Ausrüstung kümmer ich mich selbst.«

ANSPRUCHSVOLL

»Wie geht's voran?«, fragte Wrabal, als Karel sein Büro betrat.

»Ich hab mit den Leuten in Bayern gesprochen. Die sind sehr kooperativ. Wollen sich den Betrieb anschauen.«

»Und die haben keine Bedenken wegen dem Eroscenter?«

»Nicht die Bohne. Erstens sind das nur Männer, zweitens ist das *FicFac* ja staatlich genehmigt und steuerpflichtig, drittens auf tschechischem Gebiet, viertens werden unsere Damen perfekte Gastgeberinnen sein.«

»Das bleibt getrennt! Puff nur oben!«

»Wir sind nicht initiativ. Wir schaffen nur die Rahmenbedingungen. Außerdem sind einige der Herren ja bereits Kunden bei uns. Wir haben da ein paar schöne Videos.«

Wrabal schüttelte den Kopf und lachte. »Okay. Dann kann ja nichts mehr schiefgehen. Meinen Bruder habt ihr im Blick?«

»Bohumil ist mit der Zirkuspremiere beschäftigt. Sehr anspruchsvolles Programm.«

»Hervorragend. Alle Investoren sind da. Wir müssen denen etwas bieten, was sie noch nicht gesehen haben, uns von unserer besten Seite zeigen. Adult-Entertainment der besonderen Art. Unterhaltung, Glücksspiel, Erotik. Ein neues Las Vegas!«

CORRECTO

»Was war denn los, heut Nacht?«, fragte Diego beim Frühstück. »So ein Lärm, wie soll man sich da erholen?«

Andi schmierte seelenruhig seine Breze. »A Schlägerei. Sagt der Dr. Griesbeck.«

»Da herin?«

»Die zwei Neuen aus Passau.«

»Die in unserem alten Zimmer?«

»Genau. Die haben unangemeldet Besuch bekommen. Heute hätten sie denen die Verbände abgenommen. Jetzt können die froh sein, wenn's ned wieder nach Passau müssen.«

»Du sagst des, als wär des die Hölle – Passau.«

»Naa, nur wegen der Intensiv.«

»Millers Bruder hat seinen Laden in Passau, oder?«

»Ja, genau.«

»Macht der nur klassisch oder auch schon Event?«

Dann sah Diego ihren Rollstuhlfreund und rief durch den Saal: »Wotan, da samma!«

Wotan sah sie mit großen Augen an, überlegte schon beizudrehen, dann lenkte er zu ihrem Tisch. »Servus Wotan, alles gut?«, fragte Diego. »Du schaust so komisch?«

Andi grinste. »Komm, hau di her. Die Brezen san no warm. Oder magst erst an Kaffee?«

»Geht's euch gut?«, fragte Wotan.

»Super. Na ja, war schon mal besser. Aber du siehst es ja, wir halten's hier ganz gut aus.«

»Aha.«

»Bisserl unruhig geschlafen heut Nacht«, sagte Diego. »Mir brummt der Kopf.«

»Aha?«

»Wahrscheinlich war das letzte Bier schon drüber.«

»Habt's ihr noch Besuch g'habt gestern?«

Andi sah ihn erstaunt an. »Naa. Wen denn? Die scharfe Hildegard, die nachschaut, ob ma uns beim Biseln auch gscheid auf die Brille setzen?«

Wotan nickte irritiert. Er trank von seinem Kaffee und verzog angewidert das Gesicht. »Was isn des?«

Diego grinste. »Guad, gell? Mit Blutwurz. Sonst kannst den Scheißfilterkaffee da herin ned saufn. Weißt du, in München haben wir so einen kleinen Italiener bei uns nebenan vom Institut. Der macht einen Hammerkaffee. Am besten ist der Correcto. So mit Schnaps. Und am allerbesten: mir müss'n nix zahlen, weil der Franco, der is a bisserl abergläubisch. Und meint, wenn er uns einen Kaffee ausgibt, dann wird das im Himmel Konferenzen haben. Wobei ich mir sicher bin, dass der Stress bekommt, wenn er mal oben ist.«

Andi zwinkerte verschwörerisch. »Weißt du, Wotan, der Franco ist nämlich bei der Mafia.«

Diego schüttelte den Kopf. »Geh Andi, jetzt tu doch nicht so. Des san a bloß Leit wie du und ich. Und wenn die dann bei uns am Tisch liegen, san's eh alle gleich. Jedenfalls hat der Franco einen Supercorrecto.«

»Seine Latte ist auch nicht schlecht«, ergänzte Andi.

Wotan lutschte nachdenklich an seiner Breze.

ZUFALLSTREFFER

Brandl war erstaunt, wie schnell er wieder aus dem Krankenhaus raus war. Er war vorher noch nie als Patient drin gewesen. Aber coole Sache, denn Rosi hatte sich höchstpersönlich um ihn gekümmert. Einzelzimmer. Er überlegte, was ihm besser gefallen hatte: die Hochzeitssuite im Hotel *Waldeslust* oder das Krankenbett. Eigentlich Letzteres. Klare Rollenverteilung: liebende Pflege. Na ja, nach zwei viel zu kurzen Tagen war die Gaudi leider schon vorbei. Aber den Rest der Woche musste er nicht arbeiten. Krankgeschrieben. Sollte sich ausruhen. Schleudertrauma. Was bei einem Flugzeugabsturz ein Witz war, eine Fügung des Schicksals. Wäre er nicht in den See geplumpst, wäre er jetzt in den ewigen Jagdgründen. So aber im siebten Himmel. Rosi und er hatten sich am Krankenlager ewige Liebe geschworen und immer füreinander da zu sein. Das sagte sich so leicht. War es auch so leicht? Bestimmt nicht. Aber er würde das durchziehen. Rosi war seine Traumfrau, schon immer. Und sie liebte ihn! Er war so happy. Hatte er gar nicht verdient. Tja, manchmal musste man weite Wege gehen, um wieder dahin zu gelangen, wo man einmal losgelaufen war. Diese kitschigen Gedanken hatte er, während er am Innufer in Richtig Ortsspitze spazierte. Er wollte noch ein bisschen durch die Passauer Altstadt bummeln, bevor er zum Bahnhof ging, um nach Hause zu fahren. Der Inn führte viel Wasser, lindgrün, das Ufer war überzogen von einem feinen grauen Samtschleier. Auf der österreichischen Seite ratterte ein endloser Güterzug vorbei, oben am Bergkamm stand ein großer Baum ohne Blätter, weiter vorne thronte die Wallfahrtskirche Mariahilf hoch über der Innstadt. Über allem der klare blaue Himmel. Kein Wölkchen.

Brandl fühlte sich wie neugeboren, startklar für den nächsten Schritt. Es gab ja ein paar angefangene Geschichten zu Ende zu erzählen. Leider war Wagner noch nicht vernehmungsfähig. Es war nicht klar, ob er durch den Aufprall aus so großer Höhe – Wasser wie Beton – nicht bleibende Schäden erfahren hatte. Wie es generell gelaufen war, wusste Brandl ja bereits. Klassische Eifersuchtstat. Und Hublsteiners Tod ein Kollateralschaden oder, besser gesagt, Zufallstreffer. Eine Kurzschlussreaktion. Kein kaltblütiger Doppelmord. Das passte nicht zu Wagner. Oder? Brandl überlegte, ob es so gelaufen sein könnte, wie Wagner gesagt hatte. Er dachte an Wagners Töchter. Was würde aus denen werden, wenn ihr Vater ins Gefängnis musste? Na ja, Lore hätte immer noch ihren Peter. Vielleicht kam der wegen der Ereignisse der letzten Zeit von seinem Nazitrip runter. So ein Krankenhausaufenthalt macht ja demütig. War doch auch nur ein ganz normaler, pickliger Bursche. Oder?

Nur einer ihrer Fälle war gelöst – falls Wagners Geständnis verlässlich war. Der Rest war noch völlig offen. Wer hatte die Stallers umgebracht? Und was war mit dem Biogaskraftwerk?

Aber jetzt war erst mal Erholung angesagt. Brandl hatte die Fußgängerzone erreicht und kaufte sich ein Eis. Schoko und Pistazie. Setzte sich auf eine Bank. Neben ihm stritt ein Paar. Leise zischend. »Gib's doch zua, du hast was mit der Schnalle!« – »Red ned so ordinär!« – »Die Fotzn hau i zam!« – »Edeltraud!« – »Du bist so ein armseligs Würschtl!« Sie ließ ihren Pappbechercappuccino in seinen Schoß fallen, er sprang schreiend auf, sie ging einfach.

Der verbrühte Mann sah Brandl Mitleid heischend an. Brandl verzog keine Miene. Was ging ihn der Trottel an? Dann machte es in seinem Kopf *klick!*. Eifersucht. Starkes Motiv – nicht nur für Wagner. Auch für Prammingers Frau. Ob die Witwe vom Pramminger eigentlich wusste, was ihr verblichener Mann so getrieben hatte? Ob sie dem Wagner vielleicht gesteckt hatte, was ihr Mann da mit seiner Frau trieb? Ob sie ihn angestiftet hatte? Brandl fiel auch ein, was Rosi gesagt hatte. Das mit den manipulierten Bremsen. Das Auto war längst verschrottet. Aber könnte nicht auch die Pramminger…?

BONANZA

Als Brandl in Grafenberg ankam, sah er den Massenauflauf. Offenbar hatte die Rechtsmedizin endlich die Leichen von Pramminger und Hublsteiner freigegeben, sodass sie jetzt den letzten Weg antreten konnten. Gemeinsam. Ein gewaltiger Trachtenumzug wälzte sich die Straße zur Kirche hinab, Fahnen und Standarten flatterten im frischen Herbstwind, Böllerschüsse des hiesigen Trachtenvereins zerrissen die ländliche Stille, die das kurzzeitige Schweigen der Blaskapelle gestattet hatte. Dann wieder Bonanza! Sehr kraftvoller Defiliermarsch. Brandl sah die Särge, die nebeneinander auf ein hohes Holzgestell montiert waren. Sollte das etwa ein Jägersitz sein? Ja, vielleicht. Denn an der Front war eine Leiter befestigt. Wer kam auf so bescheuerte Ideen? Das Gestänge, das von acht robusten Trachtlern getragen wurde, war über und über mit Kränzen behängt. Schon eindrucksvoll. Jetzt sah Brandl die beiden Witwen, vereint in stiller Trauer. Das zumindest war seine freundliche Unterstellung, denn hinter den dichten schwarzen Schleiern, die sich von den Filzhutkrempen ergossen, konnte er keine Gesichtszüge erkennen. Vielleicht fand dahinter auch schiere Lebensfreude statt, Erleichterung darüber, dass die beiden Männer ihnen nicht länger auf die Nerven gingen. Aber alles nur Spekulatius. *Pengpengpeng!* Brandl schreckte hoch, sah, wie die Blechsilhouette eines Hirsches auf den Sargdeckeln wieder hochgeklappt wurde. Die Schüsse hatten den Hirsch niedergestreckt. *Pengpeng!* Das von Zauberhand aufgerichtete Rotwild war erneut erschossen worden. Aus dem Kleinkaliber des örtlichen Schützenkönigs. Die Idee war in Brandls Augen nicht ganz ausgereift. So imagemäßig. Miller sah das ganz ähnlich. Blöd, dass seine zwei besten Männer noch auf Reha waren. Diego hätte das bestimmt subtiler umgesetzt. Höchste Zeit, dass die beiden an ihre Arbeitsplätze zurückkehrten. Wahrscheinlich flanierten sie gerade über die Forstwege des Bayerwalds und belagerten die Terrassen der Ausflugslokale. Aber was sollte er machen? Krankgeschrieben war krankgeschrieben. Da musste er selbst ran. Wenn sein Bruder in Passau ihm schon mal einen Job vermittelte. Sein Mann in Niederbayern. Ja, er würde die Leute auf den Geschmack bringen, und vielleicht lohnte sich sogar eine Filiale hier auf dem Land.

ECHTE FREUNDE

»Und, was sagst du?«, fragte Andi und strahlte mit der Nachmittagssonne um die Wette.

»Super«, murmelte Wotan, »ihr seid's echte Freunde.«

»Na ja, die Hauptarbeit hat der Diego g'habt.«

Diego war auf die Toilette verschwunden, um sein schweißnasses Gesicht zu kühlen. Er hatte Wotan den ganzen Weg hinauf bis zu der auf neunhundert Höhenmetern gelegenen Hütte am Osser geschoben.

»Man darf nicht immer nur an sich denken, gell, Diego?«, sagte Andi, als Diego vom Klo kam.

»Genau. Ihr habt's mir ein Bier mitbestellt, oder?«

»Logisch.«

»Super. Und zum Essen nehm ich die Schlachtplattn. Und ihr?«

»Kaiserschmarrn«, sagte Andi.

»Blutwurst«, sagte Wotan.

Sie aßen und tranken und genossen die wunderbare Aussicht auf den Bayerwald. Entspannten sich mit einer Zigarette nach dem Essen. Von der Ortschaft unter ihnen erklang Blasmusik. Neugierig sahen sie hinunter.

Als Diego noch drei Bier und drei Schnaps bestellte, fragte er den Ober: »Was isn da unten los? A Hochzeit?«

»Naa. Der Huber Erwin ist gestorben. Und jetzt bringen sie den Sarg zur Kirche und dann nach Lam runter zum Friedhof.«

»Des schau ma uns näher an!«, sagte Andi und zahlte.

Wotan schüttelte hektisch den Kopf.

»Jetzt sag bloß, des interessiert di ned«, meinte Andi und bohrte in den Nietentotenkopf seiner Lederweste. »Des is doch dein Thema! Trinkt's euch zam, und dann geh ma auf Fortbildung!«

Kurz darauf standen die drei am oberen Ende der Ortschaft und betrachteten den festlichen Zug vom Wohnhaus des Huber Erwin hinab zur Dorfkirche.

»Superdirndl«, meinte Diego versonnen.

Andi hatte mit dem Handy ein paar Fotos geschossen. und winkte einen Dorfjungen heran. »Machst du schnell ein Foto von uns?«

Der Junge wartete, bis sich die drei aufgestellt hatten. Wotan in der Mitte, eingerahmt von Andi und Diego, die stolz mit den Zeigefingern auf ihn deuteten und debil grinsten. So ein bisschen *Aktion-Mensch*-mäßig. Sogar Wotan musste lachen.

Allerdings nur einen Augenblick. Schlagartig Hochgefühl weg, als sich der Rollstuhl rückwärts in Bewegung setzt. Die Bremsen! Vergessen festzustellen! Wotan greift an die Räder, ungeschickt, kommt mit den Fingern in die Speichen, schreit auf, zieht die Hände zurück. Als Andi und Diego kapieren, was los ist, saust Wotan bereits rückwärts die Straße hinunter. Diego hechtet hinterher, bekommt ein Rad zu fassen, Rollstuhl schleudert herum, um nun zumindest vorwärts weiterzudonnern. Diego rappelt sich auf und sieht dem Geschoss hinterher. Wotan unternimmt hilflose Versuche zu bremsen, wodurch der Rollstuhl gefährlich ins Schlingern gerät. Noch hat die Trauergesellschaft das heranrasende Unheil nicht wahrgenommen, doch gleich ein Kreischen und Scheppern, Splittern von Holz, Hüte und Federn fliegen umher, Hunde bellen, Frauen schreien in höchsten Tönen. Wotan fräst eine Schneise der Verwüstung durch den Trauerzug. *Himmelherrgottskramament!*

Der Huber Erwin selbst hat Glück, sind doch seine Sargträger allesamt erfahrene Hornschlittenpiloten, gewohnt, Hindernissen instinktiv auszuweichen. Elegant lassen sie sich mit einem Linksschlenker ihrerseits rechts überholen und geben die Bahn frei. Wotan donnert die Dorfstraße hinab, und zum ersten Mal in seinem Leben hat er auf einem Feuerstuhl so richtig Schiss. Das ist ein anderes Kaliber als seine *Harley Lowrider*, das ist *the real thing*! Er hält sich mit beiden Händen die Augen zu, als er auf den großen Dreiseithof am Ende der Straße zuschießt. Hinauf auf die Rampe in den Stadl, hinten durch die Bretterwand wieder hinaus und nach sehr kurzer Flugphase direkt in die große Güllegrube. *Splosh!*

Wotans Schutzengel – Spitzenpilot! Ein Tick schneller, ein Tick weiter rechts oder links, aber so – Volltreffer. Wenn ihn jetzt einer aus der Scheiße zieht, ist alles gut.

DUNKLE NOTE

Wrabal gab letzte Anweisungen. »Damit alles klar ist: die Baggerarbeiten werden eingestellt! Komplett! Nichts, was den reibungslosen Ablauf stören könnte.«

Karel nickte. »Alles klar, wir sind eh kurz vor dem Durchbruch. Wenn es unseren bayerischen Freunden bei uns gefällt, wird der Rest schnell erledigt.«

»Das Personal weiß Bescheid?«

»Ja, die wissen, dass übermorgen ein besonderer Tag ist. Die ersten Tests sind sehr gut gelaufen. Ein paar von den Knackies sind ein bisschen furchteinflößend. Miese Zähne und schlechte Tattoos.«

»Das ist okay, ist ja nicht für Kinder hier. Das Ganze soll eine dunkle Note haben.«

»Hat es. Schon die Zufahrt hat so bisschen *rotten chic*: ungeteert, kaum beleuchtet. Damit *Wonderland* dann umso mehr glänzt.«

»Okay. Und das Personal spricht Deutsch?«

»Fürs Servicepersonal hab ich extra die ausgesucht, die gut Deutsch sprechen. Damit sich die bayerischen Investoren und Gäste wohlfühlen.«

»Sehr gut. Was ist mit dem Zirkus?«

»Bohumil weiß Bescheid. Premiere um vier Uhr.«

»Morgens?«

»Also nach Mitternacht. Vergiss nicht: Es gibt da unten keinen Tag und keine Nacht. Das Licht ist immer an. Bohumil hat sich wahnsinnig reingehängt mit der Premiere.«

»Katja soll mir sagen, ob es gut ist, sie kennt sich aus in der Materie.«

»Hat sie *Wonderland* schon gesehen?«

»Nein, ich will, dass es fertig ist, wenn sie es das erste Mal sieht, mit Publikum und allem, was dazugehört.«

SIEGFRIED UND ROY

Wotan saß mit versteinerter Miene am Tisch in seinem Krankenzimmer. Auf den Stühlen Andi und Diego mit breitem Grinsen. Diego klopfte dem Abenteurer auf die Schulter. »Wotan, du bist so ein cooler Hund! Ohne mit der Wimper zu zucken ...«

»Wie die alle auf d'Seitn g'sprunga san!« Andi hielt begeistert sein Handy hoch und klickte durch die Galerie. Der Dorfjunge hatte es sich nicht nehmen lassen, die rasante Abfahrt zu dokumentieren. Von dem Ausweichmanöver der Sargträger gab es sogar ein Video. Andi klickte zurück zu dem ersten Foto, auf dem sie alle drei noch strahlend posierten.

»Hey, mir schaun aus wie Siegfried und Roy«, lachte Diego. »Und du, Wotan, du bist der weiße Elefant.«

»Löwe!«, verbesserte Andi, »der weiße Löwe!«

»Der heiße Löwe!«, lachte Diego und schlug Wotan auf die Schulter.

Wotan sah sie ernst an. »Ihr erzählt des keinem Menschen!«

»Dass du jetzt ein Rollirocker bist?«

»Dass ich in dem Scheißmisthaufen gesteckt bin. Kein Sterbenswort!«

»Auch keine Fotos?«, fragte Andi.

»Löschen! Sofort löschen!«

»Mist, jetzt hab ich die schon auf Facebook hochgeladen.«

Wotan sah Andi fassungslos an. Andi gluckste. »Hey, Wotan, nur Spaß!« Er hob die Bierflasche und sprach einen Toast aus. »Auf die Freundschaft, die hier über den Wipfeln des Bayerwalds seinen Anfang nahm und niemals ein Ende finden wird.«

»Auf die Freundschaft!«, rief Diego, auch schon recht promillebefeuert.

Wotan sagte gar nichts, hob aber ebenfalls die Flasche. Mit denen musste er sich gut stellen. Die hatten einen Pakt mit dem Teufel. Mindestens.

Ruckartig stand Diego auf. »So, wir müssen jetzt los. Nachtschicht. Spezialauftrag.«

Auch Andi erhob sich. Und schwupps, waren die beiden weg.

Wotan sah irritiert auf die leeren Stühle. Spezialauftrag?

BODENBLECH

Brandl hatte geschlafen wie ein Stein. Es war früher Nachmittag, er war krankgeschrieben, musste nicht ins Büro. Aber er hatte was vor. Dienstlich. Er wollte der Pramminger einen Besuch abstatten. Ob ihr das passte, einen Tag nach der Beerdigung? ›Ein Polizist kommt immer zum falschen Moment‹, dachte er.

Der Pramminger-Bauernhof in Wiesöd lag auf einer bewaldeten Anhöhe über Grafenberg. ›Saubere Hüttn‹, dachte Brandl, als er mit der Kawasaki über die Kuppe fuhr. Wäre ihm zu groß. Aber schon eindrucksvoll. Aus dem 19. Jahrhundert und perfekt renoviert.

Auf dem Vorplatz kein Mensch. Er stieg von der Kawasaki und ging zur Haustür. Klopfte. Die Tür war nur angelehnt. Ihn beschlich ein komisches Gefühl. Er fasste sich instinktiv an den Gürtel. Keine Waffe. Die war auf der Dienststelle. Er betrat die Stube. Nur ein paar Staubflusen, die im Sonnenlicht Tango tanzten. Sonst bewegte sich nichts. Jetzt ein Klirren. Er zuckte zusammen. Dann Stille. Ein schabendes Geräusch. Er schlich zur Küchentür, stellte sich neben den Türstock und stupste vorsichtig die Tür auf. Ein schwarzer Schatten flog auf ihn zu. Er zog den Kopf ein und sah die Katze durch die Stube nach draußen flitzen. Das Herz schlug ihm bis zum Hals. Mistviech! Wo war die Pramminger? Er ging auf den Hof. Jetzt ein Klopfen. Metall auf Metall. Ein alter Mercedes in der Garage. Wieder das Klopfen, von unten aus der Grube. »Hallo?« Keine Antwort. »Brandl, Polizei.« Jetzt tauchte ein Kopf aus der Grube auf. »Frau Pramminger?«, sagte Brandl erstaunt.

»Wer sonst? Der Heilige Geist?«

»Was machen Sie da unten?«

»Bodenblech.«

»Das können Sie?«

»Nein, ich tu nur so.« Sie kletterte nach oben und wischte sich die öligen Hände an einem Putzlumpen ab. »Was willst? An Kaffee?«

»Wenn's keinen Umstand macht.«

Als sie über den stillen Hof gingen, fragte Brandl: »Ist sonst keiner da?«

»Ich hab allen freigegeben bis nächste Woche. Ich will meine Ruhe haben.«

Sie setzten sich in die Stube. Die Pramminger machte Kaffee und stellte ihm einen Teller mit Rohrnudeln hin. »Von gestern. Aus der *Post.* Vom Leichenschmaus.«

»Und, wie war die Feier?«

»Sehr stimmungsvoll. Also, schieß los, was gibt's?«

»Wussten Sie, dass Ihr Mann eine Affäre hatte?«

»Und wer ist die Glückliche?«

»Die Frau vom Wagner.«

»Die ist doch tot?«

»Vorher.«

»Ach so.«

»Das ist nicht lustig, Frau Pramminger!«

»Nein, ist es nicht. Aber sie war nur eine von vielen.«

»Aha. Und wie sind Sie damit umgegangen?«

»Du kennst ihn doch. Ein Riesenmannsbild ohne Hirn. Mit einem Haufen Geld. Da fangst du ned lang des Diskutieren an.«

»Wissen Sie, was ich glaube? Dass Sie Ihren Mann erschossen haben.«

Sie lachte auf. »Echt nicht, Brandl. Ich hab dich angerufen an dem Tag.«

»Ablenkungsmanöver.«

»Ich war in der Nacht hier.«

»Zeugen?«

»Nein, ich war allein. Normalerweise ist ja mein Mann da. Na ja, wenn er da ist. Brandl, das ist doch ein Riesenschmarrn: Ich bring meinen Mann um und ruf dann euch an? Hast du das die Hublsteiner Rita auch gefragt?«

»Nein.«

»Warum nicht?«

»Des is doch a Mauserl. Die kann so eine Riesenflinte gar nicht halten.«

»Und ich bin der Lucky Luke. Ich hab nicht mal einen Waffenschein.«

»Aber Autos können Sie reparieren.«

»Ja, das kann ich. Der Opa hat mir gezeigt, wie es geht.«

Brandl nickte nachdenklich. »Der Wagner hat Ihren Mann dafür verantwortlich gemacht, dass seine Frau verunglückt ist. Er hat gestanden, dass er Ihren Mann erschossen hat. Und den Hublsteiner, der zufällig auch auf der Lichtung war. Bevor er aus dem Flugzeug gesprungen ist, in dem ich gefesselt saß. Die Cessna, die im Arbersee runtergekommen ist.«

»Das warst du? Da hast ein Riesenmassel g'habt. Und der Wagner, was ist mit ihm?«

»Na, was passiert, wenn man aus tausend Meter Höhe aus dem Flieger springt?«

»Da bist du hi.«

»War ein bisschen sensibel, der Wagner. Wollte mit der Schuld nicht leben.«

»Na, dann hat er ja seine gerechte Strafe.«

»Ja und nein. Er hat sich getäuscht. Also, was den Unfall seiner Frau angeht. Das war kein Unfall.«

»Also, Brandl, jetzt erzähl endlich, was du willst. Hab ich jetzt auch noch die Wagner auf dem Gewissen? Gibt's Radarfotos, auf denen man sieht, wie ich sie von der Straße abdränge?«

»Das wäre ein bisschen viel Zufall. Nein, es ist ganz komisch. Vor ein paar Tagen hatte ich so eine Idee. Das Auto von der Wagner stand ja immer noch am Schrottplatz beim Zitzelsberger. Ich kenn mich ja nicht so aus mit Autos, aber die Straubinger haben ihn erst mal zur KTU mitgenommen, nachdem ich ihnen die Geschichte von Wagners Frau erzählt hatte. Bei der kriminaltechnischen Untersuchung nehmen die das Ding komplett auseinander. Und raten Sie mal, was die rausgefunden haben?«

»Dass der Auspuff ein Loch hat?«

»Ich würde jetzt keine Witze reißen. Die Bremsleitungen waren manipuliert.«

»Red ned so gschwolln!«

»Angesägt. Mit einer Metallsäge. Wenn der Täter jetzt keine Handschuhe getragen hat…«, er deutete auf ihre ölverschmierten Hände, »dann wird die KTU da Fingerabdrücke finden.«

»Schön. Wenn es meine sind, dann kommt vorbei. Hast du auch schon einen Verdacht, wer die Biogasanlage in die Luft gesprengt hat?«

»Ihr Mann?«

»Brandl, ich sag dir was. Mit der Frau vom Wagner liegst du falsch.«

»Wir werden sehen.«

»Komm mal mit.« Sie stand auf. Brandl zögerte. Sie lachte. »Hast du Angst vor mir? Komm, ich zeig dir was. Was du über meinen Mann noch nicht weißt.«

Sie gingen über den Hof und in die Werkstatt. Hinten eine Stahltür. Ein paar Stufen hinunter, dann noch eine Stahltür. Sie entnahm einer Mauerritze einen Schlüssel und schloss auf. Drückte im Gang einen Lichtschalter und öffnete die Tür. Eine grelle Neonröhre zappte zögernd an und tauchte den Kellerraum in weißes Licht. Brandl kniff die Augen zusammen. Reichskriegsflagge, Hitler-Porträt, Deutschlandkarte, Grenzen vor dem Krieg.

»Mein Mann war eine Nazisau, wie sie im Buche steht. Alles da. Propagandamaterial, Waffen, Sprengstoff. Hab ich alles weggebracht. Und den restlichen Dreck werd ich auch noch entsorgen.«

»Hat er was mit den Stallers zu tun, also mit ihrem Tod? Da waren Nazirunen an der Scheune.«

»Glaub ich nicht. Mit dem Jüngsten war er ganz dick. Aber das Kraftwerk vom Hublsteiner hat er gesprengt. War ihm ein Fest. Er hat den Hublsteiner gehasst. Wie diese Alpharüden halt so sind.«

Brandl studierte die Bayerwaldkarte an der Wand, die roten Markierungen, auch bei Strážný, bei Wrabals Puff. Plötzlich krachte die Tür hinter ihm ins Schloss. Schlüssel drehte sich. Verdammte Scheiße! Er war ihr in die Falle gegangen wie ein blutiger Anfänger.

»Brandl?«, kam es von der anderen Seite der Tür.

»Lassen's mich raus, verdammt noch mal!«

»Im Leben nicht. Du kannst hier verschimmeln. Ich geh jetzt.«

»Jetzt warten Sie doch! Lassen's uns reden!«

»Na klar, reden, mit einem Polizisten. Brandl, es tut mir echt leid, nimm das nicht persönlich, aber es ist besser so. Und mach dir keine Hoffnungen. Das Gemach hier ist der reinste Atombunker. Wenn oben die Feuertür zu ist, dann hört dich keiner schreien. Das Personal hat eh eine Woche frei, wegen dem Trauerfall. Was bin ich froh, dass er endlich aus der Welt ist, mein werter Gatte. Ein unangenehmer Mensch, sehr unangenehm. Und für dich dürfte es ebenfalls unangenehm werden. Leider hat der Raum keinen Wasseranschluss. Aber so wird das wenigstens keine endlose Geschichte. Angeblich kriegt man kurz vor Schluss immer noch mal die ganz guten Gedanken, so ein Hochgefühl.«

»Lass mich hier raus!«

»Sicher nicht. Und du, das mit der Wagner stimmt tatsächlich. Nur schade, dass es sie allein erwischt hat. An dem Tag war das Auto meines Mannes in der Werkstatt, also hier. Nicht ganz zufällig. Die beiden sollten zusammen in ihrer Karre verunglücken. Tja. Und dann streiten die beiden vor der Abfahrt, und sie fährt allein den Berg runter. Aber fünfzig Prozent sind fünfzig Prozent. Die Schnepfe! Hinterher hab ich dem Wagner gesteckt, dass die beiden kurz vor dem Unfall zusammen waren und einen heftigen Streit hatten und sie sehr aufgebracht war. Der Wagner hat ganz große Ohren gemacht. Er ist ja so ein bisschen der emotionale Typ. Alles hab ich dem sagen müssen. Das Gewehr besorgen, ihm auflauern. In unserem Revier. Der perfekte Ort, der Hochsitz, die Lichtung. Dass dann ausgerechnet der Hublsteiner in der Nacht da war – auch kein Zufall. Ich hab dem Hublsteiner gesagt, dass mein Mann mit ihm verhandeln will wegen der Biogasanlage. Und der Depp geht echt hin. Der Wagner und der Hublsteiner waren sich ja gar nicht grün. Und der Wagner hat die Gelegenheit tatsächlich genutzt. Respekt! Hat mich positiv überrascht. Jedenfalls hat der Wagner den Hublsteiner erschossen und dann meinen Gatten. Vielleicht auch andersrum. Das war's dann. Brandl, wiederschaun!« Das Licht ging aus.

OMA G GOES TO HEAVEN

Andi hatte viel zu wenig Zeit gehabt für diesen Job. Was echt schade war, denn er hatte Dr. Griesbeck versprochen, etwas ganz Besonderes zu kreieren. Aber die Nachtschicht hatte sich gelohnt, es war trotzdem gut geworden. Ziemlich gut. Mit Diegos Hilfe natürlich. Miller war sehr erfreut über so viel Einsatz trotz Krankschreibung. Kleiner Ersatz für den Großauftrag, der ihm weggebrochen war. Miller hatte fest damit gerechnet, den Job mit den toten Rockern zu bekommen. Doch die lagen auf Eis. Die Staatsanwaltschaft hatte die Leichen nicht freigegeben. Da gab es noch eine Reihe von Fragen. Was der Staatsschutz bei der Trauerfeier einer Rockergang zu suchen hatte, warum so exzessiv von Schusswaffen Gebrauch gemacht worden war und so weiter und so fort. Vielleicht war es besser, diesen Rockerjob nicht sofort zu machen. Später würden sie die toten Rocker bestimmt noch bekommen, jetzt, wo Andi und Diego mit dem Clanchef auf Du und Du waren. Er grinste. Immer geschäftstüchtig die beiden. Musste man ihnen schon lassen. Sogar auf Reha. Dr. Griesbeck war ein aussichtsreicher Kontakt. Der Arzt vom Rechts der Isar hingegen – ein Schuss in den Ofen. Diese städtischen Angestellten schissen sich wegen allem und allen in die Hose. Der Typ musste erst mit dem Klinikvorstand sprechen. Das würde nichts werden. Sobald die Verwaltung am Drücker war, wurde es haklig, das wusste Miller. Tausend Auflagen und Bestimmungen. Da waren die auf dem Land schon anders drauf. Und auf dem Land wussten sie auch, wie man Feste feiert. Zur Trauerfeier von Oma Griesbeck hatte sich die gesamte Gemeinde Bichlham in der stattlichen Dorfkirche versammelt. Inklusive aller Mitglieder des örtlichen Faschingsvereins und einer zwanzigköpfigen Delegation aus Rio, die man eigens eingeflogen hatte. Die Patenschaft *Braveria* sollte hochleben, das war immer Oma Griesbecks Ziel als Vereinsvorsitzende gewesen. Hatte Dr. Griesbeck gesagt. Die Brasilianer boten einen interessanten Kontrapunkt zur heimischen Trachtenseligkeit. Wallende grün-gelbe Gewänder, hochtoupierte Frisuren mit Perlen und Goldgestecken im Haar.

Andi hatte Oma Griesbeck vorbereitet. Oma G sah wirklich top aus für ihre sechsundneunzig – so was von lebendig! Ihre lodernde Leberkäsbräune hatte er mit etwas *Tiroler Nussöl* forciert. Ging glatt als Brasilianerin durch, die Gute. Das Dirndl hatte Diego in Lam organisiert und ein bisserl aufgerüscht: dunkelgrün mit gelben Applikationen. *Bayerwald meets Brasil.* Auch um das Ambiente hatte Diego sich gekümmert. Mehr als nur ein

Hauch Rio wehte durch das luftschlangenverzierte Kirchenschiff. Die örtliche Blasmusik wurde verstärkt durch eine vierköpfige Sambagruppe mit den entsprechenden Percussioninstrumenten.

Dr. Griesbeck war sehr zufrieden. So viel Heiterkeit auf einer Trauerfeier. Andi hatte nicht zu viel versprochen. Toll! Auch die Rede des Priesters hatte eine lebensfrohe Note. Höhepunkt war die Verabreichung einer Krone aus exotischen Blüten durch die brasilianische Delegation. Als diese auf Oma Griesbecks üppigem weißem Haupthaar zum Liegen kam, geschah das Wunder! Oma Griesbecks Arme gingen dankbar zum Himmel und winkten dem Herrgott zu. Der ganze Saal hielt den Atem an, stöhnte auf, als die Arme wieder darniedersanken. Dann Jubel, vielstimmiges Halleluja! Ein WUNDER!

Wildes Gemurmel, Dankgebete in Deutsch, Bayerisch, Brasilianisch. Einen Mann hielt es nicht auf seinem Platz: Dr. Griesbeck stürmte nach vorne, warf sich auf seine Großmutter, fühlte ihr den Puls am Hals, besah sich die Augen. Nichts. Mausetot. Ungläubig musterte er ihr Antlitz. Oma war im Jenseits – definitiv! Oder? Eine rein mechanische Reaktion? Muskelkontraktion? Warum? Elektrizität? Glühender Glaube? Oder die Musik? Er hatte es mit eigenen Augen gesehen. Wie alle hier im Raum. Sicher? Eine Massenautosuggestion? Ein Produkt übersteigerten Glaubens? Eine vom Weihrauchdampf ausgelöste Halluzination? Sinnestäuschung? Er schüttelte den Kopf und bat den Priester, mit der Zeremonie fortzufahren. Dieser beendete die Förmlichkeiten in Windeseile. Er brauchte jetzt dringend einen Schnaps. Andi und Diego hoben den Sarg auf den Rollwagen und schoben ihn in die Sakristei. »Wahnsinn!«, sagte Andi. »Hast du das auch gesehen?« Diego grinste und klopfte an den Sarg. Eine lange

Klappe an der Seite öffnete sich. Er half Schwester Hildegard heraus. Andi starrte die beiden fassungslos an. »Und,
wie war ich?«, fragte Hildegard.

»Super. Besser hätte das Timing nicht sein können. Per-
fecto!«

Andi sah in den Sarg und entdeckte jetzt die Aussparungen im doppelten Boden für die Arme.

»Superidee, oder?«, strahlte Diego. »Der Hammer!«

»Ja, der Hammer. Wahnsinn, Diego, du hast so einen
Knall! Lass uns das Ding schnell zumachen!«

Diego gab Hilde einen Hunderteuroschein und lobte:
»Topjob, Hilde!«

»War mir ein Vergnügen, Spatzl. Jederzeit wieder.«

»Diego, jetzt komm, damit wir das Teil loswerden.«

Sie legten den Deckel auf den Sarg und schoben ihn
nach draußen, um ihn an die Sargträger zu übergeben.

»Spatzl!«, stöhnte Andi und lachte. »Du hast echt nicht
alle Tassen im Schrank.«

»War doch ein Spitzeneffekt!«

»Allerdings!«, sagte Miller, der jetzt auch backstage
war. »Großartig, Burschen, bravo!«

Rest der Beerdigung ganz klassisch. Wenn man von
den verklärten Mienen der Trauergäste absah. Ja, sie alle
waren Zeugen göttlichen Wirkens geworden. Ganz klar:
Es gab ein Leben nach dem Tod! Und: Das Leben musste
gefeiert werden! Einen so rauschenden Leichenschmaus
wie den im Gasthaus *Kirchenwirt* hatte Bichlham noch
nicht erlebt. Ein Fest großer Freude. ›Wer weiß‹, dachte
Diego, ›vielleicht gehen schon bald neue caffèlattebraune
Erdenbürger aus dieser bayerisch-brasilianischen Einigkeit
hervor.‹ Denn die jungen Damen und Burschen der beiden
Kulturkreise fanden durchaus Gefallen aneinander, zumal
unter der Einwirkung des guten einheimischen Biers. »So

geht Völkerverständigung!«, sagte Diego, als sie das Fest verließen. Fast nüchtern. Wie auch Andi. Weil: sie waren ja Profis. Die Regisseure mussten den Überblick behalten.

ALTER GERMANE

Wotan musste während Andis und Diegos Engagement die Zeit in der Klinik allein totschlagen. Da freute er sich durchaus über Besuch. Sogar wenn es die weiße Frau war, für deren Schamanenverein seine Rockergang immer wieder kleine Dienste übernahm. Sie saßen in seinem spartanisch eingerichteten Krankenzimmer. Vor Wotan ein Bier auf dem Tisch, vor der Schamanenqueen eine Tasse heißes Wasser. »Was heißt das, da schnüffelt einer rum?«, fragte Wotan.

»Ein Polizist aus Grafenberg. Hat blöde Fragen gestellt. Gefaselt, dass er uns im Auge behält.«

»So …« Wotan legte die Stirn in Falten. »Weiß er was?«

»Ich glaub nicht.«

»Die Nazischmierereien bei den Stallers waren keine gute Idee.«

»Ach? Vor einiger Zeit fandest du gerade das gut. Damit jeder glaubt, dass der Rottmann was damit zu tun hat.«

»Weißt du, das mit den Nazis ist so eine Sache. Das haben nicht mal meine Leute kapiert, dass ein alter Germane nicht zwingend ein Nazi ist. Die denken auch nur, dass die Nazis die moderne Variante der Germanen sind.«

»Der braune Pöbel missbraucht die ruhmreiche Vergangenheit für seine profanen Ziele.«

»Die aber durchaus ähnlich sind.«

»Nein, das sind sie nicht. Es geht um Heimat, Tradition, Naturverbundenheit.«

»Das würde der Rottmann genauso sehen.«

Die weiße Frau schnaubte. »Weißt du, was er treibt?«

»Im Moment nicht.«

»Du hast gesagt, dass ihr den Rottmann im Blick habt!«

»Ja, super, ich hab einen kleinen Personalengpass, weil einige meiner Mitglieder leider verstorben sind. Und ich sitz in einer Scheißklinik in einem Scheißrollstuhl. Und ihr seid die Superprofis und rennt nackt durch die Dörfer.«

»Das war ein Affront, ein Anschlag. Das waren die Burschen vom Rottmann, jede Wette! Thors Rache wird sie treffen!«

»Sei froh, dass die Polizei euch nicht in die Mangel nimmt! Warum musstet ihr die Stallers auch gleich umbringen?«

»Auge um Auge, Zahn um Zahn. Urga kam bei der Auseinandersetzung mit den Stallers zu Tode. Urga, der kurz davor war, ein vollwertiger Schamane zu werden!«

»Hör mir auf mit Urga! Urga war nicht der, für den wir ihn gehalten haben. Kann sein, dass Urga für den Verfassungsschutz gearbeitet hat. Als wir seinen Spind im Vereinsheim ausgeräumt haben, war da sein Handy drin. Der hat alles Mögliche bei uns fotografiert: Versammlungen, Dokumente, Räume. Eher eine göttliche Fügung, dass die Stallers ausgerechnet ihn umgenietet haben.«

Die weiße Frau nickte nachdenklich. Dann fragte sie: »Geht das klar mit dem FKB?«

»FKB? FCB?«

»Fest des Kahlen Baumes. Unsere Jahresversammlung. Zweite Novemberwoche.«

»Ach so. Ja, klar. Steht der Ort schon fest?«

»Ist geheim, wie jedes Jahr. Ihr erfahrt es vierundzwanzig Stunden vorher. Hast du genug Leute?«

»Krieg ich hin.«

»Und dann haltet ihr uns Störenfriede vom Hals.«

»Rechnest du mit welchen?«

»Na ja, nach dem Presserummel.«

KUGEL GEBEN

Brandl saß in seinem Verlies. Frustriert. Er zog das Handy raus. Kein Empfang. Natürlich. Er machte die Handylampe an. Musterte die schwarze Schreibtischlampe mit dem Bakelitschirm. Schalter am schweren gusseisernen Fuß. *Klick.* Nichts. Er griff in den Schirm an die Birne. Drehte. Das Licht flammte auf. Wenigstens das. Er atmete auf. In dem trüben Schein wirkten die Nazidevotionalien noch schauriger. Gespenster der Vergangenheit. Sein Blick fiel auf die grüne Holzkiste mit dem Warnschild *Sprengstoff.* Kiste leer. Natürlich. Wäre aber auch keine gute Idee. Der Explosionsdruck in dem kleinen geschlossenen Raum, da konnte er sich gleich die Kugel geben. Er durchsuchte die Regale, den Schreibtisch, die Kisten. Fand eine alte Handgranate. Sinnlos wie Dynamit. Irgendwas klapperte. Er sah nach oben. Lüftungsrohr. Es führte über der Tür nach draußen. Zwanzig Zentimeter Durchmesser. Beim besten Willen würde er sich da nicht durchquetschen können. Trotzdem schlug er gegen das Rohr, bis es lose war. Er zog es zu sich herunter und lehnte es in die Ecke. Holte den Schreibtischstuhl, stieg darauf und spähte in die Rohröffnung. Sah nichts. Machte das Licht seines Handys an. Die Fortsetzung des Rohrs auf der anderen Seite. Er rüttelte, bis es dort ebenfalls herausbrach und auf den Estrich im Vorraum knallte. Er leuchtete wieder mit dem Handy in das Loch. Streckte die Hand weit vor. Was war das? Täuschten ihn seine Augen? Auf dem Handy war ein Balken schwarz. Empfang! Hinter der Mauer! Schwach. Er tippte 1, 1 ... Das Handy glitt ihm aus der Hand. Leises, hässliches Geräusch auf der anderen Seite. »Scheißescheißescheiße!«, fluchte Brandl. Ob das Handy noch ging? Ob man es orten konnte? Wahrscheinlich nicht. Er sank auf den Stuhl, grübelte. Okay. Dann eben die Handgranate. Er nahm sie und kletterte auf den Stuhl. Zog den Splint. Fasste in das Lüftungsloch. Ließ den Bügel los und die Granate fallen. Sprang vom Stuhl, drückte sich an die Mauer. Er hatte das Klickern drüben am Boden gehört. Nichts passierte. Jetzt sah er die Scharniere der Tür. Auf seiner Seite! Hechtsprung! Andere Seite.

TTTANNGGG!! Die schwere Tür flog auf, gegen die Wand, genau an die Stelle, wo er ein paar Sekunden zuvor gestanden war. Brandl schossen Tränen in die Augen. Was würde noch alles passieren?! Sollte er in ein paar Wochen nachholen, was er in fünfzehn Jahren als Dorfpolizist nicht erlebt hatte? Hatte die Pramminger die Explosion gehört? Stand sie schon bewaffnet draußen? Egal. Er musste hier raus.

Zweite Stahltür war nicht abgeschlossen. In der Werkstatt niemand. Er betrat den Hof. Nacht. War er so lange da unten gewesen? Stille. Sein Motorrad war noch da, der Zündschlüssel nicht. Brandl fluchte. Wo war die Pramminger? Spontan verreist für zwei, drei Wochen? So lange dauerte es vermutlich, bis man ohne Wasser definitiv nicht mehr am Leben war. Irgendwie erheiterte ihn der Gedanke. Aber warum? Weil er dann aus dem ganzen Schlamassel raus war? Mit seinem Kopf stimmte was nicht. Die Nerven. Er ging ins Bauernhaus, machte überall das Licht an, holte sich aus dem Kühlschrank ein Bier. Setzte sich damit auf die Bank neben der Haustür, trank einen großen Schluck, sah in den Himmel hinauf. Alles voller Sterne.

JAMES BOND

Brandl hatte noch Bericht erstattet über seine Gefangennahme durch Frau Pramminger, seine eigene Dummheit aber ein bisschen untertrieben. Die Fahndung war raus, die Pramminger war momentan unterwegs auf die Malediven. Das hatte die Überprüfung der Passagierlisten am Flughafen München ergeben. Last-Minute-Urlaub. Aber Eile mit Weile. Sie konnte ja dort nicht ewig bleiben. Das war gestern. Heute war alles wieder gut. Er hatte tief und traumlos geschlafen. Als ihn Michaelas Anruf geweckt hatte, war es schon Mittag gewesen. Sie hatten die Möglichkeit, sich den neuen Vergnügungspark von Wrabal anzusehen. Nicht undercover, sondern ganz offiziell. Premiere. Exklusiv.

»Wo hast du die Einladungen her, Janucek?«, fragte Brandl, als sie ihn nachmittags abholten.

»Janu hat Kontakte nach ganz oben. In Bayern zumindest«, sagte Michi. »Verfassungsschutz, Finanzministerium, Wirtschaft. San des eigentlich alles Verwandte von dir, Janu?«

»Nur kein Neid. Ich hab ein paar Spezln beim LKA, mehr nicht.«

»Du bist der James Bond vom Gäuboden«, sagte Brandl.

»Der Daniel Craig von Laberweinting«, präzisierte Michi.

»Wir haben jedenfalls drei personalisierte Karten für die Eröffnung von *Wonderland*. Samt Hotel. Keine Waffe, Stefan, klar?«

»Ist eh auf der Dienstelle.«

»Gut. Wir schauen uns das jetzt einfach mal in Ruhe an. Ergebnisoffen.«

»Jawohl, ergebnisoffen.«

Michi lachte. »Reißt's euch bloß zam!«

»Was meinst denn du?«, fragte Brandl.

»Na ja, der Wrabal ist ja aus dem Milieu. Ich tipp, da gibt's für euch Jungs ein paar verlockende Angebote.«

»Ja, das hoff ich doch«, sagte Janucek.

Morris bellte zustimmend. Denn er war auch an Bord.

VATERLAND

Rottmann war bestens gelaunt im Bergwerk. »Wir werden unsere deutsche Heimat mit allen Mitteln verteidigen!«

»Na ja, Heimat trifft es nicht ganz«, gab sein Laufbursche Oswald zu bedenken. »Der Berg liegt zur Hälfte auf dem Grundstück der Stallers, und oben auf dem Kamm ist die Grenze zu Tschechien.«

»Wir können nicht zulassen, dass die einfach den Tunnel bauen! Das ist ein territorialer Konflikt! Wenn wir den Tschechen da unten auf deutschem Boden begegnen, müssen wir uns verteidigen!«

»Chef, es ist überhaupt nicht klar, ob das deutscher Boden ist.«

»Es war schon immer deutscher Boden!«

Oswald sah Rottmann mit großen Augen an. Rottmann strahlte. »Ich könnte mir keinen besseren Ort für eine Auseinandersetzung vorstellen. Eine späte Genugtuung für die Schmach der Heimatvertreibung. Wir werden an vorderster Front stehen, wenn Geschichte gemacht und altes Unrecht gesühnt wird! Oswald, schmeiß den Bagger an!«

Oswald bestieg das Bobcat, fuhr die Schaufel hoch und begann damit, den Durchbruch in der Felswand zu vergrößern. Mit einem jähen Ruck brach ein großes Stück Felsen heraus. Der Diesel verstummte. Rottmann besah sich das Loch, leuchtete hinein, nickte zufrieden. »Das reicht.« Er drehte sich um. »Männer, Aufstellung!«

So viele Männer, die bereit waren, für das deutsche Vaterland zu kämpfen, hatte Oswald auf die Schnelle nicht gefunden. Um genau zu sein: Es waren ihrer sechs. Inklusive ihm und seinem Chef. »Sechs sind ein halbes Dutzend!«, sagte Rottmann kampfeslustig. Er sah seine Leute mit strengem Blick an: »Wir sind die Glorreichen Sechs, die für die Ehre unseres Vaterlands einstehen. Achtung, Männer! Präsentiert das Gewehr!«

Die Männer sahen sich blöd an, hatten sie doch nur kurze Maschinenpistolen, Uzis, die sich nicht besonders beeindruckend präsentieren ließen. Sie machten es wie Rottmann, pressten die Waffen an den Bauch und zielten in Richtung linker Fuß.

»Die Dinger gehen fei leicht von selber los«, sagte Oswald leise zu seinem Nebenmann.

»Schnauze!«, zischte Rottmann. Er deutete auf die Holzkiste. »Da drin haben wir noch ein besonderes Schätzchen, eine Bazooka. Panzerbrechend. Für alle Fälle. Ein bisschen unhandlich. Aber ausgesprochen wirkungsvoll. Die bleibt vorerst hier. Seid ihr bereit, Männer?« Fünfstimmiges Gemurmel war die Antwort. »Das üben wir noch!«, bellte Rottmann. »Seid ihr bereit!?«

»Jawoll!«, schallte es ihm entgegen.

»Geht doch!«, murmelte Rottmann und stieg als Erster durch das Loch auf die andere Seite hinüber.

FETTE KISTEN

Neben dem Eroscenter stand auf dem Parkplatz ein riesiges Schild mit Leuchtbuchstaben: *WONDERLAND®*. *Heute geschlossene Gesellschaft*. Bei der Zufahrt eine lange Autoschlange. »Dann stellen wir uns mal hinten an«, meinte Janu. »Ganz schöner Andrang. Und fette Kisten. Schaut mal, der schwarze BMW mit der Münchner Nummer, der sieht ziemlich amtlich aus. Soll ich mir mal den Halter durchgeben lassen?«

»Lass stecken, Janu. Wir sind die Mordkommission, nicht die Heilsarmee.«

»Wenn das so exklusiv ist, samma hoffentlich richtig angezogen«, meinte Brandl.

»Der Anzug steht dir super«, sagte Michi.

»Hab ich das letzte Mal vor zehn Jahren angehabt. Standesamt.«

»Du? Sag bloß.«

»Hat dann doch nicht geklappt. Sie ist nicht gekommen. Zum Heiraten gehören zwei. Der Anzug hat 'ne Menge schlechte Schwingungen. Wird Zeit, dass ich den mal auslüfte.«

»Immerhin passt du noch rein. Das ist doch schon mal was, oder, Janu?«

Janu klopfte sich zufrieden auf seinen Kugelbauch. »Ich kann mir das leisten.«

JOLLY GOOD FELLOW

»Des is echt nett von euch«, sagte Wotan zerknirscht, als sie den Rollstuhl in den nagelneuen Bestattungswagen wuchteten.

»Für gute Freunde tut man doch alles«, meinte Diego. »Jetzt geht's gleich heim ins Reich, Wotan.«

Andi lachte. »Wir hätten uns freilich zur Feier des Tages noch ein bisschen aufbrezeln können. Wir haben super neue Anzüge, so schwarzmetallisch, schon special! Aber dann werden die Gäste hier gleich nervös, wenn wir im Businessdress antanzen.«

Diego nickte. »Wir sind ganz ignatius hier. Außer der Wagen natürlich. Aber der ist top, oder? Unter Mercedes tun wir's nicht. Du, jetzt gibt's sogar Bestatter, die fahren Dacia. Ich find, des geht überhaupt ned.«

»Können wir jetzt endlich losfahren?«, bat Wotan.

»Du kennst sie doch, die alte Weise, nimm dir Zeit für deine letzte Reise.«

Wotan sah Andi entsetzt an. Doch der gluckste nur. »Der Dr. Griesbeck will sich noch persönlich von uns verabschieden.«

Wie auf Kommando rauschte Klinikleiter Dr. Griesbeck heran. »Sorry, Leute, die Frau Landrat hatte einen kurzen Herzstillstand. Ich musste sie aus der Korsage schweißen, die gute Frau. Aber alles wieder im grünen Bereich. Und was unsere zukünftige Zusammenarbeit betrifft, ich rechne das alles mal durch, und dann ruf ich euch an, gell? Hier, ich hab noch ein kleines Souvenir für euch.« Er reichte jedem eine große Steingutflasche. »*Eternit*. Beste Bergkräuter mit Wacholder für die kalten Tage. Und nicht alles auf einmal – sonst ewige Jagdgründe!«

»Ja, da sehen wir uns dann alle wieder«, meinte Andi. »Wird's um dich rum dann immer stiller, kommen gleich die Jungs von Trauerhilfe Miller.«

Wotan wurde langsam nervös, da jetzt fast alle Balkone der Rehaklinik besetzt waren. Immer interessant, wenn jemand die Klinik in der Horizontalen verließ. So interpretierte das Publikum jedenfalls die Anwesenheit des Leichenwagens.

»So, Jungs, auf geht's!«, sagte Andi. »Einsteigen!«

Der Motor heulte auf, Diego hupte dreimal und ließ den Kies in der Auffahrt spritzen.

Schneidig nahm Diego die weiten Kurven hinab in die niederbayerische Tiefebene.

Andi betrachtete Griesbecks Souvenir. »*Eternit* ist ein cooler Name für einen Schnaps. Oder, Diego?«

»Irgendwie kommt mir der Name bekannt vor.«

»Des is mit alle große Sachen so.«

Diego kicherte. »*Eternity de luxe.*«

»Genau. Unser bester.«

»Jungs, ihr redet Amok«, meldete sich Wotan.

»Wenn du wüsstest«, erklärte Diego. »Der *Eternity de luxe*, das ist die Harley unter den Särgen. Deutsche Eiche mit handgeschmiedeten Beschlägen. Nur was für den großen Geldbeutel. Dir machen wir natürlich einen Sonderpreis.«

Wotan fragte nicht weiter, sondern öffnete kurzerhand den Bügelverschluss seiner Schnapsflasche und nahm einen großen Schluck. »Und?«, fragte Diego neugierig. Keine Antwort. Wotan hatte Tränen in den Augen. Diego und Andi lachten. Wotan lehnte sich zurück und schloss die Augen. Diego schob eine *Rinnstein*-CD in den Player und drehte die Anlage auf.

Fahrersitz, ich sitz am Fahrersitz
Ich fahre wie der Blitz
Was du meinst du, wie ich schwitz
Ich hab ja so a Hitz, wie hundert Liegestütz
Ne Kerbe pro Rehkitz
Die ich ins Lenkrad ritz

Ich mag das voll, kein Witz
Wenn das Blut gscheid spritzt
Fahrersitz, ich sitz am Fahrersitz …

»Gefällt dir das?«, brüllte Diego nach hinten. Wieder keine Antwort. Wotan schlummerte selig. Zumindest sah es so aus. Augen geschlossen. Andi und Diego grinsten sich an. Wunderbarer Tag. Die Sonne hoch am hellblauen Himmel, das bunte Herbstlaub leuchtete, das Grün der Wiesen fast giftig. »Geil«, befand Diego, »der Bayerwald ist genau meins.«

»Ja, super. Da mach ma mal Urlaub.«

»Auf dem Bauernhof.«

»Diego, du und Ponyreiten …«

»Hey, i bin da Django. Ich schnalz einmal mit der Zunge, und der Gaul spurt.«

»Brr, ruhig, großer Brauner. Hey, da ist schon die Abfahrt.«

Kurz darauf passierten sie das Ortsschild von Deggendorf.

»Wie war die Adresse?«, fragte Diego.

»Welche?«

Diego deutete nach hinten.

»Da vorne rechts.«

»Hey, da war ma doch schon mal!«

»Du Schnellspanner.«

»Hm, das ist doch das Klubhaus, wo's das Moussaka gab?«

Andi nickte langsam. »Ja, Diego. Die Täter zieht es immer zurück an den Ort der Tat.«

Diego brachte den Wagen vor dem Klubhaus der Rocker zum Stehen.

Andi stupste Wotan an. »Hey, Digga, du bist daheim.«

Wotan öffnete die Augen und war überrascht. Daheim? Wie von Zauberhand öffnete sich das große Tor der Lagerhalle. Bühne frei für den gesamten Wotan-Clan, nicht viel an der Zahl, aber in feinstem Nietenleder und gut bei Stimme: »*For he's a jolly good fellow, for he's a jolly good fellow, which nobody will deny, wich nobody will deny…*«

SONST NIX

Rottmann und seine Leute starrten fassungslos auf die Stadt am Grund der gewaltigen Höhle, sahen die Lichter der Häuserfenster und der Straßenlaternen, die Leuchtreklamen und bunten Girlanden des großen Zirkuszelts. Lichterketten in Doppelweiß und Doppelrot – Autos, die auf den Straßen durch die Stadt und in die Parkhäuser fuhren. »Das ist der Untergang des Abendlands«, stöhnte Rottmann und konnte die Faszination in seiner Stimme nicht verbergen.

»Wahnsinn!«, staunte auch Oswald, »ein eigenes Reich. Da brauchst du keine Computerspiele mehr, das ist eine eigene Realität.«

»Red keinen Schmarrn, Oswald, des is a Rummelplatz, sonst nix!« Rottmann hob die Waffe. »Marsch, Marsch!«

Oswald schüttelte den Kopf. »Wenn wir da mit den MPs einmarschieren, lösen wir eine Panik aus.«

Rottmann überlegte kurz, nickte. »Nur kleine Handfeuerwaffen. Die MPs für den Einsatz verstecken wir hier. Jetzt gehen wir erst mal auf Erkundung. Zweiergruppen!«, forderte er seine fünf Mitstreiter auf. »In genau zwei Stunden wieder hier. Uhrenvergleich!«

»Ich hab keine Uhr«, sagte Oswald kläglich.

»Aber ein Handy.«

»Das geht hier unten doch nicht.«

»Die Uhr schon.«

»Echt?«

»Echt, du Depp. Außerdem gehst du mit mir.«

ECHT GROSS

Janucek, Michi und Brandl waren ebenfalls unter dem Böhmerwald unterwegs. Im Auto. Die Fahrzeuge waren nach einer strengen Kontrolle wie am Flughafen einzeln eingelassen worden. Eben noch alles voller Wagen, jetzt waren sie allein auf weiter Flur – oder besser: im dunklen Tunnel. Im Scheinwerferlicht glitzerten Katzenaugen. Links und rechts tiefe Gräben. Straße auf einer Art Deich. Ungeteert. Boden feucht. Janucek fuhr vorsichtig. Brandl fummelte am Autoradio. Wildes Rauschen aus den Boxen. Janucek wischte seine Hand weg. »Ich muss mich konzentrieren. Du findest eh nichts.«

Von wegen, hammerharter Technobeat knallte aus den Boxen, so plötzlich, dass Janucek in die Eisen stieg. Die Reifen blockierten, der Wagen rutschte auf die Fahrbahnmarkierung zu. Im letzten Moment nahm Janucek den Fuß von der Bremse, riss das Lenkrad herum. Der Wagen glitt wieder in die Spur und blieb stehen. Abgesoffen. Soundtrack: der gewaltige Beat aus dem Radio, tausend Zungen, heißer Atem: »*Raise the fire, raise the fire …*«

»Heiße Scheiße«, murmelte Michi. Sagte auch der Moderator, der sich jetzt in die Nummer einblendete: »Yeah, das ist superhot shit for you! Die *Killerbees* mit *Raise the fire*, heiß wie Hölle. Die *Killerbees* sind die Aftershow-Stars im Zirkus *Mandrago*, Special-Gig nach der großen Premiere in *Wonderland*. Kommen Sie zur *Mandrago-*

Show mit Artisten, Stars und wilden Tieren. Presented by *Wham!FM!*« Und schon tauchte die Stimme wieder ab im reißenden Strom der Elektrobeats: *»Fuckit, fuckit fuckit…«,* kreischte eine hysterische Frauenstimme über zuckende Beats. Brandl drehte das Radio leiser. »Hey, ich steh auf Zirkus. Die Show sollten wir uns ansehen!«

Janucek zuckte mit den Schultern und startete den Wagen. Er hielt das Lenkrad locker. Augen lange Brennweite. Brandl starrte angestrengt ins Dunkel. Michi hatte die Augen geschlossen, Hände gefaltet. Eines langen Tages Reise in die Nacht. Herz der Finsternis. Irgendwann ein Lichtpunkt. Mitten im Schwarz. »Brandl, du hast doch gute Augen«, sagte Janucek. »Was ist da?!«

»Eine Mauer, ziemlich hoch.«

Janucek und Michi sahen nach oben. Tatsächlich, das Schwarz war nicht einfach nur die Farbe des Schattenreichs, sondern auch die einer hohen Mauer. Darüber fahler Nebel, kaltes buntes Neon. »Dahinter liegt *Wonderland*«, vermutete Michi.

Holzverschlag. In dem beleuchteten Fenster ein Frauenkopf – groß und grob. Rest vermutlich auch. Als sie stoppten, sahen sie in ein furchterregendes Gesicht: Akne im Endzustand, eine dunkelbraune Warze, groß wie eine Walnuss, am linken Flügel der krummen Nase, hervorquellende Augäpfel, lange, verfilzte schwarze Haare. Die Frau war nicht zwingend eine Frau, konnte auch ein Typ sein, ultrafett mit dicken Schwabbelbrüsten, die von einem fleckigen grauen T-Shirt umspannt wurden und auf dem Fensterbrett ausgebreitet lagen wie eine opulente Mahlzeit. Brandl musste an Blut- und Leberwürste denken. Eine weiße, schwammige Hand erschien von unten. Ein Schnippen, Schnalzen, das Fenster pfiff zur Seite, klirrte leise. *Potzblitz!*

»Servus«, grüßte Michi.

»Tickets«, schnarrte das Monster mit Kopfstimme und zog die Nase hoch.

Janucek reichte die Einladungen heraus. Das Monster gab ihnen Formulare. »Unterschreiben, alle!« Die Schrift war derart klein, dass sie auch bei bester Beleuchtung nicht zu lesen war.

»Was ist das?«, fragte Janucek.

»Versicherung.«

»Gegen was?«

»Wird's bald?!«, fistelte der Schwabbeltyp. »Oder wollt ihr umdrehen?«

Janucek unterschrieb und gab den Zettel weiter.

Als der Zettel wieder bei dem Monster war, öffnete sich ächzend eine schwere Eisenschleuse in der Mauer. Janucek legte den Gang ein. Der Passat rollte durch die niedrige Einfahrt. Unwillkürlich zogen sie die Köpfe ein. Vorderräder ruckten, griffen. Asphalt. Hinter ihnen ratterte das Tor zu. Asphalt, Mittelstreifen, Straßenlampen. Ein grelles Flimmern – *Wonderland!* Janucek trat aufs Gas. Der Passat schleuderte Schlammreste aus dem Reifenprofil und glitt dem Lichtermeer entgegen: Straßen, Brücken, Ladenfronten, Leuchtreklamen: *Cash, Casino, Entertainment!*

»Las Vegas in der Unterwelt«, staunte Janucek. »Das ist echt groß!«

Auch Michi und Brandl waren beeindruckt, sie rieben sich ungläubig die Augen. Ein großes gelbes Leuchtschild über der Fahrspur: WONDERLAND®. Im Wagen gespannte Stille. Kein Traum, keine Halluzination: belebte Straßenzüge, Autos, Lokale.

»Wir checken erst im Hotel ein«, meinte Janucek. »Ist ja inklusive.« Er deutete auf eine Reklame. *Golden Palace Hotel.* »Das ist unseres.«

»Gibt's denn noch mehr?«, fragte Brandl.

»Keine Ahnung.« Janucek bog rechts ab.

Nach einigen Metern verengte sich die Straße auf eine Spur und wurde abschüssig. Steil. Die Straße wand sich ein paar Mal nach unten, bis vor ihnen eine Schranke und ein Check-in-Schalter auftauchte. Diesmal keine Ekelbacke, sondern eine attraktive junge Frau in schwarzem Kostüm und weißer Bluse. »Guten Abend, Ihre Einladungen?« Janucek reichte sie rein. Die Dame sah in ihren Computermonitor. »Janucek, Röhrl, Brandl. Und wer ist das?« Sie deutete auf Morris.

»Mein Hund«, erklärte Michi. »Ist das ein Problem?«

»Im Gegenteil. Wir haben ein Hunderestaurant im achten Stock. Sehr beliebt.« Die Dame lächelte und reichte ihnen drei Keycards. »Apartment 1189, im elften Stock. Angenehmen Aufenthalt.«

Die Schranke ging hoch. Janucek lenkte den Wagen die Rampe hinunter. Hier stand eine große »1« an der Wand. Scharfe Linkskurve. Nächste Rampe. Eine »2«. »Das Ding ist 'ne Tiefgarage«, bemerkte Janucek.

Bald kamen sie am achten Stock vorbei, wo sich angeblich das Hunderestaurant befand. Michi kraulte Morris unterm Kinn. Schließlich elfte Etage. Tief im Bauch der Erde, unter dem Böhmerwald. Janucek bog ab und folgte der einspurigen Straße. Das Brummen des Passat hallte von den betongrauen Wänden. Janucek sah auf den Kilometerzähler und staunte: Seit sie oben losgefahren waren, hatten sie keine zehn Kilometer zurückgelegt. Ihm kam es vor wie tausend Kilometer. Jules Verne. Sie überquerten eine Brücke. Eine tiefe Schlucht, unter ihnen, über ihnen. Vor ihnen: ein gewaltiger Gebäudekomplex, ein unterirdisches Hochhaus – das *Golden Palace Hotel*. Nach der Brücke ein Wegweiser: *1100–1149 links, 1150–1199 rechts.* Also rechts. Janucek bog bei 1189 in den freien Parkplatz. Sie stiegen aus und streckten sich. Leicht muffige Luft, Abgase. Morris war begeistert, dass er endlich das Auto verlassen konnte. Er flitzte wie ein Irrer um den Wagen und pinkelte an alle vier Räder. Janucek ging zum Geländer an der Straße und sah in die Tiefe. Brandl und Michi gesellten sich dazu. »Erstaunlich«, meinte Michi.

»Ja, erstaunlich«, echote Brandl.

Janucek sah nach oben. »Das müssen natürliche Höhlen sein. Das haben die nie alles in den Berg gegraben.«

Genug gestaunt. Sie gingen zu ihrem Apartment. Michi schob ihre Plastikkarte in den Schlitz am Türknauf. Die Tür sprang auf, das Licht ging automatisch an. Großer Raum mit Couch, Fernseher und amerikanischer Küche, drei Türen nach hinten. Bad und zwei Schlafzimmer mit Doppelbetten. Eins für sie und Morris und eins für Janucek und Brandl.

»Ich hab Durst«, meinte Janucek und inspizierte die Minibar. Stellte drei Bierdosen auf den Tisch. *Wonderland® Spezial.* »8,3 Prozent«, las Brandl. »Schädelspalter.«

»Heißt das so?«, fragte Michi.

»Nein, die Wirkung.«

»Bier ist Bier«, meinte Janucek.

Morris japste aufgeregt. Durst. Michi suchte in der Küche eine Schüssel. Sie fand nur ein großes Glas. Sie füllte es mit Wasser und stellte es auf den Boden. Morris stürzte sich darauf und verspritzte die Hälfte auf dem Küchenboden.

Die Verschlüsse der Bierdosen knackten. Michi hob die Dose. »Ein Prosit, ein Prosit, der Gemüt-lich-keit.« Sie lachten und tranken. Janucek rülpste leise. Brandl war nachdenklich. So sah es also unter dem Mittelgebirge aus, das er nur als Böhmerwald oder als Bayerischen

Wald kannte. Seine Heimat. Innen hohl. Sehr irritierend. Schweigen, Stand-by. Sie waren müde. Merkwürdig – sie waren gar nicht lange unterwegs gewesen und hatten doch jedes Zeitgefühl verloren, seit sie in die Unterwelt vorgedrungen waren. Sie leerten die Dosen und machten den Abgang. »Kurze Pause nur«, sagte Janu, »ein Stündchen.«

Brandl studierte im Badspiegel seine fahle Gesichtsfarbe und seine Bartstoppeln. Was er sah, gefiel ihm nicht: Müdigkeit, Zweifel, Angst. War das nur beim ihm so? Und die anderen? Die harten Typen von der Straubinger Kripo – die waren ganz cool. ›Brandl, nimm dich zusammen! Das hier ist ein bisschen abgefahren, aber so abgefahren auch wieder nicht.‹ Doch. Er hatte so was noch nie gesehen. Er kratzte sich einen Pickel von der Stirn und zog einen blutigen Streifen. ›Ich bin gezeichnet!‹, dachte er theatralisch. Quatsch! Er klatschte sich einen Schwall Wasser ins Gesicht und verschwand im Schlafzimmer, wo Janucek schon selig schlummerte. Auch Michi war bereits im Reich der Träume. Morris hatte es sich auf der Wohnzimmercouch bequem gemacht und spähte mit einem halben Auge in die ungewohnte Umgebung. Irgendwann machte er auch das halbe Auge zu und träumte von dem schicken Hunderestaurant, in das er eine junge Colliedame ausführte. *Hey, Baby, such dir aus, was du willst, Geld spielt keine Rolle ...*

UNTERSCHÄTZT

Bohumil war ebenfalls im Hotel. Hatte sich kurz hingelegt. War jetzt aufgewacht. In seinem Kopf trabte eine große schwarze Raubkatze vor den Gitterstäben auf und ab. Er war schwer verkatert. Die letzten Handgriffe für die Pre-

miere hatte er nur unter dem stimulierenden Einfluss großer Mengen Alkohol und Drogen überstanden. Jetzt stand
alles. Das Zelt, das Programm. Er wälzte sich aus dem Bett
und stolperte ins Badezimmer, durchwühlte den Spiegel-
schrank über dem Waschbecken. Keine Kopfschmerz-
tabletten. Er drehte den Hahn auf. Wasser beißend kalt.
Bohumil schrubbte sein Gesicht und betrachtete es im
Spiegel. Aufgequollen, rot, grobporig. Kehle ausgedörrt.
Er brauchte einen Drink. Dringend. Minibar! Er drehte
den Deckel eines Bonsaiwodkas ab, saugte ihn leer. Noch
einen. Und noch einen. Das Brennen in Kopf und Hals
ließ nach. Er holte ein Glas und nahm sich eine Dose Cola
und einen Whiskey, betrachtete im Gegenlicht die braunen Schlieren im Glas. Alkohol und Zuckerwasser. Trank
einen großen Schluck und legte die Füße auf den Couch-
tisch. Ein Lächeln huschte über sein Gesicht. *Wonderland!*
Und sein Zirkus mittendrin. Wow! Das musste er seinem
Bruder lassen, er hatte ihn unterschätzt. Da baute Martin jahrelang hier unten sein Reich, und niemand bekam
etwas mit. Nicht einmal er. Na ja, gerade er nicht. Ihr Verhältnis war denkbar schlecht. Martin hielt ihn für einen
Versager. Wegen der Drogengeschäfte, Stripschuppen,
Nachtklubs. Aber offenbar hatte Martin jetzt kapiert, was
Zirkus bedeutet: eine Wunderwelt mit eigenen Gesetzen.
Genau das, was er hier unten aufzog: eine große Illusion,
ein Spiel – Schweiß, Kraft, Erotik, Risiko.

LÖWENQUELLE

Rottmann und Oswald gingen durch die hell erleuchte-
ten Straßen, waren geblendet von den Angeboten, Auto-
scheinwerfern und Leuchtreklamen. »Ich brauch jetzt ein

Bier«, sagte Rottmann. Oswald zeigte auf das Schild. *Löwenquelle.* Sie traten ein und stellten sich an den Tresen. Bestellten zwei Bier. Die Besucher waren ein wilder Haufen. Neben zwielichtigen Männern in schlecht sitzenden Sakkos und Lederjacken, die nach Kostümfundus aussahen und rochen, auch Männer in eleganten Businessanzügen. Einige Frauen trugen feine Abendgarderobe, andere aufreizende Polyesterminis und Spaghettitops. Es roch nach teurem und billigem Parfüm, nach Sex und Gefahr.

GRENZEN

Bohumil war unterwegs, durchstreifte *Wonderland.* Und staunte. Das war Wirklichkeit gewordene Science-Fiction. Großartig! Knallhart durchorganisiert. Und klar: Er konnte es nicht zulassen, dass sein Bruder hier allein der Boss war. Nein, er musste nicht alles haben, sie konnten ja teilen. Ganz sicher würde er nicht nur den lustigen Zirkusdirektor geben. Er würde Martin die Grenzen zeigen, auch persönlich. Er dachte an Gaetano Pirlotti, den er für die Hochseilnummer engagiert hatte. Gaetano, den Exgeliebten von Martins Frau Katja. Den Martin damals ins Jenseits schicken wollte, als er von Katjas Beziehung zu ihm erfahren hatte. Martin glaubte, Gaetano sei tot. Den Auftrag hatte Martin ihm erteilt. Hatte er aber nicht übers Herz gebracht. Schon aus künstlerischen Gründen. Gaetano war quicklebendig. Das würde ein herzliches Wiedersehen geben, wenn Katjas Augen die Pirouetten und Saltos ihres verflossenen Romeos verfolgten. Die beiden waren damals im Zirkus zusammengekommen. Katja, die Burlesquetänzerin, unglaubliche Schönheit. Leider interessierte sie sich nicht für ihn. Damals nicht, heute nicht. Heute war Karel ihr Lover. Und Martin ihr Mann. Tja. Bohumil schnalzte mit der Zunge.

SCHÖPFUNG

Kristof Sienkewicz war überwältigt. Seine Schöpfung! Der Gedanke verwirrte ihn. Machte ihn stolz. Peitschte ihn auf. Seine Ideen. Seine Skizzen. Er hatte all die Kulissen entworfen. Geld hatte keine Rolle gespielt. Martin Wrabal hatte alles bezahlt. Er sah sich um. Die Spielhöllen, Bars, dreckigen Seitengassen, jetzt waren sie Wirklichkeit geworden! Er zitterte vor Erregung. Seine Schöpfung! Er brauchte einen Drink. Er betrat die nächstbeste Bar und bestellt einen Cuba Libre.

Kaum stand der Drink vor ihm, stürmte ein Mann in einer schwarzen Lederkombi und mit Damenstrumpf über dem Kopf ins Lokal. Er feuerte eine MP-Salve in Richtung Decke ab. *Rattatatatang!* Der Barkeeper schaltete die Stereoanlage aus. Jetzt war es totenstill im Lokal. Der Strumpfkopf blickte in die Runde. »Zweimal Toast Hawaii!«, schallte es aus der Küchendurchreiche. Als Kommentar ging noch eine MP-Salve in die Decke. »Geld, Uhren, Schmuck. Sonst Blutbad!« Klare Ansage. Angstvoll starrten alle den Mann an. In Kristofs Kopf ratterte es. Gehörte das zur Show? War der echt? Er sah zur Decke hoch. Keine Einschusslöcher. »Geld, Schmuck, alles in den Sack!«, forderte der Mann. Kristof beobachtete die Reaktionen der Besucher. Statisten und Gäste. Die Männer legten ihre Uhren ab, zogen Brieftaschen heraus, die Frauen holten Geldbörsen aus Handtaschen und nahmen Schmuck ab. Alles in den Sack. »Wird's bald?«, blaffte der Mann mit der MP Rottmann an.

»Sprichst ja Deutsch, Bürschchen.«

»Ja, und ich blas dir das Hirn raus, wenn Geld und Uhr nicht gleich in meinem Sack sind.«

Blitzschnell kickte ihm Rottmann zwischen die Beine. Der Mann ging stöhnend in die Knie. »Hast du jetzt genug im Sack?«, fragte Rottmann und drehte sich lachend zu den Gästen. Die waren verunsichert. Keiner lachte. »Was ist los, Leute? Habt's ihr Angst vor so einem Würstel?«

Der Mann war wieder auf den Beinen, puterrot im Gesicht. »Kennst die Spielregeln nicht, du Arsch!«, zischte er und ging auf Rottmann los. Der hatte aber seine Waffe gezogen und schoss dem Mann in den Oberschenkel. Der Mann schrie. Nur kurz, dann wurde er ohnmächtig. Die Gäste starrten fassungslos auf die gewalttätige Szene. Die Statisten auch. Rottmann sah in die Runde. Warf den Leuten den Beutel mit den Wertsachen hin. Oswald packte den Ohnmächtigen und zog ihn nach draußen.

»Wer kriegt jetzt die zwei Hawaiitoast?!«, rief der Kellner, die Musik startete, und alles lief weiter, als sei nichts geschehen. Kristof war irritiert und sah sich hilfesuchend um.

Ein Gast fing seinen haltlosen Blick auf, stellte sich zu Kristof an den Tresen. »Eine Stadt voller Banditen. Einarmig, zweiarmig. Supershow!« Er lachte laut und winkte dem Barkeeper. »Frank, noch zwei, auf mich. Samuel«, stellte er sich Mann vor, »meine Freunde sagen Sam.«

»Ich bin Kristof.« Sie hoben die Gläser. Tranken auf ex. Verwandte Seelen. Alkoholiker. Der Barkeeper verteilte die Beute wieder an die Gäste.

Draußen hatten Rottmann und Oswald den Angeschossenen in die enge Gasse zwischen der Kneipe und einem Grillimbiss geschleift und dort abgelegt. Kurz standen sie unschlüssig noch vor der Tür.

»Geil!«, »krass!«, »wow!«, kam es von drinnen.

»Chef, der Typ hatte nur Platzpatronen in der Kanone, das ist alles nur ein Spiel!«

»Spiel, pah! So weit kommt's noch, dass ich denen mein Geld und die Breitling gebe.«

»Das bekommt man hinterher sicher wieder.«

»Ja, logisch, am Haupteingang. Wo wir reingekommen sind.«

»Wir sind nicht am Haupteingang reingekommen.«

Rottmann stöhnte. »Genau, du Schlaumeier. Der Typ ist auf mich losgegangen!«

»Ja, weil du dich nicht wie vereinbart verhalten hast.«

»Was haben wir vereinbart?«

»Nix. Aber die Leute, die hier arbeiten, und die Leute, die hier was erleben wollen. Da gibt's Spielregeln.«

Rottmann kratzte sich am Kopf. »Du meinst, der Typ war gar nicht echt?«

VIVALDI

Morris zerrte an Michis Bettdecke. »Hey, ist ja gut, ja ...«, röchelte Michi. »Fünf Minuten ...« Nein. Morris wollte Gassi gehen. Und hatte Hunger. Jetzt. Michi tätschelte Morris' Kopf. »Ja ja, ich komm schon.« Sie tastete nach dem Lichtschalter. Kniff die Augen zusammen. Ging ins Wohnzimmer, hörte Janucek und Brandl durch die angelehnte Tür ihres Zimmers schnarchen. Die Seligen.

Draußen: exakt dieselbe Stimmung wie bei ihrer Ankunft. Das leise Brummen des Verkehrs, Abgasduft, Neonlicht. Auf dem Parkplatz des Apartments nebenan putzte jemand sein Auto. Michi grüßte: »So spät noch fleißig?«

Der Nachbar grinste sie an. »Spät?«

Michi grinste zurück. »Oder früh? Ist gar nicht so einfach hier.«

»A City that never sleeps«, sang der Typ.

Michi fragte: »Auch Gast?«

»Schön wär's. Hab 'ne Kneipe hier. Die *Löwenquelle*. Ich bin der Leo.«

Sie lachte. »Das passt ja. Ich bin die Michi.«

»Mal richtig auf den Putz hauen, Michi, was? Da bist du hier goldrichtig. Komm doch mal auf ein Bier vorbei …«

Morris strich ungeduldig um Michis Beine. »Ich muss los. Sonst macht der Hund Stress. Man sieht sich.«

Leo widmete sich wieder der Optimierung seines Autolacks und klatschte eine geleeartige Masse aufs Auto. Aus der Dose, die er schon die ganze Zeit in der linken Hand hielt. Autopudding.

Morris schien genau zu wissen, wohin er wollte. Steuerte pfeilgerade auf die Hotellifts zu. 20 *Personen*, sagte ein Aufkleber. Michi und Morris hatten den Lift für sich alleine. »Achter Stock«, hatte die Dame an der Rezeption gesagt. Der Aufzug rumpelte behäbig nach oben. Im grellen Neonlicht studierte Michi ihre Silhouette auf der geriffelten Edelstahlwand. Rasterbild. Quietschend kam der Lift zum Stehen. Morris flitzte raus, Michi folgte ihm. Der achte Stock sah aus wie der elfte Stock. Morris verschwand nach rechts. Ätzender Geruch – Dosenfutter. Neonleuchtschild: *Dog's Café*. Von allen Seiten strömten Menschen mit ihren Hunden dorthin. Die Glastür öffnete sich automatisch, und schon waren sie im Hunderestaurant. Herrchen und Frauchen mit ihren Lieben. »Hasso hat dies gemacht, Beppo das, also Hermes fährt total auf den Nachtisch ab. Ja, Hermes, ist ja gut, Nachtisch! Ja, und Egbert, also Egbert hat in letzter Zeit immer so dünnen Stuhl, ich bin ganz ratlos…« Hunde-Small-Talk wie im Straubinger Stadtpark oder an der Donau. Oder sonst irgendwo. Lange Schlange vor dem Büfett. Michi setzte eine Miene auf, die jegliche Konversation untersagte. Das Innere des Cafés beeindruckte sie: kanariengelbes Plastikdesign. 2000 *lightyears from home*. Die ganze Inneneinrichtung mit ihren kleinen Fressnischen, Bistrotischen und Bänken war aus einer einzigen gewaltigen Form gestanzt oder gegossen. Versenkte Halogenstrahler verbreiteten gleißendes Licht. An der Decke kleine runde Gitter. Lautsprecher? Vermutlich, denn die Luft wurde nicht nur von Dosenfleisch verpestet, sondern auch von Dosenmusik. *Vier Jahreszeiten*. Hundemusik. *Wiewaldi*.

In der Mitte des Lokals befand sich ein großer kreisrunder Abfluss mit einem feinmaschigen Chromsieb, zu dem sich der gesamte Boden dezent neigte. Michi sah noch mal nach oben. Die Lautsprecher konnten auch Düsen sein. Die Vorstellung, dass die Riesenplastikschale bei Bedarf mit Hochdruck ausgepritzt wurde, amüsierte sie.

Endlich war die Schlange so weit vorgerückt, dass Michi in die Glasvitrine greifen konnte. Quietschgelbe Plastikschüsseln mit braunem Dosenfutter, zum Teil mit unschönen Krüstchen auf dem Pressfleischgelee. Michi suchte eine Schale aus, deren Inhalt noch einigermaßen in Schuss war. Ein paar Meter weiter gab es Schüsseln mit Nachtisch. Grünlicher Brei, der streng nach Kaugummi roch. Morris sprang an Michis Bein hoch. »Ist ja gut«, sagte sie und nahm auch hier eine Schale. ›Wenn andere Hunde das vertragen, wird Morris nicht gleich umfallen.‹ An der Kasse kein Personal. Alles vollautomatisch. Hilfe suchend sah sich Michi um. Nebenan schob ein Dackelhalter seine

Keycard in den Automatenschlitz. Michi machte es genauso. Display grün. Der Automat gluckste und füllte eine Schüssel mit Wasser. Hätte sie glatt vergessen. Mit dem Tablett ging sie zu einer freien Fressnische, stellte die Schüsseln auf den Boden. Morris stürzte sich darauf. Michi ließ den Blick schweifen: Hundebesitzer, die miteinander plauderten über das bewegte Leben ihrer Lieben, die sich mit vollem Einsatz der Nahrungsaufnahme widmen. Jetzt fiel Michi ein, woran sie die gelbe Farbe erinnerte. Nur das Rot fehlte. *McDonald's* für Hunde – *McDog's*. Statt Pommesmief Dosenfuttergestank.

»Brkkksburgg…« Michi sah besorgt zu Morris hinunter, der sich bereits die Nachspeise reindrückte. »Morris, langsam! Niemand nimmt's dir weg!« Michi tätschelte seinen Kopf. Doch Morris nahm keine Notiz von Frauchen und schleckte die Schüssel bis auf den letzten Rest aus. Noch ein paar Schluck Wasser, dann sah er sie schwanzwedelnd an. Michi war erleichtert, dass sie Leine ziehen konnte, und brachte das Tablett zur Abgabe.

Draußen atmete sie auf. Vergleichsweise. Denn Abgasschwaden durchzogen die Atmosphäre. Kein Wunder, wenn auf Dutzenden von Stockwerken Autos unterwegs waren. ›Könnte man mit einer Geschäftsidee durchstarten‹, dachte Michi. ›Sauerstoffpatronen für den kernigen Lungenzug zwischendurch: *Ja ja ja, prima Duft dank Luckiluft!*‹

Michi überquerte die Straße und trat an die Betonbrüstung. Sah in die Tiefe. Milchiger Lichtschein aus den tieferen Etagen. Sie dachte an die Tastatur im Lift. Ging bis zwanzig, und dann kam der U-Knopf… U wie unten. Ganz unten. Morris kläffte und hielt Michi von weiteren Gedanken ab. »Ja ja, wir gehen noch ein paar Schritte.« Morris markierte alle zehn Meter den Beton. Auf der

Straße Autos, ein Cabrio mit jungen Typen, bumslauter HipHop.

»Komm, Morris, es reicht«, sagte Michi schon bald. Sie stiegen in den Lift. Wieder allein. Michi drückte die »11«. Stockwerk für Stockwerk. 8, 9, 10, 11, 12, 13, 14… »Hey! Halt! Stop!«, zischte Michi und drückte die »11«, mehrmals, nichts passierte. 17, 18, 19… Michi verlor selten die Fassung, aber jetzt war sie kurz davor. 20. Morris sah sein Frauchen ratlos an, spürte, dass etwas nicht koscher war. Michi schloss die Augen. *Brankkk!* Mit einem harten Ruck blieb der Fahrstuhl stehen. U. Endstation. Die Tür ruckelte auf. ›Okay, nichts passiert‹, dachte Michi. Einfach die »11« drücken und wieder hoch. Oder mal schnell schauen? Michi spähte nach draußen. Nichts, nur Schwarz. Es stank. Schwefel und Fäulnis. Wie ein Furz von Morris, nein, Tausende. Sie nahm Morris an die Leine und trat aus dem Fahrstuhl. Tür ruckelte zu, schnell griff Michi in die Lichtschranke. Schweiß auf der Stirn. Tür-auf-Taste.

Draußen standen ein paar Pappkartons herum. Sie nahm einen und stellte ihn in die Lichtschranke. Machte ein paar Schritte. Höhlenboden schimmerte im Fahrstuhllicht. Morris bellte. Hall im endlosen Raum. Glucksen. Mal hier, mal dort. Unheimlich. Morris bellte noch mal. Plötzlich von oben gleißendes Licht. Unten ein See mit braungelben Schauminseln. *Rrackk!* Ein dicker brauner Strahl ergoss sich ins Wasser, genau in den Lichtkegel. In den Schwefelgestank mischte sich Hundefutterduft. Aha, jetzt wurde offenbar das Hundecafé geduscht. Der braune Strahl versiegte, das Licht erlosch. Wozu das Licht? Damit der Dreck sah, wohin er fiel?

Morris gab keinen Ton von sich. Hatte sein Bellen die Flut von Unrat ausgelöst? »Alles gut«, meinte Michi. Ging zum Fahrstuhl, drückte die »11«. Der Aufzug setzte sich in Bewegung. ›Wenn er bei 11 nicht hält, auch okay‹, dachte Michi. ›Besser oben als unten.‹ Doch der Fahrstuhl hielt bei »11«. Fünf Minuten später waren sie in ihrem Apartment. Janucek und Brandl schnarchten noch immer. Michi legte sich aufs Bett und schlief sofort ein. Morris kuschelte sich in den Bettvorleger.

REICH DER TRÄUME

Brandl wachte auf, als Janucek die Schuhe anzog. »He, was is los, Janucek?«

»Ich steh auf.«

»Isses schon hell?«

»Hier isses immer hell.«

»Was sagt die Uhr?«

»Viertel vor eins.« Janucek ging zur Tür.

»Was hast du vor?«

»Gegend ansehn. Was essen. Kommst du mit?«

»Und Michi?«

»Ich schau mal nach.«

Eine Sekunde später war Janucek wieder da. »Die ist tief im Reich der Träume, inklusive Morris. Auf geht's!«

»Aber ...?«

»Nur schauen. Ganz kurz. Erster Überblick.«

Aus der Intimität des Fahrstuhls ging es in die brausende Hotellobby. Vor den Schaltern lange Schlangen. »Wie im *Pennsylvania*«, sagte Brandl.

»Im was?«

»Ein Hotel in New York. Das *Pennsylvania*. Einchecken, auschecken, Riesenbahnhof. Ich war da mal mit ... Janu?!« Janucek war schon in der Menschenmenge verschwunden. Brandl blickte sich hektisch um. Da entdeckte er ihn, kurz vor der Drehtür, die sie beide nach draußen spuckte. Was sie vom Auto aus nur flüchtig gesehen hatten, stürmte jetzt mit aller Kraft auf sie ein: ein Wirbelsturm an Farben – Neonreklamen, Lichterketten. *Cash, Fun, Entertainment ...* »Las Vegas, mindestens«, meinte Janucek. »Da drüben ist ein Burgerladen. Los, komm!« Brandl folgte ihm und lief einem Auto direkt vor den Kühler. Die Jungs in dem Cabrio lachten und drehten die Anlage noch lauter. Brandl war schon versucht, seinen Polizeiausweis zu zücken. »Opa, wird's bald?«, rief der Typ auf dem Beifahrersitz. Brandl sah eine Verkehrslücke und sprintete weiter. Hinter ihm pfiffen die Reifen des Cabrios, und die Hupe meckerte. »Halt bloß die Klappe!«, meinte Brandl zum grinsenden Janucek. *»A city that never sleeps ...«*, sang Janucek. »Mann, ist das abgefahren! Los, komm. Ich lad dich auf 'nen Burger ein.«

Sie gingen in das Lokal und staunten nicht schlecht. Nicht über die Burger – die sahen aus wie überall –, aber die Getränkekarte war beeindruckend: von Bier und Wein über Cocktails und die harten Sachen bis hin zu Stroh-Rum, achtzig Prozent. *Cash und alle Kreditkarten* war über dem Tresen in mehreren Sprachen zu lesen.

»Na toll, wenn keine Preise dranstehen«, maulte Brandl.

»Schau dir die Leute an. Wie du und ich, das ist kein Luxusschuppen, das ist ein Burgerladen. Für Leute wie dich und mich. Ich hol die Drinks. Besondere Wünsche?«

Brandl schüttelte den Kopf. »Du bist gut drauf, was?«

»Soll ich nicht? Hey, das ist ein Abenteuer. Mal was anderes ...«

Janucek kam mit den Drinks – große Gläser, Vierfache – und lachte über Brandls Grübelgesicht. »Hey,

Brandl, das ist so was von geil! Vergiss den Alltag, gib dir 'nen Ruck! Prost, auf ex!« Der Ruck kam vom vierfachen Whiskey. Brandls Gesichtszüge entgleisten, dann entspannten sie sich. Janucek strahlte. »Das ist ein Witz! Der Krempel kostet nichts, fast nichts. Ich hab keine zehn Euro für die Drinks gezahlt. Wir sind im Paradies!«

»Paradies…«, sagte Brandl mit angerauter Stimme. Er hatte noch immer kein gutes Gefühl. Janucek brachte noch mal zwei Whiskey. »Ich sag's dir, ich hab der Biene hinterm Tresen zwei Euro Trinkgeld gegeben, und die ist halb ausgeflippt. Fast schon Zungenkuss. Brandl, weißt du, was das heißt? Wir können die Puppen tanzen lassen!«

»Ich denk, du bist verheiratet?«

»Ich bin der James Bond von Laberweinting.«

»Äh…«

»Mann, Brandl!« Janucek lachte. »A bisserl Action, a bisserl Abenteuer!«

Sie stießen an und kippten die Drinks runter. Der letzte Schluck schoss direkt in die Köpfe. ›Rein ins Abenteuer!‹, dachte sich jetzt auch Brandl. Er wollte nicht denken, wollte sich treiben lassen. Hui, der Raum drehte sich bereits. Er stolperte raus auf die Straße. Janucek folgte ihm, dann prustete er los.

»Hey, was ist so komisch?«, fragte Brandl.

»Wir waren in 'nem Fastfoodladen und haben nix gegessen, keine Tacos, keine Burger.«

»Scheiß auf die Burger!«

»Jawoll, scheiß auf die Burger!«

Den Boulevard hinunter, vorbei an Kneipen, Spielhallen, Kasinos. Vor der Stripbar *Sweet Dreams* blieben sie stehen und bewunderten die Neonkunst. Zehn Meter hoch an einer Hauswand: eine nackte Frau mit Cowboyhut und Pistolengurt. Beugte sich in Zeitlupe nach vorn und reckte den Hintern heraus. »Hereinspaziert, die Herren«, begrüßte sie ein Hüne in sehr knapp sitzendem Smoking. »Wenn Sie das Besondere schätzen, zögern Sie nicht. Super Liveshow, die schönsten Frauen der Welt. Sie werden Ihren Besuch nicht bereuen.«

»Die Frauen oder wir?«, fragte Janucek frech.

»Das hängt ganz von Ihnen ab.«

Janucek und Brandl grinsten sich an und traten ein. Silberinseln einer riesigen Discokugel tanzten durch den Saal. Dicke rote Teppiche suggerierten Stille, die es hier nicht gab. Ekstatische Technomusik begleitete die Zuckungen einer nackten Frau auf der Bühne. Janucek und Brandl glotzten auf die Frau und liefen beinahe das kleine Stehpult über den Haufen, an dem die Empfangsdame auf Gäste wartete. Ihr ernstes Gesicht mit schmaler dunkler Hornbrille passte so gar nicht zu den endlosen Schlitzen ihres bodenlangen schwarzen Kleides. Von der Hüfte bis zum Boden. Brandl konnte den Blick kaum von der schimmernden Haut abwenden. Janucek stieß ihn an. »Hey, Brandl, die Dame fragt, ob wir an der Bühne sitzen wollen?« Brandl sah der Frau ins Gesicht. Wache blaue Augen, die ihn über die schwarzen Brillenränder direkt ansahen.

»Jchaah, ja bitte«, krächzte er. »Vorn an der Bühne.«

Sie lächelte. Hey, sie lächelte! Brandl war ganz aus dem Häuschen.

Mit Buchhaltermiene machte sie einen Eintrag in ihr Buch und hob kurz die Hand. Schon schwebte eine Dame heran, dunkler asiatischer Teint, Glitzer-BH und Fransenmini. Brandl und Janucek waren ganz Auge. »Jacqueline, für die Herren bitte Tisch vier«, sagte die Empfangsdame. »Genießen Sie Ihren Aufenthalt. Jacqueline wird Ihnen jeden Wunsch erfüllen.« ›Jeden Wunsch‹, hallte es in Brandls Kopf, als Jacqueline sie zu ihrem Tisch brachte. Die Musik war jetzt langsam und schwül. Auf der Bühne verbog eine Schlangenfrau ihren Alabasterkörper, wölbte ihn zu einer Brücke und führte den abgespreizten großen Zeh ihres rechten Fußes zwischen ihre feuerroten Lippen, um genüsslich daran zu lutschen. Der Kreis schloss sich. Anderthalb Meter Luftlinie. Brandl bekam einen Krampf im linken Fuß. Seine Hose zwickte unangenehm im Schritt. Janucek gab die Bestellung auf und ließ seinen Blick durchs Lokal wandern. Er blieb ebenfalls an der Schlangenfrau hängen.

Jacqueline brachte Whiskey on the Rocks. »Wenn Sie noch irgendeinen Wunsch haben…«

Janucek – ganz Nachtklubprofi: »Danke, Jacqueline, vorerst nicht.« Jacqueline zog sich zurück, und Janucek tippte Brandl an, der immer noch Löcher in die Schlangenfrau starrte. Sie stießen an.

»Paradies«, sagte Brandl. »Das Paradies!«

»Auf das Paradies!«, meinte Janucek lachend.

Die Schlangenfrau machte ihre letzte Verrenkung und verbeugte sich. Applaus. Vorhang zu. Auch Janucek und Brandl klatschten. Lautstark. Vor allem Brandl. Er lachte beseelt in die Runde. »Man muss mal genießen können«, meinte er, »abschalten.« – »Vom Scheißalltag.« – »Kleiner mieser Job…« – »Kleiner mieser Cop.« Sie stießen wieder an und tranken. »Was meinst du, Janucek, sollen wir…« Brandl konnte seinen Satz nicht beenden, er ging unter in der Fanfare aus den Boxen. Licht auf Minimum gedimmt. Der Lichtkegel eines Suchscheinwerfers kreiste über den bordeauxroten Bühnenvorhang, stoppte, brannte sich in den Samt. Dann blendete er die Augenpaare in der ersten Reihe. *Zapp!* Scheinwerfer aus. Bunte Kristalle auf der Netzhaut. Stille.

Jetzt schleppende Beats, Filmmusik für Kopf und Hose. Als die Streicher einsetzen, erkennt Brandl die Nummer. Ihm fällt der Titel nicht ein, aber der Song ist von Isaac Hayes. Irgendwann mal in 'ner doofen Sektwerbung. Mann, er steht auf Stax und Isaac Hayes. *Walk on by* – so heißt die Nummer. Genau. Diese Oldschool-Soul-Sachen – seine heimliche Leidenschaft. Neben all dem harten Zeugs. Er kann sich keine erotischere Musik vorstellen zu dem, was er gerade sieht. Spot wieder auf dem Vorhang. Der Mond ist aufgegangen. Stereo. Zwei Halbmonde teilen die Stoffbahnen. Pfirsich Melba. Kreisende Bewegungen. Hypnose. Alle Augen Karussell. Glatte Muskeln, glattes Fleisch. Brandl hat eine schmerzhafte Erektion, Janucek Schweißperlen auf der Stirn. Zwischen den Halbmonden versinken. Beine in halterlosen schwarzen Strümpfen schieben sich durch den Samtvorhang, ein schmaler Rücken, eine Taille, so zart, dass man sie mit vier Fingern umspannen könnte, ein schwarzer Hauch von String und BH, lange blonde Haare auf weißen Schultern. Brandl schwitzt, der Whiskey rast durch seinen Kopf. Komm runter, Junge, hast du schon tausend Mal gesehen. Quatsch. Hast du nicht! Von-hinten-Show – ist was mit ihrem Gesicht, eine schiefe Nase, eine Narbe, ein …? Sie dreht sich um. Nein, sie ist wunderschön, ein zarter verträumter Schleier um die Augen, eine entzückende Nase, schwungvolle Lippen, sanft gerötete Wangen, goldene Locken. *Heiligenschein!*

Brandl stellt zitternd sein Glas ab. Herz in Flammen. Seine Augen verschlingen den Heiligenschein, diesen Körper, die seidenglänzenden Beine … Brandl verliert sich in der akrobatischen Performance.

Irgendwann Musik aus, Vorhang zu. Viel zu schnell. Weichspülerjazz kühlte die Emotionen der Gäste.

»Wow!«, jubelte Brandl. »Diese Frau, ich, ich liebe sie! Ich, ich…«

»Brandl, komm runter! Das ist ein Stripschuppen!«

»Das ist der Himmel, das Paradies!«

»Du bist besoffen!«

»Und du bist noch, verdammt noch mal, zu nüchtern!«

Janucek lachte. Gut pariert. Aber trotzdem. Einer sollte einen klaren Kopf behalten. Abenteuer hin oder her. Sie waren eigentlich dienstlich hier. So halb zumindest. Hey, warum winkte Brandl der Bedienung? Noch waren sie doch gut versorgt?

»Was kann ich für die Herren tun?«, fragte Jacqueline.

»Sagen Sie, Jacqueline, ist es möglich, die Tänzerinnen näher kennenzulernen?« Tausend Mal gestellte Frage. Janucek verdrehte die Augen.

Aber Jacqueline lächelte. »Das hängt von Ihren Finanzen ab«, erklärte sie augenzwinkernd. »Unsere Damen trinken Champagner.«

Der profane Gedanke an käufliche Liebe bremste Brandls Enthusiasmus. »Ähm, ja… Ich würde gern die Dame, äh, kennenlernen, die Dame, die eben getanzt hat.«

Jacqueline lächelte unverbindlich. »Da muss ich Sie enttäuschen. Katja ist nur Tänzerin.«

Brandls Miene hellte sich auf. ›Nur Tänzerin.‹ Der Gedanke gefiel ihm.

Doch Jacqueline schüttelte den Kopf. »Vergessen Sie's.«

»Warum?«

»Es geht nicht. Glauben Sie mir! Wenn Sie eine der anderen Damen kennenlernen möchten?«

Janucek schaltete sich ein: »Jacqueline, bitte bringen Sie uns…«

»… noch mal das Gleiche. Ja, sofort«, sagte Jacqueline und rauschte ab.

›Die Rechnung‹, hatte Janucek sagen wollen. »Na ja, auch wurscht«, murmelte er. »Hey, Brandl, zieh kein Gesicht. Vergiss nicht, wo du bist. Das ist kein Eheinstitut.«

»Ach, was weißt du schon ...« Kurz blitzte in seinem Kopf Rosi auf. Der er so viel versprochen hatte. Rosi. Aber sein Verstand war lahmgelegt. Komplett. Jacqueline brachte die Whiskeys. Brandl wollte bei ihr noch mal wegen Katja nachhaken, doch Janucek kickte ihm unter dem Tisch ans Schienbein. Brandls Knie schnalzte hoch, die Whiskeygläser schwankten gefährlich.

»Sie Wilder ...«, zirpte Jacqueline und entschwand.

»Brandl, beruhig dich. Das hier ist nicht real, das ist ein Disneyland für Erwachsene. Hier findest du keine Frau fürs Leben.«

Brandl trank einen großen Schluck, ohne mit Janucek anzustoßen. Er hatte nur die Tänzerin im Kopf. Und das war keine bloße Laune und auch nicht der Whiskey. Er fühlte sich stocknüchtern. Das war ein echtes, tiefes Gefühl! Er stand auf.

»Wo willst du hin?!«, fragte Janucek.

»Auf's Klo. Willst du mit?«

Brandl ging tatsächlich auf die Toilette. Zuerst. Als er seine Blase entleert hatte, probierte er die Tür mit der Aufschrift *Privat* am Ende des Gangs. Er spähte in einen mit Kartons und Bierkisten zugestellten Flur. Viele Türen. Er klopfte an die erstbeste Tür. Als niemand öffnete oder »Herein« sagte, drückte er die Klinke. Nicht abgeschlossen. Garderobe mit Schminktisch. Schmales Bett. Kaninchenstall. Rammelbude. Schnell zog er die Tür wieder zu. Entdeckte jetzt an den Türen weiße Tapes mit Lackstiftnamen: Veronique, Isabelle, Maxime ... Katja! Er klopfte. Nichts, keine Reaktion. Noch mal. Ein verärgertes »Ja!?« kam diesmal als Antwort. Brandl öffnete. Er sah Katja nicht sofort, sie hantierte zwischen zwei vollgepackten Kleiderständern. Die Kammer war klein wie ein Schuhkarton. Schminkspiegel, Stuhl, Bank. Die Bank war definitiv zu schmal für das, was Kaninchen am liebsten tun. Katja tauchte aus den Kleiderständern auf. Brandl wunderte sich. Kostüme? In einem Striplokal? Nein, das hier war Tausendundeine Nacht. Die Kleider einer Prinzessin. Und die Prinzessin war da. Sie wirkte hier etwas älter als auf der Bühne, aber sie war schön, wunderschön. Und sah ihn genervt an. »Was wollen Sie?!«

»Ich, äh, ich, ich hab Ihre Show gesehen, ich, ich musste Sie wiedersehen, ich weiß nicht, ich stolper hier einfach rein, Sie müssen entschuldigen…«

»Willst du ficken, Kleiner?«, flötete Katja.

»Nein! Äh, ja also, ich, ich wollte, ich, äh…«

»Ficken is nich, vielleicht probierst du's ein paar Türen weiter.«

»Fi…, ich mein, darum geht's nicht, ich…«

»Sondern? Teechen trinken?«

»Nein. Ich mein, ja. Teechen, äh… Ja, ich dachte, äh, vielleicht wollen Sie mit mir, äh, was trinken?«

»Was trinken…!« Katja lachte bitter.

»Bitte lachen Sie nicht. Es war, ich, also, so was ist mir noch nie passiert. So was hab ich noch nie gemacht. Als ich Sie gesehen habe, ich war wie elektrisiert…« *Wukkk!* Die Bekenntnisse gingen in dem Schlag unter, den Brandl von hinten auf den Kopf bekam. Kurz, hart, schwarz.

Der Schläger war Martin Wrabal himself. »Ich bin wie elektrissssiert!«, zischte er Katja an.

Katja zuckte mit den Achseln. »Ein Spinner.«

»Spinner!? Verdammt noch mal! Du lässt solche Wichser in deine Garderobe!? Elektrisiert! Dich mal richtig durchvögeln lassen, was?! Ist es das, was dir fehlt?!«

»Leck mich!«, lautete Katjas Antwort.

Martin war verdutzt. Vulgär war für gewöhnlich nur einer – er selbst. Er sah ihr hart ins Gesicht. »Ich bin dein Mann, vergiss das nicht.«

Katja wich seinem Blick nicht aus. »Ich führe mein eigenes Leben.«

»Ich dulde es nicht, dass diese Typen in deine Garderobe kommen. Es reicht mir schon, dass du immer noch auftrittst.«

»Das ist mein Leben. Akzeptier das endlich!«

»Wir sprechen uns noch.« Er brüllte in den Flur: »Karel!« Kein Karel. »Alles muss man selber machen«, fluchte Wrabal und zog Brandl an den Füßen durch den Gang, zur Hintertür und hinaus in den Hinterhof.

FRUCHT DES WALDES

Als Wotan den Veranstaltungsort per SMS erfahren hatte, hatte er laut geflucht. Ausgerechnet der Thingplatz bei Burg Greifenfels. Sehr originell. Nach den Todesfällen am Staller-Hof war das eine Party auf dem Präsentierteller. Und nicht nur die Polizei hatte den Ort im Blick. Auch die Nazis um Rottmann. Denn die betrachteten die Burg als ihr legitimes Erbe. Wenn die von der Sache Wind bekamen, würde das 'ne heiße Nummer werden.

Wotan saß hinten in seinem Opel Astra Kombi. Sein Fahrer war auf Posten. Sicherheitsdienst für die Schamanen. Wotan wischte die beschlagene Scheibe ab und öffnete das Fenster einen Spalt. Er sah den Hang hinab auf den Thingplatz. Das Gewusel merkwürdiger Gestalten in merkwürdigen Gewändern verbreitete die Atmosphäre eines Mittelalterfestes. In der Mitte des Platzes

stand ein kahler dicker Baumstamm mit stattlichen fünfzehn Metern Höhe. Eingeschmiert mit einer schwarz-
braunen Masse. »Teer?«, hatte er die weiße Frau gefragt,
was diese empört zurückgewiesen und ihm einen langen
Vortrag über ökologische Richtlinien gehalten hatte. Torf
und Harz. Auch gut.

Nach einigen Aufwärmtänzen und Gesängen *(ajugyjugyjugy... ajugyjugyjugy...)* wurde der Stamm entzündet.
Er brannte nicht, er glomm. Eine feine weiße Fahne zog
fast senkrecht hoch in den schwarzen Nachthimmel. Es
war windstill. Die Rauchfahne hatte einen schneidenden
Geruch. Ehrfürchtige Stille. Dann ein Murmeln. Viel-
stimmig. Ein leises Gebet. Dann Poesie per Megafon:

> *Mutter Natur*
> *Frucht des Waldes*
> *Alles Moos und Laub*
> *Von der Sonne beschienen,*
> *Dem Mond und den Sternen*
> *Von der Nacht umhüllt*
> *Wir beten sie an*
> *Deine Kraft*
> *Wir beten sie an*
> *Du bist das Ende*
> *Und der Anfang von allem*
> *Du bist ganz bei uns*
> *Bis der Stamm wird fallen.*

GEGENGIFT

Katja rauchte am Hintereingang des *Sweet Dreams*. Männer! Sie schüttelte den Kopf. Sie hatte eine knappe Stunde

Pause. Die wollte sie nutzen. Sie ging los, sah sich draußen um, staunte über das Leben auf der Straße. Das hier
war schlichtweg ein Wunder. Nicht nur ein geschäftliches
Wunder, nein, das zeugte von einer ungeheuren Fantasie, einer großen Vorstellungskraft, einem starken Gestal-
tungswillen. Hätte sie Martin nicht zugetraut. Das Glitzern in der Dunkelheit, die Geräusche, die Musik, all das
erinnerte sie an ihre Zeit beim Zirkus. Sie sah es genau
vor sich: die begehrlichen Blicke, sie in der Mitte der Manege auf dem kleinen Podest, das sich langsam drehte zum
Sound der Bigband. Sie dachte an Bohumil. Martin hatte
seinen Zwillingsbruder mit seinem Zirkus hierher einge-
laden. Spiel im Spiel. Als ob eine Ebene nicht reichte. Der
Zirkus war das Gegengift, der das ganze Schauspiel transparent machte. Der Geruch von Schweiß, Sägemehl, Tier-
kot. Das war echt, zeigte die Mechanik, die Anstrengung
hinter all der Illusion. Versonnen ging sie die Hauptstraße
hinunter. Plötzlich, sie hatte es nur aus dem Augenwinkel
wahrgenommen, stoppte sie, ging ein paar Meter zurück.
Der Stromkasten mit dem Plakat – Werbung für den Zirkus *Mandrago*. Auf dem Plakat ein Hochseilartist. Gaetano Pirlotti, der fliegende Mensch. Gaetano! Hier?

ZWISCHENFALL

Martin Wrabal stand vor einem ebensolchen Plakat und
rieb sich die Augen. Das war typisch für Bohumil. Geschäftlich konnten sie vielleicht kooperieren, privat niemals. Bohumils größtes Ziel bestand offenbar darin, ihn
zu verletzen. Gaetano Pirlotti – der kleine Möchtegern-
Casanova! Der in den heiligen Körper seiner Frau einge-
drungen war! Warum war der noch am Leben? Das wäre

Bohumils Job gewesen! Und jetzt setzte er ihm diesen Typen vor die Nase. In seinem Reich. Maßlose Provokation! Wenn Katja das mitbekommt! Am Ende wusste sie es bereits? Sein Funkgerät piepte. »Karel, was ist?«

»Wir haben hier einen Zwischenfall. Ein Darsteller ist angeschossen worden. Liegt jetzt auf der Sanitätsstation. Schuss in den Oberschenkel.«

»Ist von den Gästen jemand verletzt?«

»Nein, niemand.«

»Was ist passiert?«

»Er hat wie vereinbart die *Löwenquelle* überfallen. Alles Show, bis ein Gast aus der Reihe tanzt und mit der Pistole auf ihn schießt.«

»Wie ist die Waffe reingekommen?«

»Ich weiß es nicht. Die Kontrollen am Eingang sind sehr streng. Eigentlich unmöglich, da was reinzuschmuggeln.«

»Was willst du damit sagen?«

»Dass er woanders reingekommen ist.«

»Check das mit dem Sicherheitsdienst, ob sich irgendwelche Typen rumtreiben, die hier nix verloren haben. Und wie sie reingekommen sind.«

»Das wird schwierig. Es sind Unmengen Menschen da.«

»Was sagen die Leute in der *Löwenquelle*?«

»Sind begeistert. Denken, das gehört zum Programm.«

»Okay. Lasst euch eine genaue Beschreibung von dem Typen geben.«

»Es waren zwei.«

»Dann eben zwei. Sucht sie. Checkt, wie und wo die reingekommen sind. Und du kommst ins *Sweet Dreams*! Ich brauch dich hier.«

»Verdammt, wo sind die alle?«, fragte Rottmann, als er und Oswald am vereinbarten Treffpunkt niemanden antrafen.

»Gefällt ihnen offenbar hier«, meinte Oswald. »Lass uns abhauen.«

»Nicht ohne meine Leute.«

»Chef, die sind erwachsen. Und es reicht, wenn du einen Typen hier über den Haufen knallst.«

»Er hat mich bedroht.«

»Mit Platzpatronen. Wenn die uns erwischen, ist das kein Spiel mehr. Da bin ich mir sicher.«

»Ich erwarte unbedingte Gefolgschaft!«

»Chef, wir sind hier nicht im Krieg, und du bist nicht Obersturmbannführer.«

»Hört, hört.« Rottmann nahm seine Waffe in Anschlag. »Wer nicht für mich ist, ist gegen mich.« Das war kein Scherz. Rottmann drückte Oswald den Lauf in die Hüfte.

Oswalds Augen zeigten kalte Angst. Hatte er es die ganzen Jahre nicht gesehen? Verdammt, er hätte es doch sehen müssen! Dass Rottmann ein verrückter Nazi war, also verrückt im eigentlichen, strengen Sinne, nicht richtig im Kopf. Dachschaden, massiver Dachschaden. Er nickte. »Wie lautet der Befehl?«

»Wir gehen noch mal in die Hölle des Löwen.«

»Es heißt …«

»… ich dulde keinen Widerspruch!«

»Die werden uns suchen wegen der Schießerei.«

»Wir sind bewaffnet.«

»Das sind die inzwischen bestimmt auch.«

»Ohne Fleiß kein Preis!« Rottmann holte zwei Uzis aus dem Versteck und gab Oswald eine. Sie schoben sie unter die Jacken und setzten sich in Bewegung.

Wenig später waren sie wieder im Getümmel. Es waren noch mehr Menschen als vorhin. Aggressive Fröhlichkeit wie auf dem Oktoberfest um zehn Uhr abends. Torschlussgaudi. »Du, Oswald...?« Rottmann sah sich um. Kein Oswald. Sein Kamerad war weg. Hatte er sich abgesetzt? »Na warte!«, zischte Rottmann.

W V V

Als Michi nach einer Stunde traumlosen Schlafes mäßig erfrischt erwachte und sah, dass ihre Kollegen weg waren, überfiel sie sofort ein ungutes Gefühl. Nein, locker bleiben, Janucek und Brandl waren erwachsen. Wahrscheinlich sahen sie sich nur mal kurz um. Ihr Magen knurrte. Morris war begeistert, dass es schon wieder einen Spaziergang gab.

Michi nahm Morris' Leine kürzer, als sie aus dem Lift stiegen und in die Menschenmassen der Hotellobby eintauchten. Draußen auf der Straße glitzerten die Reklamen, die Autoscheinwerfer zogen gelbweiße Streifen durch das Schwarz, überall Menschen. Michi überquerte die Straße, setzte sich ins erstbeste Lokal. Ein kleines Café, etwas schäbig, aber die Plastiktische am Fenster boten einen guten Blick auf die belebte Straße. Als Kaffee und aufgebackene Hörnchen vor ihr standen, nahm sich Michi eins und biss herzhaft hinein. Bröselexplosion.

Nach dem Imbiss ließ sie sich durch die Straßen treiben. Sah das Plakat. Zirkus *Mandrago*. Erinnerte sich. Das Radio. *Raise the fire*, Aftershowparty... Brandl hatte von dem Zirkus gesprochen. Dass man sich die Show ansehen sollte. Vielleicht traf sie die beiden dort. Ein gelber Klebestreifen auf dem Plakat kündigte an: *Heute Premiere! Kar-*

ten an der Zirkuskasse. WVV Haltestelle Stadion. »Won-derland-Verkehrsverbund«, riet Michi und ging auf das U-Bahn-Schild an der Kreuzung zu. ›U-Bahn im Untergrund – geht's noch?‹

SCHNELLE NUMMER

Janucek saß unruhig an seinem Tischchen im *Sweet Dreams*. Wo blieb Brandl? Er war jetzt schon eine Viertelstunde auf dem Pott. Janucek ging auf die Toilette und sah nach. Niemand. Er öffnete die Tür mit der Aufschrift *Privat*. Sah die Türen – Veronique, Isabelle, Maxime, Katja. Katja! Er zögerte kurz. Das gefiel ihm nicht. Gar nicht. Klopfte. Keine Antwort. Klopfte noch mal. Vorsichtig öffnete er und spähte in Katjas Garderobe. Keiner da. Zog die Tür zu und schlich den Flur entlang.

Hinter einer der Türen eine verheulte Frauenstimme: »Ich kann nichts dafür…« Männerstimme: »Du kannst nichts dafür? Der Typ ist in deiner Scheißgarderobe, und du kannst nichts dafür?« – »Meinst du, ich hab ihn reingebeten?« – »Genau das mein ich. Schnelle Nummer zwischendurch. Taschengeld.« – »Arschloch!« Ohrfeige. Die Frau schluchzte auf. »Der Typ schnüffelt hier rum… Den mach ich fertig!« Janucek verstand kein Wort – Tschechisch. »Ich weiß, was wir machen«, sagte eine andere Stimme. »Der Typ kommt mit in den Zirkus. Da gibt's eine Clownsnummer, die ist so ein wenig brutal. Wir erschrecken ihn ein bisschen.« – »Karel, großartig! Er soll sich in die Hose pissen. Nimm ihn mit. Er liegt im Wagen.« Jetzt öffnete sich die Tür.

Janucek stolperte nach hinten, Katja starrte ihn an. Er legte den Finger auf die Lippen. Flehentlich. Katja deutete nach rechts, zu ihrer Garderobe. Janucek folgte ihr. »Da rein!« Janucek drückte sich in den Kleiderständer, Katja schloss die Tür.

Keine drei Sekunden später flog sie wieder auf. Karel hob beschwichtigend die Hände. »Es tut mir leid! Aber Martin ist außer sich. Der Typ war in deiner Garderobe!? Wenn es einen andern gibt, dann …!«

»Einen anderen? Das von dir, Karel?«

»Was wollte der Typ?!«

»Was denkst du, Karel?! Hier in 'nem Stripschuppen? Ihr seid alle so krank! Erst macht Martin mir eine Szene und dann auch noch du!«

»Beruhig dich, ich hab doch gesagt, es tut mir leid.«

»Ich hab euren Dreck satt! Du hast mir versprochen, dass es anders wird. Nichts wird anders, es wird immer schlimmer.«

»Baby, ich versprech nichts, was ich nicht halte. Heute noch, dann sind wir raus.«

»Ich glaub dir kein Wort!«

»Ich hab alles arrangiert. Nur du und ich. Heute entscheidet sich alles.«

»Und was werden Martin und Bohumil dazu sagen?«

»Was werden sie sagen, wenn sie irgendwann erfahren, dass wir ein Paar sind? Wir fangen neu an, von vorn.« Er griff in die Sakkotasche und gab ihr zwei Flugtickets und seinen Pass.

»Bewahr das auf, und wart am Flughafen auf mich. Um zwölf geht unser Flieger. Raus aus dem Loch. Nur du und ich.«

»Damit kommst du nicht durch. Nie!«

»Damit kommen wir durch. Beide. Vertrau mir! Pack eine Tasche mit dem Nötigsten, und fahr nach der Show zum Flughafen. Ich liebe dich.«

Die Tür fiel ins Schloss. Janucek schälte sich aus den Kleidern und ließ sich auf den Stuhl vor dem Schminkspiegel fallen. Katja musterte sein Spiegelbild.

»Ich bin bei der Polizei. Verstehen Sie mich?«

»Deutsche Polizei?«

Er nickte. »Ich bin nicht dienstlich hier.«

»Was wollen Sie?«

»Helfen Sie mir. Mein Kollege ist in Gefahr. Der Mann, der zu Ihnen in die Garderobe gekommen ist. Was ist mit ihm passiert?«

»Mein Mann hat ihn k.o. gehauen.«

»Und jetzt?«

»Sie nehmen ihn mit in den Zirkus. Zu einer Clownsnummer.«

»Was machen die da?«

»Die machen ihm Angst.«

Janucek schüttelte den Kopf. »Helfen Sie mir?«

Katja überlegte, dann nickte sie. »Ja, ich helfe Ihnen. Vielleicht ist er noch da.« Katja öffnete die Tür einen Spalt, spähte in den dunklen Gang. Sie huschte hinaus. Am Ende des Gangs war die Tür zum Hof. Sie sah hinaus. Nur ein paar Müllsäcke. Kein Auto.

»Sind schon weg«, berichtete sie.

»Scheiße!«, fluchte Janucek.

»Ich fahre Sie zum Zirkus.«

»Okay, dann los.«

Katja schüttelte den Kopf. »Ich hab Schicht bis kurz vor vier; ich muss noch mal auftreten. Wenn einer von ihnen zurückkommt oder mit dem Personal telefoniert ... Wir brauchen keine zehn Minuten zum Zirkus. Wir sind zu Beginn der Vorstellung da. Setzen Sie sich wieder an Ihren Tisch. Wenn Sie nicht bald zurück sind, wird Jacqueline Stress machen. Oder haben Sie schon gezahlt?«

Katja schleuste ihn zurück ins Lokal. Jacqueline fragte nicht, wo der andere Herr geblieben war, sie war zuvorkommend wie zuvor. Janucek bestellte ein Mineralwasser.

EFFEFF

Martin war sehr schlechter Laune, als er die Hotellobby zusammen mit Karel betrat.

Sie fuhren mit dem Lift nach unten. Martin brütete vor sich hin. Karel ebenfalls. Diese Schießerei in der Bar. Das ging nicht. Sergej hielt sich nicht an die Abmachung. Den musste er bremsen. Irgendwie.

Bohumil lag mit glasigem Blick auf dem großen Bett und musterte sie erstaunt. Martin fuhr ihn an: »Wenn du glaubst, ich finde das mit Pirlotti witzig, hast du dich geschnitten. Gewaltig! Du solltest ihn umlegen!«

Bohumil gähnte ausgiebig. »Ach, ich dachte, ich geb ihm noch mal 'ne Chance. Ist ein Spitzenartist.«

»Du Arschloch nutzt jede Gelegenheit, um deine Intrigen zu spinnen. Du bist das Allerletzte. Und ich mach dich hier zu meinem Partner!«

»Partner? Was du darunter verstehst. Dass ich nicht lache!«

»Ohne mich hättest du deinen Zirkus schon längst zusammenpacken können!«

»Ohne meinen Zirkus wär das ganze Theater hier unten nur eine billige Geisterbahn, ein grottiges Kellerlokal.«

»Mach doch deinen Dreck allein!«, zischte Bohumil und verschwand.

»Na, toll«, murmelte Karel, als Bohumil abgerauscht war. »Klug war das nicht.«

Martin schnaufte. »Das weiß ich selbst. Was machen wir jetzt? Ich mein, wegen dem Zirkus, der Premiere?«

»Dann schmeißt du den Laden eben! Das sind alles Profis. Musst du nur ein bisschen moderieren.«

»Und dieser Gaetano?«

»Ist ein Fliegenschiss.«

»Hast du was Neues wegen der Schießerei?«

»Nein. Nichts.«

Martin sah auf die Uhr. Die Zeit war knapp. Er öffnete den großen Schrank. Nahm den weißen Smoking heraus. Probierte die Jacke. Passte perfekt.

Das Zimmertelefon klingelte. »Ja? – Wer spricht da? – Deborah, äh …, ja, was gibt's? – Natürlich. Bis gleich.« Er legte auf. »Karel, wer ist Deborah?«

»Bohumils Assistentin. Sei nett zu ihr. Du wirst sie brauchen. Die kennt alles aus dem Effeff. Sie hat den Zirkus im Griff.«

»Sie verwechselt mich mit Bohumil.«

»Wie das manchmal ist bei Zwillingen. Gut so. Ich muss los ins Kontrollzentrum. Bis später.«

Martin zog sich um. Als er die Hotelhalle betrat, erschlugen ihn die Menschenmassen fast. Er hasste ungewollte Berührungen. Er steuerte auf die schwere Drehtür zu und ließ sich nach draußen drehen. Angewidert sah er die vielen Menschen, die sich die Bürgersteige entlangschoben. Aber immerhin. Das Ganze schlug ein wie eine Bombe. Heute noch war Eintritt frei, aber morgen schon würden die Kassen klingeln. Vor ihm hielt eine schwarze Stretchlimo. Sehr nah. Er hob schon die Hand, um auf das vorwitzige Autodach zu schlagen, da surrte die getönte Scheibe an der Beifahrerseite nach unten. Ledergesicht und schlohweiße Haare. »Hallo, Herr Wrabal, steigen Sie ein.«

Martin lächelte irritiert und stieg hinten ein.

Deborah drehte sich grinsend um. »Schlimme Nacht gehabt?«

»Kann man wohl sagen.« Innerlich grinste auch er. Sie hielt ihn tatsächlich für seinen Zwillingsbruder. Lautlos glitt die Limousine davon. Wrabal begutachtete das Wageninnere – vom Feinsten, und er war ja einiges gewohnt. Sein Bruder lebte auf großem Fuß.

»Die Schlangenfrau hat Ihnen den Verstand geraubt…«, meinte Deborah. »Sie sind ohne Ihre Sachen verschwunden. Die lagen noch alle im Wohnwagen.«

Jetzt sah er die Geldbörse und das Schulterhalfter samt Pistole auf der Rückbank. Er nahm sie an sich. Schaute aus dem Fenster. Viel war durch die getönte Scheibe nicht zu sehen. Ein paar blasse Lichter glitten vorüber. Dann der riesige Zirkus, der weitläufige Parkplatz.

»Hi, Debbie, 'n Abend, Direktor«, grüßte der Wachmann am Tor.

Martin nickte und grinste. ›Okay, ich bin jetzt ein Scheißzirkusdirektor.‹

Die Limousine hielt vor einem Wohnwagen mit obszönen Ausmaßen. »Da wären wir«, meinte Deborah.

Martin stieg aus und sah sich um. Lampions an den Wohnwagen, ein Mann führte zwei Schimmel vorbei, eine Frau saß mit einem Affen auf der Schulter vor ihrem Wagen. So ganz seine Atmosphäre war das nicht. Er fühlte sich für einen Moment ganz schwach. Aber er fing sich wieder. »Okay, packen wir's.«

Deborah ging voran und sperrte auf. Wrabal war auf alles gefasst, doch das Innere des Wagens löste bei ihm eine spontane Darmreizung aus. Blümchentapete, Lämpchen mit Troddeln, geraffte Vorhänge, Puschelflokati. Dezentere Varianten dieses Looks kannte er aus den Anfangstagen seiner Karriere vom Straßenstrich. Seine Geschmacksnerven vibrierten. Er schluckte, als er ein Foto von sich selbst sah. Mit Zylinder und Peitsche. Natürlich war das sein Bruder auf dem Bild. Aber könnte auch er sein. Jetzt war er der Chef hier. Deborah winkte ihn an den riesigen Schreibtisch. Auf dem Tisch lag eine Unterschriftenmappe. »Zwei neue Verträge für den Tierpfleger und den Typen mit der Hundenummer.« Sie hielt ihm den Füller hin.

Martin nickte und unterschrieb. »Nächster Programmpunkt?«

»Technik abnehmen. Wallicek wartet schon.«

Dieser Zirkusunsinn, das absurde Interieur des Scheißwohnwagens – Martin schüttelte den Kopf und grinste. Grenzwertig. Aber hier konnte man bestimmt eine Menge Spaß haben.

»Herr Wrabal?!«, riss Deborah ihn aus seinen Gedanken. »Stimmt was nicht?«

»Doch doch. Sagen Sie: wer ist das!?« Er deutete auf das Plakat an der Wand.

»Aber Herr Wrabal, das ist doch der neue Star unserer Show, Gaetano.«

»Gaetano Pirlotti.«

»Ja. Sie haben ihn letzte Woche verpflichtet. Unglaublicher Artist. Der fliegende Mensch – und die Frauen fliegen auf ihn.«

»Tja, ich bin heute etwas von der Rolle. Letzte Nacht … Man ist keine achtzehn mehr. Dann also zu, äh …«

»… Wallicek«, beendete Deborah den Satz mit breitem Grinsen.

»Was täte ich ohne Sie, Debbie?«

Deborah wurde rot. Der Chef hatte sie noch nie »Debbie« genannt. Das taten sonst nur Freunde.

Sie betraten das Zelt. Martin war beeindruckt: Das Zelt war gut zwanzig Meter hoch. Die weite weiße Manege, das Flutlicht. Er dachte an Gladiatoren in der Arena, die von Löwen zerfleischt werden. Heißes Blut auf hellem Sand. Er stieg hinter Deborah die Treppe neben dem Sattelgang hoch. Auf der Empore vor der Band stand Wallicek, ein vollbärtiger Mittfünfziger, hinter einem riesigen Mischpult.

»Hi, Walli«, begrüßte Deborah den Techniker.

»Hi, Debbie, hallo, Chef.«

»Na, Wallicek, alles im grünen Bereich?«, fragte Martin.

Wallicek nickte und klebte mit weißem Tape Markierungen neben einen der vielen Schieberegler.

»Was machen Sie da?«, fragte Wrabal ohne echtes Interesse.

»Markierungen für die Seilwinden. Die Trapeznummer.«

»Pirlotti?«, fragte Wrabal, nun wirklich interessiert.

Wallicek deutete auf die Regler. »Der ist für das obere Trapez und der für das untere. Ich muss zweimal die Höhe verändern, einmal ganz oben, einmal Mitte und am Schluss für den fünffachen Salto ganz runter. Maßarbeit.«

»Millimeter.«

»Nicht ganz, aber Zentimeter.« Wallicek zog an den Reglern, und Martin sah, wie sich in großer Höhe zwei Trapeze im Zelthimmel bewegten. Ein Punktscheinwerfer verfolgte sie. *Pofff!* Der Scheinwerfer erlosch. »Hey, Johnny, was ist da los?«, rief Wallicek nach oben. Keine Reaktion. Wallicek setzte einen Kopfhörer mit Mikro auf und fragte: »Johnny, was ist mit dem Verfolger?« Martin suchte mit den Augen die Zeltmasten ab. Irgendwo da oben saß jemand. »Ja, okay, ich komm hoch«, sagte Wallicek in das Mikro und nahm das Headset ab. »Sorry, Chef.«

Martin hob die Hand zum Gruß und sah sich nach Debbie um. Sie stand mit dem Rücken zu ihm an der Balustrade und sprach leise in ihr Funkgerät. Martin lächelte. Gefiel ihm, das alles. Er betrachtete die Klebestreifen auf dem Mischpult, sah nach oben, wo die zwei Trapeze hingen. Ganz schön hoch. Er sah nach unten in die Manege. Ganz schön hart.

HINZ & KUNZ

Wotan schreckte auf. Scheinwerfer auf dem Waldweg. Seine Leute sicherten die Veranstaltung. Von wegen. Wenn da Hinz und Kunz einfach den Waldweg befahren konnte! Wotan zog seine Pistole aus dem Halfter, lud sie durch und ließ die Scheibe runter. Verdammt! Den Wagen kannte er! »Heilige Scheiße!« Er steckte die Pistole weg. »Was wollen die hier?« Hatte er ihnen davon erzählt? Die blöde Sauferei. Wotan ließ die Scheibe hoch und sank ins Polster. Umsonst. Schon klopfte es an die Scheibe. Er sah Diegos Grinsen im Mondlicht durch die viel zu langsam beschlagende Scheibe. Er schickte ein Stoßgebet gen Himmel und ließ sie runter. »Hallo, Jungs«, sagte er matt.

Ehe Wotan sich's versah, saß er in seinem Rollstuhl. Eins-a-Pflegepersonal. Jeder Handgriff saß. Schon durchpflügten sie das vom Regen aufgeweichte Gelände. Diego drückte das Gefährt durchs schlurpsende Moos, um möglichst nah an den Ort des Geschehens zu kommen. Auf dem Thingplatz tobte der Voodootanz um den glühenden Baumstamm. Es roch schneidig. Rauch und Schweiß. »Üble Sache, wenn das Deo versagt«, meinte Andi. Diego sog genussvoll die Luft ein. »Ach, ich mag das. Der Herbe im Herbst ist genau meins.«

»Klar, Diego, deswegen fliegen die Frauen auch so auf dich.«

»Geh, Andi, du bist doch mein Augenstern.«

»Ich würde jetzt gerne wieder in mein Auto«, meldete sich Wotan. »Mir ist kalt.«

»Geh, Wotan, weil'st immer nur des Lederwesterl anhast.« Diego legte ihm fürsorglich seine Jeansjacke über die Brust. Wotan wehrte sich nicht. Andi deutete auf die tanzenden Schamanen. »Und, Wotan, stehen deine Jungs auch auf so Zeugs?«

»Wir machen nur Security für die.«

»Damit die sich nicht prügeln?«

»Schmarrn. Damit sie niemand stört.«

»Die Polizei interessiert sich doch nicht für die FKK-Disco?«

»Nein.«

»Sondern wer?«

»Der Rottmann.«

»Wer isn des?«

»Ein Neonazi aus dem Ort.«

»Aha. Und warum? Mögen die des Voodoozeug ned?«

»Die Nazis wollen das Grundstück, weil in der Burg mal so ein Chefnazi gewohnt hat. Und die Wächter der Energiematrix interessieren sich für den Thingplatz. Sie wollen dort Rituale für die alten germanischen Gottheiten abhalten.«

»Toll. Alle stehen auf die alten Germanen. Ihr Rocker mögt's doch auch des Nazizeugs?«

»Tun wir nicht. Wir glauben an das alte Germanien, nicht an diesen braunen Spuk.«

Andi lachte. »Also ich denk da mal an die Trauerfeier im Klubhaus. Das Deutschlandlied gab's im alten Germanium noch nicht, oder?«

»Ein bedauernswerter Irrtum, eine geistige Fehlleistung einiger fehlgeleiteter geistesverwirrter Geister.«

»Ich glaub, die Einzigen, die nicht mitgesungen haben, waren wir. Aber wozu machen die da unten das? *Uhlalala-Discodancing…?*« Andi zeigte ein paar gewagte Dance-Moves.

»Sie stimmen die Götter gnädig«, erklärte Wotan, »sie beten für Fruchtbarkeit.«

»So sexuell?«, fragte jetzt Diego.

»Für die Natur. Wachstum, Blüte, gegen Borkenkäfer und so Zeug.«

»Für Regen auch?« Diego deutete nach oben. Der Mond war weg. Kein Stern. Pechschwarz.

WAS BESSERES

Kristof hatte seinen Gastgeber Sam gerade beim Flippern besiegt, und nun saßen sie wieder am Tresen der *Löwenquelle.* Der Barkeeper schob ihnen noch mal zwei doppelte Whiskey rüber. Auf's Haus. Sie prosteten sich zu. Kristof porträtierte Sam mit ein paar Kulistrichen auf einem Bierfilz und schob ihm den Filz hin. Sam staunte: »Hey, du bist Künstler, Maler, ey?!« Kristof zuckte mit den Schultern. »Jetzt erzähl schon«, meinte Sam.

»Ich mach Setdesign. Filmkulissen und so. Und du?«

»Clown«, antwortete Sam.

»Du stiehlst?«, fragte Kristof erstaunt.

»Clown, nicht klaun. Schminke, Faxen und so, beim Zirkus…«

»Ich glaub dir kein Wort.«

»Doch, ich bin Pausenclown beim Zirkus. Einer von den Typen, die in den Umbaupausen das Publikum bei

Laune halten.« Kristof nickte bedächtig. »Du glaubst mir nicht?«, fragte Sam.

»Du siehst nicht lustig aus.«

Sam lachte. »Da kannst du Gift drauf nehmen!« Sam sah auf die Uhr. »Magst du Zirkus?«

»Ich weiß nicht… Warum?«

Sam kippte den Rest vom Whiskey runter und rutschte vom Barhocker. »Komm mit! Heute ist die große Premiere. Saisoneröffnung. Ich schleus dich irgendwie rein.«

»Ich weiß nicht.«

»Hast du was Besseres vor?«

GEISTERBAHN

Michi stand mit Morris am U-Bahnsteig von *Wonderland*-Zentrum und wartete auf die U-Bahn, die sie zum Stadion bringen sollte, wo sich der Zirkus befand. Sonst wartete niemand. Wollte keiner dorthin? Michi sah auf die Digitaluhr über dem Bahnsteig. 03:36. Na ja, noch war Zeit. Aber dass auch sonst keiner die U-Bahn benutzte? War sie überhaupt schon in Betrieb? 03:37. U-Bahn fuhr ein. Schwarzer Zug. Keine Werbung. Michi drückte einen der Türknöpfe. Mit Raubtierfauchen öffnete sich die Tür. Wagen leer. Nein, auf der Bank am Wagenende schnarchte ein Penner, inmitten eines Bergs aus schrundigen Plastiktüten. Auch nur Statist? Türen zischten zu, Zug fuhr los. Ruckartig. Michi stolperte zu einer Vierersitzgruppe und setzte sich. Sah sich um. Alte klapprige Kiste. Könnte im früheren Leben eine Münchner U-Bahn gewesen sein. Morris sah sein Frauchen verängstigt an. Zug eindeutig zu schnell. Michi nahm Morris auf den Schoß. Durch die Röhre, grauschwarzer Beton raste vorbei, Kabelstränge zuckten vor den Fenstern. Geisterbahn. Scharfe Bremsung. Stadion. 03:39. Michi hätte schwören können, dass sie schon zehn Minuten in der U-Bahn saßen. Waren aber nur zwei Minuten. Sie stieg aus. Auch dort kein Mensch. Michi starrte den Tüten und Zeitungen hinterher, die der Sog der wegrauschenden U-Bahn über den Bahnsteig wirbelte – knittriges Plastik und Papier. Morris leckte ihre Hand. »Ja ja, schon gut«, murmelte Michi und setzte Morris auf den Boden. In der Mitte des Bahnsteigs ein Liftschacht aus Glas. Naturtrüb. Im Aufzug roch es nach Erbrochenem und Urin. ›Sehr realistisch‹, dachte sie. Oben ging ihr Blick über das Gelände. Unter Flutlicht eine Großbaustelle. Geschwungene Betonverschalungen ließen erkennen, dass dort ein Stadion entstand. Auf der Freifläche daneben: der Zirkus.

KASPERLTHEATER

Als Sam und Kristof beim Zirkus ankamen, war die Wirkung des Feuerwassers verflogen. Kristof verstörten die Dimensionen des Zelts. Das war richtig groß. Keine Kulisse. Alles echt. Er folgte Sam über das Gelände, durch enge Wohnwagengassen mit Kindern, Tieren, schmalen Artistinnen, Liliputanern. »Wir sind da«, sagte Sam schließlich und deutete auf einen der Wohnwagen. »Das ist unserer.« Die Luft im Inneren des Wagens war brisant: Nikotin, Schweiß, Alkohol, Haarspray. Kristofs Augen tränten so stark, dass er kaum etwas sah. »Hey, Jungs! Das hält kein Clown aus!«, rief Sam in die Nebelsuppe. Mehrstimmiges Gelächter. Vier Männer an Schminktischen. Nicht alt, nicht jung. Verlebte Gesichter. Wie Sams. Wie seins. »Das ist Kristof«, stellte Sam ihn vor. »Er wollte mal sehen, wie das ist beim Zirkus…« Weiter kam er nicht, denn Deborah steckte ihr schlohweißes Haupt zur Tür herein. »Was ist los, Leute, noch ungeschminkt?!«

»Fünf Minuten«, sagte Sam.

Deborah sagte nichts, sie zählte die Clowns durch. Vier, fünf, sechs. Nickte. Stutzte, stieg die zwei Stufen hoch in den Wagen und trat auf Kristof zu. »Dich kenn ich nicht. Wo ist Manuel?!«

»Äh, Manu…«, begann einer der Clowns.

»Ich geb euch gleich ›äh, Manu‹!«, zischte Debbie. »Ich hab's ihm gesagt, ich hab's euch gesagt: Eine halbe Stunde vor Beginn ist jeder hier! Wer nicht da ist, fliegt! Das ist kein Kasperltheater! Manu ist raus! Endgültig. Ist das klar? – Und wer bist du?« Sie tippte Kristof an die Brust.

»Vertretung für Manu«, versuchte es Sam. »Manu ist krank.«

Deborah musterte Kristof noch mal. Dann schüttelte sie den Kopf. »Keine Fremden!«, zischte sie. »Ihr wisst doch, wie der Chef ist!«

»Kristof ist kein Fremder, er ist ein Freund«, sagte Sam. »Debbie, auf mich kannst du dich doch verlassen!«

Debbie nickte müde. »Okay, Sam. Dein Kumpel macht den Job heute.« Sie drehte sich zu den anderen: »Aber ich schwör's euch, ein Fehler, und die Sache ist gelaufen! Für alle! Ist das klar? In zehn Minuten in der Manege!«

Als sie weg war, sahen sich die Clowns betreten an. »Scheiße, wo ist Manu?«, fragte Sam. Allgemeines Schulterzucken. »Kristof, mach den Job, bitte! Debbie bringt es fertig und feuert uns alle.«

»Wer ist sie denn?«, fragte Kristof.

»Die rechte Hand vom Direktor. Machst du den Job?«

»Aber ich bin doch kein Clown…?«

»In fünf Minuten bist du einer.«

GLÜHWÜRMCHEN

Von überall strömten Menschen auf den Platz. Mit der U-Bahn war offenbar keiner gekommen. Der riesige Parkplatz voller Autos, Lichter, Türenschlagen. In der Luft Bratenfett, Popcorn, Musik, Stimmen.

Michi war überrascht, als sie die Frau an der Zirkuskasse sah: »Hallo, kennen wir uns nicht?«

»Entschuldigung?«

»Sie arbeiten doch im *Golden Palace Hotel*, an der Rezeption. Wir haben gestern, äh, heute eingecheckt.«

Die Dame lächelte unverbindlich. »Karten für heute Abend?«

Michi nickte.

Die Frau klimperte in ihre Computertastatur. »Sieht nicht gut aus... Da will jeder hin. Obwohl das nicht inklusive ist. Mal sehen. Doch, vielleicht... Ein Logenplatz. Vierzig Euro.«

Michi zog einen Fünfziger aus der Geldbörse. Die Kassendame nahm den Schein und gab ihr Karte und Wechselgeld.

Michi sah sich um. Suchte Morris. Fand ihn beim Mülleimer einer Bude, wo er auf Wurstzipfel lauerte. Michi gab ihm einen Klaps. »Einfach abhauen und dann das Ekelzeugs...« Er drückte seine Senfschnauze in ihre Jacke.

Am Einlass zwei muskelbepackte Glatzköpfe in Bomberjacken. Jetzt fiel Michi ein, dass Hunde hier sicher nicht erwünscht waren. Sie setzte Morris auf den Boden. »Platz, Morris! Du bleibst hier.« Morris rührte sich nicht von der Stelle. Sah ihr mit traurigen Augen hinterher. Michi passierte die Absperrung. Dann pfiff sie kurz und scharf auf zwei Fingern. Morris flitzte durch die Beine der

Glatzen, so schnell, dass sie es gar nicht merkten. Gelernt war gelernt – Polizeihund. Schon ertönte der erste Gong aus dem Zelt. Durchs Halbdunkel wuselten die Lichtkegel der Platzanweiser. Glühwürmchen. Michi zeigte ihre Karte und ließ sich zu ihrer Loge bringen. Morris folgte ihr unauffällig.

FÜNF VOR

Janucek war nervös. Zehn vor vier. Endlich brachte Jacqueline die Rechnung und einen Zettel. Zwei Worte von Katja: *Eingang Parkhaus*. Janucek zahlte und verließ das *Sweet Dreams*. Kurz darauf gingen sie in einem weitläufigen Parkgeschoss mit drückend niedriger Decke zu einem aufgemotzten perlmuttfarbenen BMW-Cabrio, das im Neonlicht dubios schillerte. Katja ließ die Reifen kreischen und fuhr im Höllentempo die Rampe hoch. Sie schob ihren Parkschein in den Automatenschlitz, und schon schossen sie nach draußen. Autohupen, grelle Lichter, Stop and Go. Katjas Fahrstil war brachial, sie quälte den Motor. Janucek kniff die Augen zusammen. Scharfe Rechtskurve, Abfahrt, Auffahrt, Katja fädelte sich in den dichten Verkehr ein und drängte sich auf die Überholspur. Vollgas. Janucek fror. Schweißnasse Stirn im kühlen Fahrtwind. »Verdeck ist kaputt!«, brüllte Katja gegen den Wind. Die Cockpituhr zeigte fünf vor vier.

MANUELL

Oswald war auf einem Stuhl gefesselt. An den Wänden flimmerten Bildschirme, die jeden Winkel von WON-

DERLAND® zeigten. Vier uniformierte Männer beobachteten strengen Blicks die Monitore, zoomten und schwenkten die ferngesteuerten Kameras. Karel studierte die Bildschirme. »Schiaßn müsst ma noch können«, sagte Oswald und deutete mit dem Kopf auf einen der Joysticks. Stanislaw drückte ihm den Lauf seiner MP in die Hüfte. »Das machen wir noch manuell. Wo ist dein Kumpel?«

»Das ist nicht mein Kumpel.«

»Der Fette. Der geschossen hat!«

Jetzt beugte sich Karel zu Oswald runter und zischte ihm ins Ohr: »Was hat Sergej vor, verdammt noch mal?!« Oswald sah ihn irritiert an. »Los, mach's Maul auf!« Jetzt zuckte Oswald, denn er hatte etwas auf den Monitoren gesehen. Sofort sahen auch die anderen dorthin. Rottmann, wie er zu einer Gruppe Männer stieß, die sehr betrunken in einer Nische eines Nachtklubs saßen. Rottmanns Erscheinen löste keine Freudenstürme aus. Keiner stellte Oswald noch Fragen. Karel sprach in sein Funkgerät. »Er ist im *Sweet Dreams*. Eins sechzig, untersetzt, Hitler-Bärtchen. Mit vier weiteren Personen. Vermutlich bewaffnet.« Gebannt sahen jetzt alle auf die Monitore. Einer zeigte den Eingang des *Sweet Dreams*. Vier große Männer in schwarzen Overalls drückten sich an der Warteschlange vorbei. Rottmann redete erregt auf seine Leute ein. Am Bildrand Schatten. *Blendgranate!* Rauch, Chaos, Leute stürzten übereinander.

Als sich die Luft ein wenig klärte: Verwüstung. Gäste kauerten auf dem Boden, Sicherheitsleute rieben sich die tränenden Augen, hatten mehrere Leute in ihrer Gewalt, knieten auf ihren Rücken, ratschten Kabelbinder um Handgelenke.

»Der Dicke fehlt«, stellte Stanislaw fest. »Wo ist Martin?«

»Im Zirkus«, sagte Karel, und in seinem Kopf ratterte es. ›Zirkus… Die Typen haben echte Waffen. Ein bisschen Chaos – von wegen! Sergej ist es egal, wenn hier Leute draufgehen!‹

SHOWTIME

Vier Uhr. Manege im Buntlicht, Ränge dunkel, voll besetzt. Auf der Empore über dem Sattelgang spielte die Bigband. Bombast. Dann Pause. Tusch. Nun indische Stimmungsmusik, Bollywood mit Sitharschmelz. Vier weiße Hengste stürmen das Rund aus Sand und Sägemehl, auf jedem Pferderücken eine verschleierte Dame, wehende Gewänder. Das Publikum applaudiert artig. Reizend. Die Grazien richten sich auf, stehen auf den Pferderücken, einbeinig. Hübsch. Applaus.

Zwei Clowns passen eine Lücke zwischen den Pferden ab und stolpern mit einer Truhe in die Manege. Umständlich machen sie sich am Deckel der Truhe zu schaffen. Vorhängeschloss. Selbst Gewalt hilft nicht. Pistole – ein Clown schießt dreimal auf das Schloss. *Paffpaffpaff.* Die Pferde beeindruckt das nicht. Weiter im Kreis. Sonderbare Mischung. Pferdeballettnymphen und hölzerne Spaßmacher. Schloss zickt noch. Vierter Schuss. Jetzt lässt sich die Truhe öffnen. Pferde mit Grazien weiter im Kreis. Die Clowns holen Jonglierkeulen aus der Truhe, schwingen je zwei Keulen prüfend und schütteln den Kopf. Einer zieht aus der Jackentasche eine Schachtel Streichhölzer und reißt umständlich ein Holz an. Schon brennt die erste Keule. Bald alle. Sie jonglieren nicht, sie schleudern sie in Richtung Publikum. Ein lautes »Ahhhh!« – doch die Grazien fangen die Keulen! Aufatmen. Schnell sind die Keulen verteilt, und die Reiterinnen jonglieren mit den brennenden Keulen, werfen sie über Kreuz durch die Arena, über die Köpfe der Clowns hinweg. Das Publikum jubelt.

Der schwere Samtvorhang des Manegeneingangs teilt sich – erst der Rüssel, dann das reichgeschmückte Haupt des mächtigen Dickhäuters. Dramatische Fanfare, gefolgt von kitschigem Ethnosound. Die Reiterinnen stellen das Flammenwerfen ein und stoppen die Pferde.

Zwei weiße Tiger, an dicken Lederriemen geführt von eingeölten Muskelpaketen mit knappem Lendenschurz, eskortieren den Elefanten. Auf dessen Rücken eine Sänfte, verhängt mit schillernder Seide. Der Elefant hält in der Mitte der Manege, dreht sich einmal im Kreis und geht in die Knie. Der Vorhang der Sänfte öffnet sich, ein messerscharfer weißer Smoking entsteigt ihr. Martin. Auf seinem Kopf ein mit Edelsteinen besetzter zierlicher Turban. Reiterinnen, Sklaven, Clowns verneigen sich. Punktstrahler auf den Maharadscha. Sein Turban sprüht Funken. »Sehr geehrte Damen und Herren, herzlich willkommen im Zirkus *Mandrago*!« Als der Applaus verebbt, fährt der Maharadscha fort: »Hochgeschätztes Publikum, wir vom Zirkus *Mandrago* freuen uns, Sie so zahlreich begrüßen zu dürfen. Der Zirkus ist bis auf den letzten Platz ausverkauft. Leider mussten wir viele Menschen an der Kasse wieder wegschicken. Wenn es Ihnen gefällt, kommen Sie wieder, empfehlen Sie uns weiter. Ich verspreche Ihnen, diese Show werden Sie nicht vergessen. Viel Vergnügen bei der großen *Mandrago*-Show!« Eine raumgreifende Geste mit der Mikrohand und ein Tusch vom Orchester runden die letzten Worte ab. Martin zieht sich unter donnerndem Klatschen zurück. Die Manege leert sich. Jetzt stürmen zu brasilianischen Rhythmen Lakaien herein und glätten den Boden für die nächste Nummer.

»Bei den Jonglierclowns war Ihr Kollege nicht dabei«, sagt Katja zu Janucek auf den oberen Rängen. »Bitte warten Sie hier, ich muss noch etwas erledigen.«

Sie verlässt das Zelt, sie will Gaetano sehen. Gaetano ist nicht schwer zu finden, denn vor seinem Wohnwagen steht eine Horde junger Frauen: »Gae-ta-no! Gae-ta-no!! Gae-ta-no!!!« Bodyguards halten die Groupies auf Distanz. Schließlich öffnet sich die Wohnwagentür, und Gaetano tritt heraus. Genauso schön, wie sie ihn in Erinnerung hat. Sensationell in dem rotmetallischen Bademantel – wie ein Boxchamp. Die Bodyguards drängen die Frauen weg. Katja kämpft sich nach vorne, bekommt Gaetano an der Hand zu fassen. Gaetano sieht sie an, angewidert erst, dann erstaunt, verwirrt. Ihre Augen finden sich. Stillstand. Auszeit. »Pfoten weg!«, schnauzt ein Leibwächter und schlägt Katja auf die Hand. Gaetano und der Groupietross ziehen weiter. Katja reibt sich die schmerzende Hand. »Ja ja, die Liebe…«, sagt eine Stimme hinter ihr. In der Tür von Gaetanos Wohnwagen lehnt Debbie und raucht. Debbie lächelt und streckt Katja die Marlboros hin. Katja nimmt sich eine Zigarette und lässt sich Feuer geben. »Gaetano ist ein toller Typ«, meint Debbie. »Die Frauen fliegen auf ihn. Besonders die Knastladys. Ganz ausgehungert, die Guten. Schade, dass er so jung ist.« Sie lacht. »Oder dass ich so alt bin.«

»Kennen Sie ihn näher?«, fragte Katja.

»Näher? Wann kennt man einen Star schon näher? Gaetano ist ein ungewöhnlicher Artist. Der Chef hat ihn erst vor einer Woche engagiert. Er war schon mal dabei. Vor meiner Zeit. Ein echter Star. Das Publikum wird begeistert sein, er ist absolut großartig.« Katja nickt, nimmt den letzten Zug aus der Zigarette und tritt die Kippe am Boden aus. Sie weiß es: Das hat Bohumil mit Absicht getan. Um seinen Bruder zu provozieren. Wenn Martin das erfährt… Natürlich erfährt er es! Das ist sein Reich, seine Veranstaltung. »Wenn Sie Gaetano sehen wollen«, unterbricht Debbie ihre Gedanken, »sollten Sie reingehen, nach der Zaubernummer ist er dran.«

Jiihhhhh! Der schrille Sound dringt aus dem Zirkuszelt. ›Gaetano?!‹ Katja stürmt ins Zelt. Und wieder: *Jiihhhhh!* Nein, nicht Gaetano. Ein Mann im Frack bearbeitet mit der Kreissäge eine aufgebockte längliche Holzkiste. Aus deren Enden ragen Füße, Waden und Kopf einer Frau heraus. Kiste wie ein Sarg, nur etwas zu kurz. Gellende Schreie mischen sich mit dem Kreischen des Sägeblatts. Angewidert starrt Katja in die Manege. Boden voller Blut. Geteilte Jungfrau in Brutal. Natürlich ein Trick – Zirkus. Aber ohne Eleganz, ohne Komik. Der Magier müht sich mit der Kreissäge. Kein Zauberer, sondern hektischer Heimwerker, der sein neu erworbenes Sonderpreiswerkzeug aus dem Baumarkt zum ersten Mal ausprobiert und damit nicht klarkommt. Als die Kiste einmal rundum durchgesägt ist, schaltet er die Säge aus und begutachtet sein Werk. Die Kiste, die auf zwei Holzböcken liegt, ist in der Mitte eingesackt, wird offenbar nur noch von dem Frauenkörper im Inneren gehalten. Gesicht der Frau von Schmerz entstellt. Blut trieft aus den Kistenhälften.

Sam und Kristof betreten die Arena. Die beiden Clowns tragen eine lange Baumsäge. Katja scannt die Gesichter. Nein, der Mann aus ihrer Garderobe ist auch hier nicht dabei. Der Magier deutet auf die Kiste. Helle Panik in den Augen der Kistenfrau. Sie öffnet den Mund, es kommt nichts heraus. Der Magier schickt ihr ein Luftbussi. *Ritschratsch* sägen die Clowns. Die Frau schreit gellend, wird ohnmächtig. Kristof lässt die Säge los. Ihm wird schwarz vor Augen. »Komm schon!«, zischt Sam. »Das ist nur ein Trick!« Kristof schüttelt heftig den Kopf. Magen rebelliert. Whiskey sauer.

Im Publikum tödliche Stille. Ist das wirklich nur Show? Der Magier saugt die Spannung in sich auf. Los, weitersägen! Kristof schüttelt wieder den Kopf. Mit einigen wenigen beherzten Zügen durchtrennt der Zauberer mit Sam die Kiste mit dem Frauenkörper. Die Kistenhälften knicken zwischen den zwei Holzböcken ein. Vollbracht. Triumphierend hält der Magier die blutige Säge über den Kopf. Kein Applaus. Stille. Entsetzen. Sam zuckt mit den Schultern, zieht die Holzböcke heraus und macht sich daran, die beiden Kistenhälften auf dem Boden wieder zusammenzusetzen. Kopf und Beine der Frau hängen schlaff aus den Stirnseiten. Als die Kistenhälften zusammengeschoben sind, drückt er Überstehendes in die Aussparungen. Fertig. Ganz normale Kiste. Fast. Rundum rotschwarze Soße. Stolz deutet Sam auf die Kiste und verneigt sich. Kein Applaus. Sam blickt sich um. Ein geeignetes Opfer – da, die Frau bei den Ringplätzen, Blick fest auf die Kiste. Katja kann nicht schnell genug reagieren, als Sam ihre Hand ergreift und sie in die Manege führt. Sam macht eine einladende Handbewegung. Bitte aufmachen! Katja sieht zur Kiste, zu Sam, zum Magier. Der grinst diabolisch. Katja öffnet die Kiste – Blut, Knochensplitter, Fleisch. Schlägt den Deckel zu. Zelt, Lichter, alles dreht sich, Katja stolpert nach hinten, fällt in die Arme von Kristof, der alles reglos mitverfolgt hat. Wieder Raunen durchs Publikum. Der Magier öffnet den Deckel der Kiste, beide Teile. Stille. Nun streckt sich ihm der schlanke Arm seiner hübschen Assistentin entgegen. Sie steigt unversehrt in ihrem Fransenbikini aus der Kiste.

Kein Tropfen Blut auf ihrer makellosen Haut. Ihre bezaubernde Anmut wird mit donnerndem Applaus und Pfiffen der Begeisterung begrüßt. Katja wehrt sich nicht, als der Magier jetzt auf sie zukommt, sich unterhakt und sie zu der Kiste führt. Nein, sie wird nicht noch einmal hineinsehen! Katja gibt ihm eine Ohrfeige. Das Publikum johlt. Katja durchquert die Manege, setzt sich wenige Meter neben Michi in eine der Logen.

Unerhörte Nummer. Zersägte Jungfrau! Brot und Spiele! Lakaien wuseln durch die Manege und kehren Kunstblutsägemehl zusammen. Was niemand sieht: Gaetano steigt einen der Zeltmasten hinauf, immer höher, bis zu einer winzigen Plattform, an der ein Trapez befestigt ist. Von hier oben ist die Manege nur ein kleiner weißer Punkt. Als würde man sie nur mit viel Konzentration treffen, wenn man sich hinabstürzt. Gaetano läuft ein Schauer über den Rücken. Kein Wunder, hier oben, fast nackt, im lächerlich knappen Glitzertrikot. Gaetano fühlt sich wie ein Turmspringer. Kopfsprung, ohne Firlefanz, freier Fall, einfach abtauchen ins kalte Weiß. Aus. Punkt. Ende. Nein. Dafür ist er viel zu jung. Dafür gibt es zu viele schöne Frauen, die seinen Wohnwagen noch nicht von innen gesehen haben. Ach, die Frauen! Er fühlt sich unverwundbar. »Na los, Jungs, fangt schon an«, murmelt er, »ich will mir hier oben nicht die Eier abfrieren.« Das Orchester setzt ein, irgendwas Slawisches. Eigentlich wollte Gaetano *Eye of the Tiger* von *Survivor*, seine Lieblingsnummer. Der Scheinwerferkegel fährt durch die dunkle Arena und über die Ränge, tausend Augen folgen dem Lichtpunkt auf seinem langen Weg bis unters Zeltdach, wo er sich schließlich im Paillettenbesatz von Gaetanos Trikot bricht. Dort oben steht er: Gaetano Pirlotti, der Star der Show. Der fliegende Mensch – ohne Netz, ohne doppelten Boden. Volles Risiko! Gaetano hakt das Trapez los, hält es straff und springt nach vorne weg. Sein elegant gestreckter Körper beschreibt einen weiten Bogen, unten zieht er kraftvoll die Beine durch, nimmt allen Schwung mit, lässt das Trapez los. Einen Sekundenbruchteil ist Gaetano haltlos, ein Ächzen geht durchs Publikum, im nächsten Moment rastet das Trapez in seinen kräftigen Zehen ein. Aufatmen. Sicher schwingt Gaetano nach oben. Tosender Applaus. Jetzt dreht er einen Salto nach dem anderen und die Schrauben so schnell, dass er wie ein Kolibri in der Luft zu stehen scheint, um dann einem Greifvogel gleich auf seine Beute hinabzustürzen und im letzten Moment nach dem rettenden Trapez zu greifen. Poesie, Kraft, absolute Harmonie der Bewegungen. Das Publikum ist hingerissen.

Und das ist nur das Vorspiel zur ganz großen Nummer. Gaetano steht auf seiner Plattform und nimmt den Applaus des Publikums entgegen. Atmet schwer und verbeugt sich. Dann steigt er die letzten Meter des Mastes hoch. Durch die ringförmige Öffnung des Zeltdachs zieht glasigkalte Luft herein. Gaetanos schweißnasse Haut dampft, glänzt metallisch im Scheinwerferlicht. Vor der nächsten Nummer hat er tiefen Respekt. Ein falscher Griff, und das war's. Er wird keinen falschen Griff machen.

Trommelwirbel. Musik. Gaetano erkennt sie beim ersten Takt: *Eye of the Tiger!* ›Bohumil, du Schlitzohr!‹ Gaetano lacht. Sticht hinab ins Auge des Tigers, freier Fall, fast senkrecht, das Seil straff, kein Rucken, kein Reißen. Unten kann er das Trapez kaum halten, es katapultiert ihn nach oben. Jetzt! Gaetano lässt das Trapez los, Aufschrei durchs Publikum, Gaetano nimmt den ganzen Schwung mit in eine Serie von Rückwärtssaltos, eins, zwei, drei, vier ..., fünf ..., sechs, er steht fast in der Luft, da, greif es!

Greif es! Das zweite Trapez, fünf Zentimeter …! Hat es!! Er hat es!!!

Das Publikum tobt. Gaetano hakt sich das Trapez in die Kniekehlen und lässt sich erschöpft baumeln. Donnernder Applaus. Gaetano strahlt. Das ist es, die Angst überwinden, die Schwerkraft, der ganz große Moment. Ein Augenblick für die Ewigkeit. Das Publikum trampelt auf den Rängen. Gaetano winkt nach unten.

Letzte Nummer. *Eye of the Tiger* schwillt wieder an, eine Variation mit viel Tempo. Gaetano fühlt sich fantastisch. Gibt der Technik ein Zeichen, Wallicek fährt ihn mit dem Trapez hoch. Gaetano schwingt sich hinüber auf die mittlere Plattform. Der Fünfschwung hinab in die Arena, rasante Nummer, die weniger schlimm ist, als sie aussieht. Konzentration ist alles. Gleich wird er unten in der Manege stehen und die Huldigungen des Publikums entgegennehmen. Kleines Kunststück voller Eleganz.

Er stürzt sich in die Tiefe, knapper Bogen, wird hochgeschleudert, lässt das erste Trapez los, segelt durch die Luft, greift das zweite Trapez, schwingt vor und zurück, während das erste Trapez zurückkommt, jetzt ein paar Meter von der Technik abgesenkt, Salto und Griff, perfektes Timing, perfekte Technik, greift das Trapez, schwingt zur anderen Seite, während das zweite Trapez wiederum einige Meter hinabfährt, Doppelsalto, perfektes Timing, perfekte Technik … – ??? – das Trapez hängt einen halben Meter zu hoch!!! Gaetano streckt die Finger, Wallicek betätigt hektisch den Regler für den Seilzug, Trapez ruckt nach unten … Gaetanos Finger greifen ins Leere. Grenzenloses Erstaunen in seinen Augen. Zeit – steht – still. Gaetano, der fliegende Mensch, der Kolibri – fällt wie ein nasser Sack. *Toff!*

Musik aus. Und wieder färbt sich die weiße Manege rot. Diesmal echtes Blut. Stille im Publikum. Wallicek starrt ungläubig auf sein Mischpult, die Klebestreifen.

Martin grinst breit. Wunderbar! Welche Dramatik! Er misst mit den Augen noch einmal die Fallhöhe und sieht zu Gaetano, der zusammengekrümmt auf dem Boden liegt. Sanitäter sind bereits bei ihm. Eins irritiert Martin: die Frau vorhin bei der Zaubernummer. Das war doch seine Frau? Warum ist sie hier? Und wer ist der Typ, der mit ihr gesprochen hat? Ein weiterer Verehrer? Na, sie hat ja gesehen, wie es seinen Nebenbuhlern ergeht. Und der Typ aus der Garderobe wird auch noch sein blaues Wunder erleben. Das hat Karel ihm versprochen.

Katja starrt auf den blutenden Körper von Gaetano. Ist das wirklich geschehen? Sie betritt die Manege und geht auf Gaetano zu. Tausend Augen. Die Frau von eben, die von der Zaubernummer – also doch ein Trick? Katja bückt sich und sieht dem Artisten ins Gesicht. Mund und Augen weit aufgerissen, Gaetanos schöne Augen, seine sinnlichen Lippen. Wie sie ihn kennt und liebt. Selbst in diesem tragischen Moment. Gaetano lebt noch, ein Hauch. Er sieht ihr Gesicht, so nah. Katja – seine Lippen formen ihren Namen.

Martin nimmt das Mikro und betritt gut gelaunt die Manege. »The show must go on«, meint er. Das Publikum giert nach klärenden Worten. Katja sieht ihn an, das Blut gefriert ihr in den Adern. Das ist nicht Bohumil, das ist Martin, ihr Mann. Sie klammert sich an Gaetano. »Bringt sie weg!«, weist Martin die Sanitäter mit einer wedelnden Handbewegung an. Elektronisch verstärkt klingen jetzt seine Worte durchs Zelt: »Hochverehrtes Publikum, bitte bewahren Sie Ruhe. Gaetano Pirlotti geht es den Umständen entsprechend. Wir haben eine ausgezeichnete Notambulanz. So grausam es klingt, Unfälle wie dieser sind der Beweis: Unsere Artisten riskieren jeden Tag, in jeder Show aufs Neue ihr Leben. Für Sie. Keine Tricks, kein Netz, kein doppelter Boden, volles Risiko. Gaetano ist der Star unserer Show. Ihnen Vergnügen zu bereiten, Sie zu unterhalten, das ist unser und Gaetanos größtes Streben. Schenken Sie ihm das, was er sich am meisten wünscht, auch in diesem schmerzhaften Moment. Schenken Sie ihm Ihren Applaus!« Bereits unter die letzten Worte mischen sich einzelne Klatscher, und jetzt, als Martin seine improvisierte Rede beendet hat und sich verbeugt, applaudiert das gesamte Publikum. Das Zelt bebt unter klatschenden Händen und trampelnden Füßen. Letztes Geleit für Gaetano.

Martin zieht sich zurück und gibt der Band ein Zeichen: Musik! Was Lustiges! Die Band spielt eine Polka, und die Clowns stürmen die Arena, um von der Vergänglichkeit des Seins abzulenken..

Die Lakaien bringen Ringe und Podeste. Die Band spielt etwas Orientalisches. Fleißige Hände montieren in Windeseile ein Gitter rund um die Manege. Auftritt Martin: »Sehr verehrtes Publikum, bitte entschuldigen Sie nochmals die Aufregung. Wir werden bestimmt bald die Prognose unserer Ärzte haben, doch so lange erfreuen Sie sich an unserer exotischen Raubtiernummer!« Er betont die letzten Worte, als würde er für ein teures Eau de Toilette werben. Plötzlich Licht aus. Orchester auch, nervöses Raunen durch die Ränge.

»Bitte bewahren Sie die Ruhe!«, ruft Martin aus dem Dunkel. »Nur ein kleiner technischer Effekt, äh, Defekt. Er wird sofort behoben.«

Suchscheinwerfer erfasst das Käfigrund, den Sattelgang. Spot nimmt Martin ins Visier. MP-Salve zerfetzt

Martins weiße Anzugbrust. Er sinkt zu Boden. Alles ist schockgefrostet. Karel sieht das von den oberen Rängen. Noch ein Schuss – der Punktscheinwerfer explodiert. Dunkelheit. Jetzt Panik, hysterisches Kreischen, Menschen stolpern über die Holztribünen. Hinter dem Manegenvorhang brüllen die wartenden Raubtiere in ihren Käfigen. »Sitzen bleiben!!!«, schreit jemand durch ein Megafon. »Alles bleibt auf den Plätzen. Oder es gibt Tote!«

Licht wieder an. Fahl, staubig, Pulverdampf. Verängstigte Gesichter. Von Martin keine Spur. Hat man seinen Leichnam rausgebracht? Offenbar. Auf den Rängen vier Clowns. Grell geschminkt, fratzenhaft, böse. Waffen in Anschlag. Ein Clown mit einer Pistole treibt einen anderen Clown vor sich her, nach unten in die Manege. Janucek erkennt ihn trotz dicker Schminke – es ist Brandl! Der hat eine Scheißangst. Schweiß und Tränen, am Oberschenkel läuft es ihm warm hinab. Was haben die vor? Wollen die ihn hinrichten? Die Clowns erreichen die Arena. Karel sieht nach unten. Dass er den Russen den Typen aus Katjas Garderobe als Spielzeug anvertraut hat, war kein netter Schachzug gewesen. Er konnte ja nicht wissen, wie krass die drauf sind. Für ihn ist jemand anderes wichtig: Katja. Warum ist sie im Zirkus? Ausgerechnet jetzt? Warum steht sie da unten rum?

Überraschung: Der Direktor tritt mit Schwung durch den Vorhang! Jetzt im schwarzen Smoking. Er steigt auf den Manegenkasten. Alle starren ihn an. Wie ist das möglich...? Ist er nicht tot?! Oder schwer verletzt? Ganz einfach: Es ist Bohumil, der Zwilling! *The show must go on!* Bohumil macht eine wegwerfende Handbewegung zu Katja. Aus der Schusslinie! Karel stürmt nach unten, zieht Katja weg. Bohumil nickt dem bewaffneten Clown zu. Mann gegen Mann. Der Clown schubst Brandl weg.

Fünfzehn Meter, zwei lange, harte Blicke. Bohumil zieht blitzschnell, erscheißt den Clown. Eine MP-Salve von den Clowns auf den Rängen peitscht in den Sand der Manege, trifft auch Bohumil in die Brust, er geht zu Boden. Jetzt drehen die im Sattelgang wartenden Raubtiere durch, ein Käfig wankt, stürzt um, Gitterstäbe lösen sich, die Katzen springen in die Manege. Publikum, eben noch starr vor Schreck, springt von den Sitzen, Menschen fallen übereinander, hasten nach oben. Chaos! Das Zelt bebt. Janucek spurtet zu Brandl, zieht ihn in die Loge. Michi sieht Brandl fassungslos an.

Boammm! Ein Geschoss durchschlägt das Zeltdach und knallt in Wallicks Mischpult. »Wir müssen raus aus dieser Hölle!«, zischt Michi und nimmt Brandl bei der Hand. Sie stürzen aus dem Zelt ins Freie. Draußen zuckt ein Blitz durch die Höhle. Leuchtspurmunition. Und wieder kracht ein Geschoss in den Zirkus. Irgendwer feuert mit einem Raketenwerfer. Das Zelt brennt lichterloh. Sie rennen durch die Straßen, überall Menschen, die Sprinkleranlage taucht alles in dichten Regenflor, es raucht und zischt.

»Achtung, Achtung!«, erklingt eine Durchsage. »Keine Panik. Es gibt einen technischen Defekt beim Zirkus. Die Notsysteme sind aktiviert. Bitte begeben Sie sich in Ruhe zum Parkhaus. Dieser Abschnitt ist nicht von dem Brand betroffen. Bitte bewahren Sie Ruhe.«

»Mit dem Auto kommen wir nie raus«, sagt Brandl trocken.

»Es muss einen anderen Ausgang geben«, sagt Michi. »Wir sind doch zweimal kontrolliert worden! Mit so Riesenwummen musst du woanders rein.«

»Und, Vorschlag?«, drängt Janucek.

»Der Raum vibriert«, sagt sie zu Brandl. »Das Bergwerk. Los, kommt! Wo der Schütze ist, geht's auch raus!«

Bald liegt die Stadt hinter ihnen. Sie hören den Chor der erregten Stimmen, das Gehupe der Autos, die nicht schnell genug auf den Rampen der Parkhäuser vorankommen. Plötzlich ein gewaltiger Knall. Rottmann ist beim Abfeuern der Bazooka gestolpert, die Granate in die Höhlendecke gekracht. Gesteinsbrocken stürzen herab. Brandl und Co. starren zur Decke, spärlich erhellt von der glimmenden Stadt und der Notbeleuchtung. Aus vielen feinen Rissen zischt Wasser. Und das ist keine Sprinkleranlage.

STAUB UND ASCHE

Auf dem Thingplatz erreicht die Stimmung den Höhepunkt. Plötzlich ein gleißender Blitz, ein peitschender Schlag, Platzregen, Sturzfluten. Man sieht die Hand vor Augen nicht. Diego will den Rollstuhl wenden, doch der steckt tief im Matsch. Er hebt Wotan aus dem Gefährt und nimmt ihn huckepack. Sie stolpern zum Leichenwagen.

»Boh, was ist des?«, fragt Diego, als sie im Transporter sitzen.

»Das Jüngste Gerücht«, meint Andi.

»Gericht klingt gut. Boh, ich hab echt Hunger.«

»Wer will erst mal 'nen Schnaps?«

Wotan nimmt ihm die Flasche aus der Hand und trinkt todesmutig einen großen Schluck *Eternit*. Zuckt nicht mit der Wimper. Dann Andi, dann Diego. Diego rülpst, lässt die Scheibe runter und wirft die leere Flasche aus dem Fenster. »Geh, Diego, du kannst doch nicht einfach die Flasche…« Thor unterbricht ihn – ein blauer Blitz spaltet scheppernd den Himmel und schlägt in das Totem der

Schamanen ein. Staub und Asche. Von Dancern und Wotanisten keine Spur. Der Boden unter dem Auto zittert. »Was ist das?«, fragt Diego.

»Der Zorn der Götter«, sagt Andi.

Der ganze Berg bebt. Andi drückt die Zündung. Erster Gang. Gas. Die Reifen drehen durch.

Im Licht der zuckenden Blitze sehen sie jetzt, was das Zittern und Beben bedeutet. Eine riesige Moräne wälzt sich den Berg hinab. Zeitlupe. Katastrophenfilm. Nicht reißend wild, sondern zäher Brei, alles mit sich nehmend, verschlingend, Walze des Verderbens. Der Berg implodiert, das Bergwerk fällt in sich zusammen, Spalten, Löcher tun sich auf, in denen Schlamm versinkt, aus denen Schlamm hervorquillt. Wassermassen, Schlamm und Geröll sprudeln aus dem Berg. Sturzbäche. Gut beleuchtet vom starken Scheinwerferlicht des Leichenwagens. Andi, Diego und Wotan sitzen mit offenen Mündern hinter der Windschutzscheibe und wischen immer wieder das beschlagene Glas ab.

»Frisst das Licht nicht zu viel Batterie?«, fragt Diego.

Andi schüttelt den Kopf. »Der Motor läuft ja.«

»Und bei dem Matsch kommen wir eh nicht weg von hier.«

»Ach, auf Regen folgt Sonnenschein.«

Sie sehen zu, wie die Moräne den kreisrunden Thingplatz mit Gesteinsbrocken, Baumstämmen und Schlamm füllt. Komplett. Brauner Eintopf in einem tiefen Teller.

Dann lässt das Beben und Zittern nach, der starke Regen geht in feinen Niesel über. Wasser rauscht immer noch aus dem Berg.

»Ich hab genug gesehen. Ich hau mich jetzt hin«, sagt Diego schließlich und steigt nach hinten auf die Ladefläche. »Andi, hilf mir mal.« Die beiden öffnen zwei Särge und stellen die Deckel an die Bordwand, klettern in die Särge. »Wotan«, meldete sich Diego noch mal. »Du kannst dich vorn auf der Bank lang machen. Gute Nacht.«

»Gute Nacht«, flüstert Wotan.

LOSE-LOSE

Ein gewaltiger Felsbrocken stürzt herab, inmitten eines Wasserfalls. Schwarzes Wasser donnert durch das Loch in der Decke. Brandl, Janu und Michi haben das Ende der Höhle erreicht. Das eindringende Wasser ist nicht gut für die Stromversorgung in *Wonderland*. Überall bitzelt und britzelt es. Sie sehen den Stollen. Morris läuft voraus. Sein Bellen hallt von den Wänden. Dunkelheit. Janucek fingert sein Feuerzeug aus der Hosentasche, betet, dass es nicht nass geworden ist. Ist es nicht. Im schwachen Schein der kleinen blaugelben Flamme tappen sie weiter. Morris findet den Durchbruch zum alten Bergwerk. Sie klettern in die Öffnung. Michi voraus. »Schnell!«, ruft sie. Janu ist bereits fast durch, nur Brandl steht noch unten, da erwischt ihn die Flutwelle. Ein heftiger Schlag in den Rücken, er kommt ins Taumeln, stürzt, rappelt sich wieder auf, streckt die Hand nach oben, erwischt eine Hand, klammert sich daran. Janu zieht nach Leibeskräften. Brandl schreit auf vor Schmerz, bekommt mit der anderen Hand den scharfen Rand der Öffnung zu fassen, merkt im kalten Wasser nicht, wie das spröde Gestein ihm die Handfläche zerschneidet, zieht sich hoch. Er schafft es, kämpft sich durch das Loch und stürzt auf der anderen Seite auf Janu runter.

»Jungs, schnell weg!«, schreit Michi. »Die Wand gibt gleich nach.«

Sie hören das gurgelnde Wasser auf der anderen Seite. Die Wand ächzt wie ein alter Mann, der gleich unter einer schweren Last zusammenbricht. Plötzlich Licht. Das heisere Husten eines Diesels. Janu hat einen der Bagger gestartet. Im Scheinwerferlicht sehen sie jetzt, wie das Wasser durch das Loch in der Wand zischt. Sie haben die Loren noch nicht erreicht, als die Wassermassen das Scheinwerferlicht des Bobcats verschlingen. Michi wirft Morris in die Lore, Janu klettert hinterher, zieht Michi rein. Brandl schiebt aus Leibeskräften. Die Lore bewegt sich kaum, doch jetzt, die Lore kommt ins Rollen, Brandl stapft durchs Wasser und schiebt wie der Teufel. Dann spürt er die Hände, die nach ihm greifen, ihn ziehen, über den Rand der Lore wuchten.

Kurz darauf rattert die Lore bergab. Brandls Gedanken sind ganz klar: Wenn das Bergwerk vollläuft, ist das ihr sicheres Grab. Wenn sie am Ende der Strecke auf einen Prellbock oder auf eine andere Lore auffahren, dann ebenfalls. Schlechte Karten. Klassische Lose-lose-Situation. Sie kauern sich zusammen, rasen blind durchs schwarze Nichts. Zeit und Raum sind aufgehoben. Brandl spürt die Schmerzen nicht mehr, kommt sich vor wie ein Astronaut im Weltraum, gehüllt in einen dicken Raumanzug, ohne Verbindung zum Mutterschiff, sieht vor dem inneren Auge noch mal all die Schönheit des Lebens, die sonnenbeschienenen Hänge des Bayerwalds, er denkt an Rosi, seine Band, Mama. Dann nichts mehr. Stillstand. Sein Herz? »Raus!«, schreit Janu und zerrt Brandl hoch. Er fällt unsanft auf den steinigen Boden. Er sieht nichts, aber er hört, wie die Lore beschleunigt und wieder nach unten rast. *Tschakatschakatschaka...*

»Wir sind das letzte Stück bergauf gefahren«, sagte Michi. »Hoffentlich steigt das Wasser nicht bis hier.«

Schweigsam tappen sie durch den finsteren Stollen, immer die Hände vorgestreckt, um sich nicht plötzlich den Kopf anzuschlagen. Morris bellt. Es hallt von den Wänden. Kein enger Stollen mehr, eine größere Höhle. Sie folgen Morris. Schließlich ein Lichtschein. Sind sie wieder in der unterirdischen Stadt? Sind das die Strahler, die um den Zirkus gekreist sind, um die Leute anzulocken? Sie gehen auf das Licht zu, erkennen Umrisse von Felsen, grob behauene Schachtwände und sich selbst. Erschrecken über ihre zerfurchten, zerkratzten, dreckigen und verschwitzten Gesichter, die wirren Haare. »Bad Hairday«, scherzt Brandl und grinst Michaela an. »Du Clownsgesicht musst reden.« Brandl fährt sich mit dem Finger durch die Schminke. Hat er komplett vergessen.

Endlich erreichen sie das Ende des Stollens. Und trauen ihren Augen nicht. Gleißendes weißes Licht. *Das Jenseits!* Nein, die Morgensonne. Verwirrend. Sie treten vor den Stollen, stolpern ein paar Meter einen verstrüppten Zufahrtsweg hinunter auf ein Felsplateau. Unter ihnen: die Wiesen des Staller-Hofs, der Bergwald, oben: der leuchtend blaue bayerische Himmel. Sie sehen den gewaltigen Hangrutsch. Der See ist neu, speist sich aus dem Wasser, das beinahe ihr Verhängnis geworden ist. Unten aus dem Bergwerksschacht sprudelt es munter. Erschöpft und dankbar sinken sie zu Boden, sagen nichts, saugen die Sonnenwärme auf. »Mir kommt das Ganze wie ein Traum vor«, meint Michi schließlich. »Ihr seid euch sicher, dass wir nicht einfach was Schlechtes geraucht haben?«

»Davon kriegt man keine blauen Flecken«, sagt Brandl.

Morris bellt. Sie sehen nach oben, zum Stolleneingang. Irgendwas ist da in Anmarsch. Sie stehen auf. Kommt jetzt das Wasser? Morris sträubt sich das Fell, er verbirgt sich hinter Michi. Kein Ton, kein Rauschen. Dann ein gespenstisches Heulen, ein Wehklagen, wie sie es noch nie gehört haben. Der Berg, der aufschreit? Gebannt starren sie auf den Stollenausgang. Jetzt ein Löwe, nass und dreckig. Er tritt ins Sonnenlicht, schüttelt sich, Wasserperlen glitzern, als sie durch die Luft stieben. Er reißt das Maul auf, brüllt noch mal. Springt davon in den Bergwald.

AM FALSCHEN ENDE

Über dem See feiner Dunst. Friedlich. Der Berg eindrucksvoll. Gespalten. Von einer tiefen Schlucht durchzogen. Wasserläufe, glitzernd durch den Wald. Vom See Bäche in den Bergwald. Idyllisch. Zirpende Vögelchen, das Klopfen eines Spechts.

Diego streckte sich und schaute aus dem Heckfenster. »Siehst du, Andi: auf Regen folgt…«

»Klappe, Diego!« Andi gähnte. »Sag mal, hast du auch so geschwitzt?«

»Aber wie. Ich sag dir eins, des is gar keine Seide in dem Sarg.«

»Definitiv. Bloß a billiger Kunststoff. Des müss ma dem Miller mal sagen.«

»Genau, Andi. Da zahlst einen Haufen Geld, und dann liegst auf Polyacryl.«

»Geht gar ned. Des is am falschen Ende gespart.«

»Hey, Wotan, wie schaut's da vorn aus? Morgenstund hat Gold im Mund!«

Wotan blinzelte müde, sah nach draußen. Durch den Wald sprang ein Löwe. Wotan riss die Augen auf, schloss sie, öffnete sie wieder. Kein Löwe. Er griff nach seinen Zigaretten.

»Du, g'raucht wird da herin ned!«, fuhr ihn Diego an. Wotan fiel vor Schreck die Schachtel aus der Hand. Diego lachte. »Hey, Wotan, bloß a Witz. Sagt der Miller immer. Rauch erst mal eine. Auch damit du dich nicht so aufregst. Weil, ähm, ich fürchte, dein Feuerstuhl ist weg.«

Der See reichte bis auf zwei Meter an den Wagen heran. Von Wotans Rollstuhl war nichts zu sehen. Von seinem Opel auch nicht.

Andi winkte ab. »Geh Wotan, Astra ist eh uncool für einen Rockerboss.«

»Was weg ist, ist weg«, sinnierte Diego und stieg aus. Gut gelaunt machte er sich daran, Reisig zu suchen, um den eingegrabenen Reifen Grip zu verleihen.

Eine halbe Stunde und ein paar Flüche später hatten sie den Wagen tatsächlich aus dem schlammigen Untergrund befreit und tuckerten den Waldweg hinauf.

»Auf zum Frühschoppen«, erklärte Diego. »Jetzt such ma uns ein gscheids Wirtshaus. Ich hab einen Wahnsinnshunger.«

»Und Durst«, ergänzte Andi. »I brauch a Bier.«

»Mindestens eins. Was meinst du, Wotan?«

Wotan meinte nix. Er starrte leer geradeaus, hatte kein Auge für die Schönheit des Waldes.

»Weißt du, Wotan«, sagte Diego, »eure Gegend is scho special. Ich mag des, die viele Natur, und ihr Leute labert's auch nicht die ganze Zeit. Ihr seid's voll relaxed. Des is ein anderer Groove als bei uns in München, ein ganz anderer Beat, des ganze Blabla und ewige Schnellschnell – ihr dagegen, ihr seid's voll cool, so gechillt. Weißt du, der Andi und ich, wir haben das letzte Mal diskutiert, ob wir uns nicht selbstständig machen sollen, also hier in der Gegend. Oder bei dir daheim, wo ein bisschen mehr los ist. Deggendorf hat genau die richtige Größe. Wir könnten da doch zusammen einen neuen Laden aufmachen. Weil die Gewerbemieten bei euch, des is a Witz, also im Vergleich zu München. Du, und nach der Geschichte jetzt, und dann wegen der Trauerfeier, so viel Vereinsmitglieder habt's ihr ja nimmer, da hast du doch jede Menge Platz im Klubhaus, oder? Das wär doch eine Supersache! Weil: gestorben wird ja immer und überall. Ich seh's schon genau vor mir. *Wotans Ruh, Begräbnisse mit Stil* ...

GRÖSSTE FLÄCHE

Martin sah auf den Parkplatz hinunter. Da standen heute keine Familienkutschen vor dem *FicFac*, sondern vor allem Feuerwehrzüge und zahlreiche Krankenwagen. Ohne Hektik. Die Evakuierung von WONDERLAND® war abgeschlossen. »Wunder« war durchaus das richtige Wort für das, was passiert war. Es war zu keinen nennenswerten Verlusten oder schlimmeren Verletzungen gekommen. Soweit man das bisher überblicken konnte. Der Notfallplan von Karel hatte einwandfrei funktioniert. Nur der arme Pirlotti hatte den klassischen Artistentod sterben müssen. War halt doch ein Risiko, so ohne Netz und doppelten Boden. Niemand würde ihn vermissen. Genauso wenig wie Sergejs Clowns. Offiziell war die Schießerei natürlich nur Show. Platzpatronen, Kunstblut im Abenteuerpark. Aber schon stressig. Hätte er sich gern erspart. Im Nachhinein war es ein Fehler gewesen, keine Geschäftsbeziehungen mit Sergej aufzunehmen. ›Wenn du sie nicht schlagen kannst, dann trink Wodka mit ihnen und teil die Kohle‹, dachte er jetzt. Er hatte Karel bereits beauftragt, Verhandlungen mit den Russen aufzunehmen. Weil: nach dem Projekt ist immer vor dem Projekt.

Bohumil betrat das Büro. Er grinste und zeigte auf Martins Schreibtisch, wo dessen Kevlarschutzweste lag.
»Kann Leben retten.«

»Solange man nicht am Kopf getroffen wird.«

»Goldene Regel: immer auf die größte Fläche. Die Westen waren Stanislaws Idee.«

»Guter Mann. Ihm geht's gut?«

»Wohlbehalten, wie alle unser Gäste. Das ist das Wichtigste: Der Gast ist König!«

TREIBSTOFF

Mühlhiasl und Therese von Konnersreuth. Nur zwei magische Gestalten aus den Tiefen des Bayerwalds, jener sagenumwobenen Region, in der Totenbretter die Fremden am Ortseingang begrüßen und am Ortsausgang verabschieden. Der Bayerwald, ein geheimnisvoller Landstrich mit tief fliegenden Golfs und Kadetts, die über blut- und ölgetränkte Straßen dröhnen.

Hier verschwinden in dunklen Winkeln schon mal ein Dutzend Menschen auf Nimmerwiedersehen. Angehörige von Seminarteilnehmern im schamanischen Seminarzentrum Grafenberg meldeten sich vergangenen Montag bei der Polizei, dass ihre Verwandten und Partner von einem Aktivseminar in Grafenberg nicht zurückgekehrt seien. Und das, nachdem sie alle in Großaufnahme nackt in der *Passauer Neuen Presse* zu sehen gewesen waren. Gerüchte, dass sie von einem verheerenden Erdrutsch während okkulter Handlungen auf dem alten Thingplatz vor Burg Greifenfels bei Baching überrascht wurden, haben sich bislang nicht erhärtet. Sie bleiben spurlos verschwunden. Wie auch die Gruppe von Handwerkern, die der

Grafenberger Baulöwe Engelbert Rottmann zu Wochenbeginn als vermisst gemeldet hat, als der Firmentransporter die Malerbrigade zu einer Baustelle nach Erding bringen sollte.

Auf der Gegend rund um Grafenberg scheint seit einigen Wochen ein Fluch zu liegen. So wurden die zwei reichsten Gemeindemitglieder erschossen auf einer Waldlichtung gefunden, und die drei Bauern des Staller-Hofs fand man erhängt im Stadel. Weiterhin wurde der unterirdische Vergnügungspark WONDERLAND® durch einen unterirdischen Flussarm der Moldau geflutet. Und das, nachdem der Park nach vielen Jahren Bauzeit gerade erst eröffnet worden war. Dank eines vorbildlichen Notfallplans waren unter den registrierten Besuchern und dem Personal keine Verluste zu beklagen – wenn man von einem tödlich verletzten Artisten des Zirkus *Mandrago* absieht, was aber als Arbeitsunfall zu bezeichnen ist. Der verunglückte Trapezartist Gaetano Pirlotti verzichtete aus Prinzip auf jedwede Sicherheitsmaßnahmen.

Zum angeblichen Gebrauch von Schusswaffen in Zirkus von WONDERLAND® gibt es widersprüchliche Aussagen. Allerdings sprechen Gutachter von einer Massenpsychose, die durch die allgemeine Panik ausgelöst wurde. »Platzpatronen sind zu Showeffekten im Zirkus *Mandrago* durchaus zum Einsatz gekommen«, heißt es von der Pressestelle des tschechischen Touristikunternehmers Dr. Martin Wrabal. Der bayerische Tierschutzverband kritisiert heftig, dass es keine verlässlichen Aussagen zum Verbleib der Zirkustiere gibt. Der tschechische Tierschutzbund verwahrte sich gegen eine solche Einmischung von deutscher Seite. Zumal die Nationalität der Tiere keineswegs geklärt ist.

Weiter vorangeschritten ist die Kooperationsbereit-
schaft bei den grenznahen Wirtschaftsunternehmen in
Bayern und Tschechien. In einer Pressekonferenz ver-
sprach Dr. Martin Wrabal, seine gesamte Energie für ein
neues länderübergreifendes und völkerverbindendes Projekt im Natur- und Kulturraum Böhmer- und Bayerwald
einzusetzen. Er selbst beschreibt die neu entstandene
Seenlandschaft als »sensationelle Chance für wirklich
grenzübergreifenden Tourismus mit dem Potenzial für
ein Freizeitprojekt von der Größe und Bedeutung der be-
rühmten Plitvicer Seen; bei WONDERLAND® XL können sich interessante Synergien ergeben mit den Grafenberger Erlebniscamps«. Diese Camps von Engelbert
Rottmann erfreuen sich vor allem bei den dortigen jünge-
ren Männern großer Beliebtheit.

Das ist noch nicht alles, was es Neues aus der Region
Bayer- und Böhmerwald zu berichten gibt. Zu erwähnen
wäre noch der durch besagten Erdrutsch vertriebene Ere-
mit, der nach Jahrzehnten seine Höhlenbehausung im
dichten Bergwald verlassen musste. Der Gerontologe Professor Dr. Hubert Sichelmann von der LMU München
sprach von einem außergewöhnlichen Fall. Er schätzt das
Lebensalter des Mannes auf über hundert Jahre. Offenbar
hat ihn der Verzehr von Wildkräutern so lange körper-
lich fit gehalten. Geistig ist der Mann in sehr wechsel-
hafter Verfassung und leidet an einer ausgeprägten Form
des Tourette-Syndroms. Mit großer Neugier erwarten
vor allem rechte Gruppierungen eine Identifikation des
Greises, könnte es sich doch um den verschollenen Obersturmbannführer Göttler handeln, der in den Vierzigerjahren auf Burg Greifenfels bei Grafenberg residiert
hatte und kurz vor Ankunft der Alliierten spurlos verschwand – ebenso wie sein Burgkeller voller Raubkunst.

Der sagenumwobene Göttler-Schatz ist eine weitere dunkle Legende des Bayerischen Waldes. Falls dem Greis keine eindeutige Aussage zu seiner Identität abzuringen ist, wollen die Behörden mithilfe von Göttlers Sohn, der hochbetagt in einem Münchner Altersheim lebt, einen DNA-Abgleich durchführen. Bei einem positiven Ergebnis könnte es dann zu einem ungewöhnlichen Wiedersehen zweier Fremder kommen: Vater und Sohn, vereint nach siebzig Jahren. Dass der Greis für seine Verbrechen in der Nazizeit zur Verantwortung gezogen wird, ist nicht zu erwarten. Jenseits aller familiären, politischen und geschichtlichen Implikationen bezeichnet Professor Sichelmann diesen Fall aber als einzigartiges Glück für die Forschung. Ein alter Kaspar Hauser sozusagen — aus wissenschaftlicher Sicht von unschätzbarem Wert.

Neues gibt es auch aus Deggendorf, der Gemeinde am Fuße des Bayerischen Waldes, wo es vergangenen Monat zu einer wilden Schießerei in einem rechtslastigen Rockerklub mit zahlreichen Toten gekommen war, die bis heute Verfassungsschutz und Ermittlungsbehörden beschäftigt. Die verbliebenen Mitglieder des Rockerklubs *Wotan Clan* sind nun ebenfalls verschwunden. Vereinspräsident Herbert »Wotan« Koch erstattete Vermisstenanzeige. Gleichzeitig gab er in einer Pressemitteilung bekannt, dass er das Klubhaus zukünftig einer anderen Bestimmung zuführen wird. Dort ist eine Dependance des Münchner und Passauer Beerdigungsinstituts *Trauerhilfe Miller* geplant.

Als letzte wichtige Nachricht aus der Region sei noch erwähnt, dass die *Passauer Neue Presse* ihre Leser aufgefordert hat, den 2014 auf dem Straubinger Gäubodenfest aufgestellten Trachtenweltrekord auf der nächsten Passauer Frühjahrsdult einzustellen.

Ja, es gibt nicht viele Landstriche in Deutschland, wo Totenkult und Lebensfreude derart nah beieinander liegen, eine so symbiotischen Beziehung eingehen, wo sich die Wirklichkeit so frech am Mythos, am Aberglauben bricht, wo man seinen reschen Schweinebraten nicht auf blank gewienerten Naturholztischen serviert bekommt, sondern auf Resopal, das streng nach Reinigungsmitteln und alten Wischlappen riecht. Hier findet man es noch – ein Stück unverstelltes, ungehobeltes Bayern voller scharfer Kontraste. Wer Freude auch an den dunklen Seiten des Lebens hat, der sollte diesen Teil Bayerns unbedingt näher kennenlernen. Wie sagt schon ein altes Sprichwort? *Täusch dich nicht, das Bayern hier ist trüber noch als Zwickl-Bier.* Was immer die Straubinger Kriminalpolizei über die vielen Verschwundenen dieses Herbstes, über die grausamen Todesfälle herausfinden wird, eines ist sicher: Das Erzählen davon wird die echten Fälle überdauern, Treibstoff sein für neue Mythen aus dem dunklen Wald.

HEIMATROCK

Brandl hatte diesen langen Artikel auf Seite Drei der *Süddeutschen Zeitung* mit großem Interesse gelesen. Verschraubte Bandwurmsätze, die ein recht verzerrtes Bild von seiner geliebten Heimat zeichneten. Tja, so sah sie aus, die Münchner Perspektive auf den fernen Osten. Und doch war an all dem was dran. Das war wirklich eine erstaunliche Verkettung düsterer Ereignisse, Katastrophen, Morde. Und bei Weitem nicht alles stand in der Zeitung. Was in den letzten Wochen passiert war, hatte Brandl zuvor in Jahren nicht erlebt. Die Morde, der Flugzeugabsturz in den Arbersee, das dunkle Naziverlies auf dem Hof. Die Pramminger-Witwe hatte die Polizei gestern am Münchner Flughafen festgenommen. Zurück von den Malediven und gleich hinter schwedische Gardinen. Auch Spontanurlaub. Aber mit Klimawechsel. Auf ein Wiedersehen mit ihr konnte er gerne verzichten. Ziemlich viel das alles. Er fühlte sich um Jahre gealtert. Gleichzeitig war er voller Pläne. Jetzt war wirklich Zeit für etwas Neues! Ja, er würde ein paar Dinge ändern in seinem Leben, seine Discothek abstoßen und die *Kings of Fuck* auflösen.

Nach über fünfzehn Jahren war Zeit für einen sauberen Schnitt. Michaela hatte ihm die Unterlagen besorgt, um sich bei der Kripo zu bewerben. Er hatte auch noch mal mit der Passauer Beamtin gesprochen. Doris Roßmeier war ja nur Schwangerschaftsvertretung in Passau und arbeitete sonst in München bei der Mordkommission. Sie würde sich mal umhören, denn bei ihnen im Morddezernat konnten sie gute Leute brauchen. Sie hatte tatsächlich »gute Leute« gesagt. Machte Brandl schon stolz. München, ja, das wäre was. Großer Vorteil: Er würde seinen blöden Chef Meisel nicht mehr sehen. Großer Nachteil: Er musste von seinem Heimatort weg. Und auch von Rosi. Ausgerechnet jetzt. Obwohl – die Strecke Grafenburg–Passau war bisher auch eine Weltreise gewesen, er hatte Rosi jahrelang nicht gesehen. ›Liebe überwindet jede Distanz‹, dachte er. Später könnte er in Straubing oder in Regensburg arbeiten. Und sie auch. Krankenhäuser gibt es ja überall. Brandl überlegte. Dann hätte er plötzlich Familie. Zwei Kinder und einen Sack voll Verantwortung. Sah ganz so aus, als würde er doch noch erwachsen werden. Aber nicht, dass er am Ende noch in einem Vorortreihenhaus strandete, samt Hund, dessen Köttel er dann mit einem rosa Plastiktütchen aufsammeln musste! Graue Theorie. Jetzt sollte er erst mal beruflich weiterkommen. Dorfpolizist war er lange genug gewesen. Und für eine Musikkarriere war er definitiv zu alt. Okay, Bernie hatte sie für diesen blöden Bandwettbewerb *Heimatrock* angemeldet. War nur ein Witz gewesen, aber angemeldet war angemeldet. Ein bisschen träumen war ja noch erlaubt. Und für einen neuen Song hatte er schon ein paar gute Ideen.

Er zog die Lederjacke an, setzte den Helm auf und startete die Kawasaki. Mit heiserem Röhren entschwand er in das Abendrot, das sich wie eine Königsrobe um die Gipfel und Wipfel des Bayerischen Waldes gelegt hatte.

Hey, i bin da King of Fuck
I ras übers Land und durch die Stadt
I bin der Brandl Stefan nicht der Mike
Es röhrt und kracht mein altes Bike
Mein Lederdress ist nicht vom Schneider
Trotzdem stehn all die heißen Weiber
Auf meinen Look als cooler Rider
Als supersmootha Glider
Die Liebe kommt, die Liebe geht, ja leider
I muss immer immer weider
Wie's halt is als lonely Rider
Hey, i bin da King of Fuck
Und geht mir etwas auf'n Sack
Schmeiß ich den Turbo an und mach es platt
Manchmal da superharte Rider
Manchmal da smarte Easy-Glider
Bin mal hier, mal da, ja leider
I muss halt immer wieder weider

POSTSCRIPTUM DER VERLEGERIN

Ja, wundersame Dinge geschehen in den Tiefen des Waldes. Aber nehmen Sie das alles bitte nicht zu ernst, liebe Leserinnen und Leser. So schlimm geht es in diesem östlichen Winkel Bayerns nicht zu. Wahrscheinlich ist es noch viel schlimmer! Scherz beiseite, das alles hat seinen Ursprung natürlich in den Erfahrungen und vor allem im Gehirn des Autors. Nein, in den Gehirnen der Autoren – so muss es in diesem Fall heißen. Diesen Plural möchte ich Ihnen nicht vorenthalten beziehungsweise mit ein paar Worten erklären. Vielleicht haben Sie sich gefragt, warum Harry Kämmerer nicht einfach seine Reihe mit den Münchner Kripobeamten Mader, Hummel, Dosi und Zankl fortführt. Das haben zumindest wir im Verlag uns gefragt. Das Geheimnis ist genauso einfach wie komplex: Er hat das Buch nicht wirklich selbst geschrieben. Nein, er benutzt keins dieser neuen Textprogramme, bei dem man nur ein paar Versatzstücke auswählen muss, um dann den Zufallsgenerator etwas Schönes ausspucken zu lassen. So wird im nächsten Frühjahr unser erster computergenerierter Heimatkrimi erscheinen. *Der nackte Abt von Weltenburg* wurde mit dem *Crime Creator 1.7.* aus den folgenden drei Stichwörtern generiert …

Aber lassen wir das, wir wollen Ihnen nicht die Freude an guten Geschichten nehmen. Woher die Geschichten kommen, ist ja eigentlich egal. Ein bisschen hinter die Kulissen des Krimigeschäfts dürfen Sie in diesem besonderen Fall jedoch schon schauen. Wer sich mit Harry Kämmerers Krimireihe *(Isartod, Die Schöne Münchnerin, Heiligenblut, Pressing)* auskennt, erinnert sich bestimmt an Kriminalkommissar Hummel, der sich in seiner Freizeit als Schriftsteller versucht und dabei nie richtig aus dem Quark kommt. Jetzt scheint es, dass er den Allerwertesten hochgekriegt und tatsächlich etwas geschrieben hat: das vorliegende Buch *Harte Hunde.* Zumindest die Urversion davon. Dass eine Romanfigur schreibt, hat es in der Literatur schon oft gegeben. Doch hier ist die Sachlage komplexer. Wie soll man damit umgehen, wenn eine Romanfigur (Klaus Hummel) eine Entsprechung im echten Leben (Klaus Hummel, ebenfalls Kriminalbeamter) hat, eine Doppelexistenz sozusagen, und diese reale Person mit ebenfalls schriftstellerischen Ambitionen dann tatsächlich einen Roman schreibt? Ja, da wird es kompliziert. Klar, das müssen Sie nicht wissen, um diesen Roman zu lesen, was Sie ja hoffentlich bereits getan haben. Oder fangen Sie etwa Bücher von hinten an, beim Nachwort? So wie manche Leute in der Zeitung zuerst die Todesanzeigen lesen, um sich aus dem Jenseits bis in die Tagespolitik vorzuarbeiten?

Ich hoffe, Sie werden in den angefügten Unterlagen auch ein wenig Amüsantes und Wissenswertes übers Büchermachen erfahren und einen kleinen Einblick in die Psyche eines hoffnungsvollen Debütanten erhalten. Dann können Sie vielleicht auch besser einschätzen, wie es uns VerlegerInnen und LektorInnen manchmal ergeht. Ich bedanke mich an dieser Stelle ausdrücklich bei Herrn Hummel für die freundliche Überlassung seines Tagebuchs. Ich danke seiner Agentin Gerlinde von Kaltern für die Offenheit und ebenso Herrn Kämmerer für seine Kooperation. Liebe Leserinnen und Leser, lassen Sie mich mit folgenden Worten schließen: Es geht doch nichts über eine gute Geschichte – egal, wie sie entstanden ist.

Mit herzlichen Grüßen,
Ihre Verlegerin

Klaus Hummel, 25. August 2014, 16.47
Liebes Tagebuch,

was für ein schöner Sommertag! Die große Hitze ist vorbei, die Blätter der Pappeln fächern das milde Sonnenlicht auf und lassen es über mein Handtuch tanzen. Auf der Liegeweise am Poschinger Weiher sind nur ein paar Senioren, Studenten und – ich. Die penetrante Lautsprecherstimme im Biergarten – *»Wurstsalat, Schweinsbraten, Käsekrainer, Schnitzel, Pommes, Obatzda, Zisa-Salat«* – erklingt nur noch unregelmäßig. Ruhe nach dem großen Ansturm. Halb München wollte hier den letzten Rest vom Sommer genießen. Um dann, bei den ersten dunklen Wolken, den Rückzug anzutreten. *Warmduscher!* Das Gewitter ist ausgeblieben. Gerade bin ich noch mal um die kleine Insel geschwommen. Hatte das ganze Wasser für mich. Na ja, ich und die Enten. Elegant hab ich die Entengrütze mit meinem vorbildlichen Brustschwimmstil beiseitegeschoben. Kraulen kann ich nicht so gut. Aber das ist bei dieser Wasseroberflächenbelastung eh ziemlich riskant. Da brauchst du keinen Zisa-Salat mehr, wenn du den Mund zu voll nimmst.

In der Arbeit ist es gerade angenehm ruhig. Zankl macht mit der Familie Kluburlaub auf Sardinien, und Dosi besucht eine Fortbildung in Nahkampftechniken in Ingolstadt. Mader und ich erledigen das Tagesgeschäft. Ist ja nicht viel los Ende August. Sind die Mörder wahrscheinlich auch auf Kluburlaub.

Ich hab die Sommerabende vor allem für meinen Roman genutzt. Das wird jetzt richtig ernst. Nächstes Frühjahr soll er rauskommen. *Kings of Fuck* wird er heißen. Super Titel. Klingt jetzt schon wie ein Film! *Spannung, Action, Emotion, Sex.* Warum meldet sich bloß meine Agentin nicht? Jetzt hat sie den Text schon eine gute Woche. Na ja, sie ist auch eine von und zu. »Gerlinde von Kaltern« – so einen Namen kann man nicht erfinden. Wie ein kalter Windhauch. *Hui!*

Bestimmt ist Gerlinde es nicht gewohnt, dass ein Autor pünktlich abgibt. Na ja, vielleicht ist sie auch völlig überwältigt, und ihr fehlen einfach die Worte? Ich weiß es nicht. Oder sie ist sehr beschäftigt. Als Literaturagentin hat man bestimmt viel zu tun. Die vielen unaufgefordert eingesandten Manuskripte, die hoffnungsvollen Projekte ohne Substanz, die abgesagt sein wollen. Durch die man sich trotzdem wühlen muss, weil unter dem Mist vielleicht doch die *eine* Perle verborgen ist. Die Leute schreiben einfach zu viel. Wie soll man da die Spreu vom Weizen trennen? Weizen! Ja, das bestell ich mir jetzt im Biergarten und guck mir ein bisschen den Sonnenuntergang an. Und auf dem Rückweg in die Stadt schau ich noch spontan bei Beate vorbei. Frauen lieben Überraschungen. Vor allem angenehme.

Gerlinde von Kaltern, 25. August, 18.49
Notiz: Die ersten Seiten nur mithilfe von zwei Cognacs lesbar. Hummel hat's noch mal probiert. Die Sache mit dem explodierten Biogaskraftwerk. Hatte ihm doch gesagt, dass das scheiße ist. Vielleicht hat er das wörtlich genommen und nicht als ästhetisches Statement? Aber immerhin: Der Tote im Hochsitz ist immer noch drin. War schon beim ersten Lesen super. Das Hirn am Baum-

stamm. Klasse, diese ekligen Sachen, das Blut, das Grobe. Das riecht man förmlich. Aber sonst: hmmm?

Oh, Tagebuch,

warum geht bei mir immer alles schief? Erst hab ich noch den Supersonnenuntergang genossen. Ich war so fasziniert, dass ich nach dem zweiten Weizen noch ein drittes getrunken hab, bevor ich aufs Rad stieg. Der Himmel hatte die Farbe einer Grapefruit. Auf Höhe des Stauwehrs knallte es dann. Ich dachte zuerst, ein Reifen ist geplatzt, aber nein, es knallte noch mal, und es blitzte. Nach ein paar dicken Tropfen kam der Hagel. *Taubeneier!* Dumdumgeschosse auf den staubigen Wegen. Ich konnte mich gerade noch in ein Dixie-Klo retten. Voll das Endzeitgetöse!

Irgendwann hat es aufgehört zu stürmen. Ich trat nach draußen an die frische Luft. Alles wie eingefroren. *Magic.* In der orangen Abendsonne hat alles geglänzt wie lackiert. Ganz toll. So feierlich.

Weniger feierlich war mir zumute, als ich in der Giselastraße in eine Autotür gerauscht bin. Aber eins a abgerollt. Was reißt der Depp einfach die Tür auf, ohne zu schauen? Blöd. Und noch blöder, dass es ein Polizeiwagen war. Klar, der Heini war schuld. Hat er sogar gleich zugegeben. Aber als ich gesagt hab, dass ich ebenfalls Polizist bin, wollte er wissen, ob ich was getrunken hab. »Im Leben nicht!«, hab ich losgepulvert. Und schon war der Amtsschimmel im Vollgalopp. Ich musste tatsächlich in das Scheißröhrchen blasen, meine Personalien angeben und durfte erst dann weiterschieben. Na ja, am Siegestor bin ich wieder aufgestiegen. Bin allerdings nicht mehr zu Beate, sondern schnurstracks nach Hause.

Die ganze Zeit hatte ich die Stimme von diesem Westentaschen-Django im Ohr. »Das wird ein Nachspiel haben!« Ja klar, fährt man mit drei Weizen besser nicht mehr mit dem Rad. Schuld ist aber nur der Scheißsonnenuntergang. So was hältst du nur mit drei Bier aus. Auf den Ärger hin hab ich mir daheim gleich ein Bier aufgemacht. Und meine Mails gecheckt. Mist! Immer noch keine Nachricht von Gerlinde. Die arbeitet auch nur, wenn sie Lust dazu hat.

Versteht sie nicht des Poeten Schmerz
Und drängend Wissbegier,
Ob seine Kreation
Schon geht ins Herz
Oder perlt ab wie von Teflon?
Warum greift sie nicht zum Telefon?
Oder schickt mir eine Mail?
Ach, das wäre jetzt richtig geil!

GvK, 26. August 2014, 11.42

Lieber Klaus,

ich bin untröstlich, dass ich erst jetzt dazu komme, Deinen Text zu lesen. Ich war geschäftlich unterwegs. Auf einer Messe, auf der neue Filmstoffe angeboten werden. So auch Deiner. Ich habe Dich angepriesen als einen der kommenden Autoren im Spannungsbereich. Freilich noch in Unkenntnis Deines Textes. »Eine ganz neue Stimme«, habe ich gesagt. Zum Glück hat sich niemand dafür interessiert, denn jetzt nach Lektüre der ersten fünfzig Seiten bin ich doch etwas ernüchtert, um nicht zu sagen: befremdet. Das mit dem Biogaskraftwerk, nun ja, gut und schön – ich sagte Dir ja bereits, was ich von dem Fäkalzeug halte –, wir lassen es drin. Das mit dem

Hirn auf der Waldlichtung ist wunderbar, wie gehabt. Doch diese drastische Szene in dem tschechischen Puff – wirklich nicht! Ich habe ja nichts gegen Sex, auch nicht, wenn es ein bisschen drunter und drüber geht. Aber was Du da vom Stapel lässt, ist echt perverser Saukram. Eine Ü60-Party in einem Folterkeller – geht's denn noch?! Das sprengt wirklich alle Grenzen.

Mein Lieber, Du kannst es doch eigentlich! Lass einfach den ganzen pubertären Quatsch weg! Der Titel ist verkauft und erscheint nächstes Frühjahr in einem renommierten Verlag. Die Zeit drängt! Bald schon gibt es die ersten Coverentwürfe, und wir sind immer noch in der Rohfassung. Klaus, wir müssen den ganzen Sex, die Gewalt, das Unappetitliche rausstreichen und auch die peinlichen lyrischen Ergüsse (»Das alles konnt' ihn nicht mehr verwirr'n, denn die Kugel zerfetzt' ihm das Gehirn …«). Ich bin mir nicht sicher, was nach dieser Streichorgie übrig bleibt, aber kürzen müssen wir sowieso. Einen Krimi mit 723 Seiten gibt es nicht. Maximal 300 ist die Devise. Bis auf diese Kleinigkeiten ist Dein Text bislang super, und ich werde jetzt mit gezücktem Rotstift wohlwollend weiterlesen.

Bis bald, Deine Gerlinde

KH, 26. August 2014, 19.05

Tagebuch!

Ich bin empört! Aufs Höchste! Aufs Äußerste! Die Tante hat ja nicht alle Tassen im Schrank. »Mit gezücktem Rotstift!« Sex und Gewalt rausstreichen?! Glaubt sie denn, ich mein das alles bierernst, was ich da schreibe? Ja, an ihrem ironischen Feingefühl hatte ich schon mehrfach Zweifel. Die Orgie in dem Keller, das ist doch Intertextualität pur. Kennt sie nicht *Die 120 Tage von Sodom?*

Die Orgie als verzerrtes Spiegelbild unserer gesellschaftlichen Missstände voller Gier, Egoismus, Rücksichtslosigkeit? Versteht sie nicht meine nur vordergründig offensive Gewaltdarstellung, die letztendlich nur den Schrei des Individuums nach Liebe und Anerkennung widerhallen lässt? Ach, diese philosophische, sozialkritische Sicht auf die moderne Konsumgesellschaft traut sie mir nicht zu. Hey, ich habe auch zwei Semester Philosophie studiert! Ich kenne Platons Höhlengleichnis und den ganzen Scheiß, und sie sitzt da bei Schnaps und Zigaretten an ihren Wurzelholzschreibtisch und zerstört mit ein paar unüberlegten Zeilen meine Schriftstellerexistenz, meine künstlerische Integrität. O nein, das wird sie nicht schaffen!

GvK, 26. August 2014, 20.01

Lieber Klaus,

ich komm immer besser rein in Deinen Text. Was jetzt schon klar ist: Dieses Personalgewirr musst Du kräftig ausdünnen, entzerren. Mit zwei Ausnahmen: Die beiden Typen von dem Beerdigungsinstitut, die sind wirklich DER Knaller! Da hast Du Dich selbst übertroffen! Ich fühle mich gar an Beckett erinnert, an Wladimir und Estragon. Wunderbar, diese leerlaufenden sinnfreien Dialoge, diese naiven Ansichten und das tölpelhafte Herumtapsen, der Slapstick. Ganz groß! Das enervierende Auftauchen der beiden in den entlegensten Handlungssträngen mit immer neuen absurden Ideen rund ums Bestatten – großartig! Anderes hingegen gefällt mir gar nicht. Weißt Du, ich mach einfach ein paar Streichungen, damit wir langsam in die Dreihunderterregion kommen, dann melde ich mich wieder bei Dir.

Herzliche Grüße, Gerlinde

P.S. Anbei schon mal die ersten Coverentwürfe, die der Verlag vorhin an mich geschickt hat. Die sind schon sehr vielversprechend.

Liebe Gerlinde,

danke für Deine Mail und die warmen Worte zu Andi und Diego. Ich sehe sie eher als schräge Randfiguren, auf die man im Zweifelsfall auch verzichten könnte. Wenn sie wirklich drinbleiben sollen, würde ich sie gerne umbenennen. Vielleicht Harald und Reinhard. Was Normales halt. Wer heißt denn heute schon Diego und kommt aus München-Giesing? Wenn die Namen ungewöhnlich sein sollen, dann gingen auch Tom und Jerry. So zwinker-zwinker. Und ich würde noch ein bisschen an ihren Persönlichkeiten feilen, sie nicht ganz so platt erscheinen lassen.

Jetzt zu den Buchumschlägen. Vielversprechend sind die tatsächlich. Sie versprechen, dass es noch viel Arbeit gibt, sehr viel Arbeit. Das ist alles kalt und kraftlos und oft gesehen. Ein Trecker mit Blutspuren im groben Reifenprofil, eine Scheune, in der ein einsamer Strick von der Decke hängt und ein schwarzer Rabe (»weiß« wär' wenigstens noch originell!) auf der Kirchturmspitze vor dräuenden Gewitterwolken. Echt nicht! Und die Balkongeranien, aus denen Blut tropft, das wirkt doch sehr ausgedacht. Sonderbar, sehr sonderbar. Und überhaupt: Seit wann heißt mein Roman nicht mehr *Kings of Fuck*? Gut, ich finde *Harte Hunde* gar nicht mal so übel, aber dass mein Titel einfach so komplett geändert wird, das trifft mich schon.

Nachdenklich, sehr nachdenklich, Dein Klaus

Lieber Klaus,

hab Dank für Dein Feedback zu den Covern. Ich liebe Deine sanfte Ironie. Schön, dass Du es gleich durchschaust hast, dass wir auch hier mit doppeltem Boden operieren. Wir holen die Leute ab, die sich einen netten kleinen Heimatkrimi kaufen wollen. Und wir umgarnen die Kenner, die sofort merken, dass da etwas nicht stimmt, dass ein cleverer Bursche hier sein ironisches Spiel mit den Versatzstücken der Marketingabteilungen treibt. Zum Titel: Natürlich kann Dein Roman nicht *Kings of Fuck* heißen! Bitte vergiss nie: Neunzig Prozent Deiner Leser sind Lese*rinnen*! Mein Rat: Überlass mir das Feintuning, entspann Dich und warte auf die zweite Honorarrate, wenn ich das Manuskript angenommen habe. Und mach Dir schon mal Gedanken über das nächste Buch. Du weißt ja, der Markt ist hungrig.

Herzlichst, Gerlinde

Liebes Tagebuch,

ich habe heute Nachricht von den Kollegen bekommen. Wegen der Radlgeschichte. Ich hatte schon drei Punkte in Flensburg fix einkalkuliert. Aber von wegen! Mein Alkoholpegel betrug 0,0 Promille! Die haben mir im Biergarten tatsächlich alkoholfreies Bier eingeschenkt! Und ich hab's nicht gemerkt! Wie peinlich ist das denn? Na ja, vielleicht waren meine Geschmacksnerven ein bisschen angegriffen – von der Entengrütze im Poschinger Weiher. Was ich allerdings nicht ganz verstehe: Warum war mir so schummerig? Aber es war auch sehr schwül an dem Abend. Puh, jetzt muss ich mich bei Gerlinde melden. Ihr das mit den Bestattern beichten. Dass die nicht von mir sind.

Hummel, Hummel, Hummel,

was für eine Räuberpistole! Ich fass das mal kurz zusammen, ob ich es auch wirklich richtig verstanden habe: Bei Dir im Haus wohnt ein Herr Kämmerer, der Krimis schreibt. Dem Du mal erzählt hast, dass Du bei der Polizei arbeitest. Und der hat das offenbar für seine Romane verwendet – für eine Figur namens »Klaus Hummel«. Und Du hast das angeblich erst jetzt gemerkt?! Das Beste, oder eher das Schlimmste: bei dem Kämmerer gibt es zwei Bestatter, die – na, dreimal raten – Diego und Andi heißen! Wahnsinn, Hummel, Du klaust einfach einem anderen Autor die Figuren?!

Ich werde mir jetzt die Bücher von dem Kämmerer besorgen und prüfen, wie schlimm es um Dich steht. Ich bin wirklich sehr enttäuscht von Dir. Du bist doch Kriminaler und kein Krimineller! Und als Agentin hänge ich da voll mit drin! Ich bürge nämlich mit meinem guten Namen für Qualität. Qualität? Pah! Wenn der Verlag jetzt vom Vertrag zurücktritt, haben wir ein Riesenproblem.

Verärgert, Gerlinde

Liebes Tagebuch,

leider triffst du mich in sehr schlechter Stimmung an. Ja, klar, die zwei Figuren hab ich von dem Kämmerer … geborgt. Aber der verwendet mich ja ebenfalls als Figur! *Mich!* Ohne mich zu fragen! Mit meinem echten Namen! Und ich flipp ja auch nicht gleich aus. Kommt davon, wenn man im Treppenhaus zu redselig ist. Aber egal. Das mit den Bestattern müssen wir unbedingt lösen. Ich gebe es zu, ohne Andi und Diego ist mein ganzer Roman tatsächlich nur die Hälfte wert. Was soll ich bloß machen?

Lieber Klaus,

ich habe jetzt die Bücher von dem Kämmerer gelesen. Gar nicht mal so übel. Warum hast Du mir so lange vorenthalten, dass Du selbst eine Romanfigur bist? Fast interessanter als in Echt. Und Du hast dem Kämmerer auch von mir erzählt! Erst war ich ein bisschen sauer, aber jetzt bin ich richtig stolz. Hey, so ein Besen, mein fiktionales Spiegelbild – ich mag sie!

Jetzt aber zu unserem Problem. Mit dem Verlag kriegen wir Riesenärger, wenn wir die Geschichte mit den Bestattern nicht klären. Verzichten kannst Du auf Andi und Diego nicht, sonst klappt Dir Dein ganzer Roman zusammen. Ich habe den Kämmerer kontaktiert. Ich war mit ihm zum Lunch im Literaturhaus. Autoren mögen das ja. Als Typ ganz interessant, so ein bisschen Berufsjugendlicher, ein Hauch eitel vielleicht. Sagt der doch glatt, dass er keine Agentin braucht – wofür denn? Wenn der wüsste!

Nach dem zweiten Cognac hatten wir einen Deal. Für Dein Buch zumindest. Er gestattet uns die Nutzung von Andi und Diego. Dafür wird der Krimi unter *seinem* Namen erscheinen. Ja, ich kann Dein schockiertes Gesicht genau sehen, aber überleg mal, was das für eine tolle Sache ist: *Du* bist eine *Romanfigur,* die einen *Roman* schreiben will. Was *Du* dann auch tust. Aber in Echt. Der Roman kommt aber nicht unter Deinem Namen heraus, sondern unter dem Deines Kollegen, der ausgerechnet die *Romane* schreibt, in denen *Du* – beziehungsweise Dein fiktionaler Counterpart – auftrittst. Und mit dem *Du* im Gegenzug ein paar *Romanfiguren* teilst. Das ist wie bei diesen Matrjoschkas. Jedenfalls denkst Du als Leser, okay, jetzt hast Du es kapiert, das ist außen, das ist innen, das ist die eine Ebene, das die andere. Aber dann merkst Du, dass da noch eine Puppe drinsteckt und noch eine und noch eine. Köstlich! Ein Perpetuum mobile der Fantasie! Für die Fans intertextueller Spielereien ist das doch der Gipfel der Genüsse!

Plusquamfiktion!

Und dann kommt noch das Allerbeste: Wir müssen keinen Nobody wie Dich am Buchmarkt durchboxen, sondern bringen das Buch unter einem bereits eingeführten Namen heraus. Ja, klar, der Kämmerer könnte ruhig erfolgreicher sein, aber er fängt zumindest nicht ganz bei Null an. Wie Du.

Herzlichst, Gerlinde

KH, 31. August 2014, 00.14

Liebes Tagebuch,

jetzt ist es passiert! Wenn es spätabends klingelt, sollte man nicht aufmachen. Es war der aus dem vierten Stock. Der Kämmerer. Stand mit einem Sixpack *Giesinger Erhellung* vor der Tür. Selbige konnte ich ihm dann ja nicht einfach vor der Nase zuschlagen. Jetzt bin ich drei Bier schlauer. Es war am Anfang ganz komisch, aber nach dem ersten Bier kamen wir beide dann doch in Schwung. Hey, der hat einen ganz ähnlichen Musikgeschmack wie ich. Und er mag auch ähnliche Bücher. Also ganz ähnliche. Will Self und Jörg Juretzka zum Beispiel. Findet man sicher nicht oft, die Kombination. Er hat auch ein bisschen aus dem Nähkästchen geplaudert, wie das so ist im Verlag, er kennt ja beide Seiten, wenn er Lektor *und* Autor ist. Ich hab ihm gesagt, dass es doch lustig wäre, wenn seine Bücher unter Pseudonym herauskämen und er sie selber lektorieren müsste. Fand er auch lustig. Aber er macht Ratgeber und Kochbücher. Na ja, er könnte ja mal ein Kochbuch schreiben. Sagt man da überhaupt

»schreiben«? Rezepte für ein gutes Buch. Ha, darum geht es doch am Ende. Um das richtige Rezept. Das wollen alle. Wenn du das hast, dann hast du ausgesorgt.

Ich hab ihm zum Abschied sogar ein paar von meinen Soul-CDs ausgeliehen. Das bedeutet, dass Harry und ich jetzt Freunde sind. Irgendwie. Boh, mir schwirrt der Kopf. Jetzt mach ich mir noch was Schönes an, Sam Cooke vielleicht, und rauch noch eine Zigarette.

GvK, 1. September 2014, 11.16

Lieber Klaus,

danke für Deinen Anruf vorhin. Ich wusste, dass Du einsichtig bist. Mit Eurem Gemeinschaftswerk kriegt das Ganze einen neuen Dreh. Zumal dein fiktionales Alter Ego schon immer einen Roman schreiben wollte. Marketingmäßig ist das ein echter Clou! Euer Buch hat einen USP, einen *unique selling point*, der es einzigartig macht. Da hätten wir sonst in der Flut von Krimis ein Problem bekommen. Wenn ich es nicht besser wüsste, so würde ich annehmen, dass ihr schon länger zusammenarbeitet.

Ich hab mich jetzt mal im Detail bei dem Kämmerer eingelesen. Und mich gewundert: In seinem vierten Buch *Pressing* kommen das Biogaskraftwerk und die beiden Toten im Wald ja bereits vor. Und auch dieser Brander. Vielleicht könnt Ihr den in *Harte Hunde* noch umbenennen, zum Beispiel in Brandl, weil der ist ja eher so ein Dorfwichtel, so ein kleiner Bayerwald-Casanova. Aber sonst lustiger Typ, so insgesamt. Sag mal, hast Du den auch von ihm abgekupfert? Oder hat Harry die Idee von Dir? So verrückt. Hah, so genial hat mich noch keiner reingelegt. Kompliment!

Du, ich hab mit den Leuten vom Verlag gesprochen und denen gesagt, dass ich eure Kooperation für einen

Super-USP halte. Die haben erst mit den Augen gerollt. Weißt Du, die müssen ja den Buchhändlern mit einem Satz erklären, worum es in dem Buch geht. »So wie bei einem Kinoblockbuster«, hat die Marketingleiterin gesagt: »Weißer Hai terrorisiert Urlaubsstrand! Zack, alles drin!« Gar nicht so einfach bei einem Buch, was? Denen ist es am liebsten, wenn sie gar nix über den Inhalt erzählen müssen, wenn sie einfach sagen: »Das ist der NEUE Krimi vom KÄMMERER.« Dann stellt nämlich keiner Fragen. Ja, ich denke auch, das wäre das Einfachste. Und das Einfachste ist meistens das Beste, nicht wahr?

Allerherzlichst und in großer Eile, Gerlinde

KH, 1. September 2014, 20.16

Liebes Tagebuch,

ich hab mich damit abgefunden, nur die zweite Geige in meinem Roman zu spielen. Auch wenn ich das deutliche Gefühl habe, dass mich alle übers Ohr hauen. Ich hab nämlich festgestellt, dass der Kämmerer und ich ja im selben Verlag veröffentlichen. Dass die gegen sich selbst klagen, also gegen einen ihrer Autoren, das ist eigentlich nicht sehr wahrscheinlich. Oder? Na ja, wer weiß, in Deutschland wiehert ja gerne der Amtsschimmel. Nicht, dass es dann doch einen komplizierten Rechtsstreit gibt, der einen Riesenhaufen Geld kostet und der Verlag am Ende pleite geht und dichtmachen muss. Und *Harte Hunde* dann das letzte Buch ist, das in dem Laden rauskommt. Das will ich ja auch nicht.